»Das intuitive Rußland kann jeder, der einmal Tolstoj gelesen hat, überhaupt nicht mehr aus seinem geistigen Leben loslösen. Wir sehen in diesen Werken mit Erschrecken und mit Jubel eine Seele fluten, neben der uns die unsrige wie alt und verkalkt erscheinen will, wir sehen den eigensten Bezirk der Dichtung, das tägliche Seelenleben aller Menschen, mit einer Innigkeit und Glut erfaßt und mit einer Kunst gestaltet, die nur aus quellender Liebe kommen konnte, aus einer Liebe, die in unserer eigenen neueren Kunst nirgends mehr so hell, so rein, so göttlich zu brennen schien wie in den Herzen der großen russischen Dichter.« *Hermann Hesse*

Der vorliegende Band versammelt die schönsten Erzählungen Tolstojs: *Der Schneesturm, Der Überfall, Die Kerze, Herr und Knecht, Leinwandmesser, Wieviel Erde braucht der Mensch?, Wofür?*

insel taschenbuch 2790

Lew N. Tolstoj

Die schönsten Erzählungen

LEW N. TOLSTOJ

DIE SCHÖNSTEN ERZÄHLUNGEN

Aus dem Russischen
von Gisela Drohla,
Alexander Eliasberg,
Arthur Luther
und Hermann Röhl

Insel Verlag

insel taschenbuch 2790
Erste Auflage 2002

Hinweise zu dieser Ausgabe am Schluß des Bandes
Vertrieb durch den Suhrkamp Taschenbuch Verlag
Satz: Hümmer GmbH, Waldbüttelbrunn
Druck: Nomos Verlagsgesellschaft, Baden-Baden
Printed in Germany

1 2 3 4 5 6 – 07 06 05 04 03 02

Inhalt

Der Schneesturm

Gegen sieben Uhr abends verließ ich, nachdem ich Tee getrunken hatte, die Poststation, deren Name mir entfallen ist; ich weiß nur, daß es im Gebiet der Donkosaken, irgendwo in der Nähe von Nowotscherkask war. Als ich mich, in Pelz und Wagendecke gehüllt, neben Aljoschka in den Schlitten setzte, war es schon dunkel. Hinter dem Stationsgebäude schien es warm und windstill. Obwohl es gar nicht schneite, war kein einziger Stern zu sehen, und der Himmel schien im Vergleich mit der weißen Schneefläche, die vor uns lag, ungewöhnlich tief und schwarz.

Als wir die dunklen Silhouetten der Windmühlen, von denen die eine unbeholfen ihre großen Flügel bewegte, und das Dorf hinter uns hatten, bemerkte ich, daß der Weg beschwerlicher und schneereicher wurde; der Wind begann mir heftiger in die linke Seite zu blasen, die Mähnen und die Schweife der Pferde auf die Seite zu wehen und den von den Kufen und Hufen aufgewühlten Schnee trotzig emporzuwirbeln und davonzutragen. Das Schellengeläute klang leiser, ein kalter Luftstrom drang mir durch irgendeine Öffnung im Ärmel in den Rücken, und ich mußte an den Rat des Postmeisters denken, heute lieber nicht zu fahren, um nicht die ganze Nacht ohne Weg umherzuirren und vielleicht noch zu erfrieren.

»Daß wir uns nur nicht verirren!« sagte ich zu dem Postkutscher. Da er mir aber keine Antwort gab, stellte ich meine Frage deutlicher: »Werden wir die Station erreichen, Kutscher? Werden wir uns nicht verirren?«

»Gott weiß!« antwortete er, ohne den Kopf zu wenden. »Sie sehen ja selbst, was für ein Schneesturm da kommt: vom Weg ist nichts zu sehen. Herrgott!«

»Sag mir doch lieber, ob du mich zur nächsten Station zu bringen hoffst oder nicht«, fragte ich weiter. »Werden wir hinkommen?«

»Wir werden wohl hinkommen müssen«, sagte der Kutscher; er sprach noch weiter, ich konnte ihn aber im Winde nicht verstehen.

Ich hatte keine Lust umzukehren; doch auch die Aussicht, die ganze Nacht bei Frost und Schneesturm in diesem Teil des Donkosakenlandes, einer völlig nackten Steppe, umherzuirren, schien mir wenig verlockend. Außerdem gefiel mir mein Kutscher nicht recht, obwohl ich ihn im Finstern nicht genau sehen konnte, und ich hatte zu ihm kein Vertrauen. Er saß genau in der Mitte des Bocks und nicht seitwärts, wie Kutscher sonst zu sitzen pflegen; er war von übermäßigem Wuchs, seine Stimme klang träge, und auf dem Kopf hatte er keine richtige Kutschermütze, sondern eine ihm viel zu große, die immer hin und her rutschte; auch kutschierte er nicht auf die richtige Art: er hielt die Zügel mit beiden Händen wie ein Lakai, der sich an Stelle des Kutschers auf den Bock gesetzt hat; doch der Hauptgrund meines Mißtrauens war, daß er sich ein Tuch um die Ohren gebunden hatte. Mit einem Wort: der ernste, gekrümmte Rücken, der vor mir aufragte, wollte mir nicht gefallen und verhieß mir nichts Gutes.

»Ich bin dafür, daß wir umkehren«, sagte Aljoschka, »es ist gar nicht so lustig, sich in der Steppe zu verirren!«

»Gott im Himmel! Dieses Schneegestöber! Ich kann den Weg nicht sehen, der Schnee hat mir die Augen verklebt... Gott im Himmel!« brummte der Kutscher.

Wir waren noch keine Viertelstunde gefahren, als der Kutscher die Pferde anhielt, die Zügel Aljoschka übergab, die Beine mit großer Mühe aus dem Schlitten herauszog und sich auf die Suche nach dem Weg machte; unter seinen schweren Stiefeln knirschte der Schnee.

»Was gibts? Wo gehst du hin? Haben wir etwa den Weg verloren?« fragte ich; der Kutscher gab mir aber keine Antwort: er hielt den Kopf vom Wind, der ihm in die Augen peitschte, weggewandt und entfernte sich vom Schlitten.

»Nun, hast du den Weg gefunden?« fragte ich, als er zurückgekehrt war.

»Nein, nichts«, sagte er unwirsch und ärgerlich, als ob ich schuld daran wäre, daß er den Weg verloren hatte; er steckte seine langen Beine wieder langsam in den Vorderteil des Schlittens und ergriff mit seinen hartgefrorenen Handschuhen die Zügel.

»Was werden wir nun tun?« fragte ich, als der Schlitten sich wieder in Bewegung gesetzt hatte.

»Was wir tun sollen? Wir werden aufs Geratewohl weiterfahren.«

Nun fuhren wir in kurzem Trab weiter, offenbar ganz ohne Weg, bald durch tiefen Pulverschnee, in dem der Schlitten zu einem Viertel versank, bald über eine spröde, nackte Eisdecke.

Obwohl es recht kalt war, schmolz der Schnee auf meinem Mantelkragen sehr rasch; das Gestöber über der Erde wurde immer stärker, und von oben begann es einzelne trockene Flocken zu schneien.

Es war klar, daß wir Gott weiß wohin fuhren; denn als wir auch noch eine weitere Viertelstunde gefahren waren, hatten wir keinen einzigen Werstpfahl gesehen.

»Nun, was glaubst du«, fragte ich wieder den Kutscher, »werden wir die Station erreichen?«

»Welche Station? Zurück werden wir wohl kommen können, wenn wir die Pferde frei laufen lassen: sie werden uns schon zurückbringen; doch auf die nächste Station werden wir kaum kommen... Wir werden dabei höchstens umkommen.«

»Wir wollen dann doch lieber umkehren«, sagte ich. »Was sollen wir auch riskieren...«

»Soll ich umkehren?« wiederholte der Kutscher.

»Ja, gewiß, kehre nur um!«

Der Kutscher ließ die Zügel los. Die Pferde begannen schneller zu laufen. Obwohl ich gar nicht gesehen hatte, wie wir umgekehrt waren, merkte ich doch, daß der Wind auf einmal von einer anderen Seite blies; bald konnte ich schon durch das Schneegestöber hindurch die Windmühlen erkennen. Der Kutscher faßte neuen Mut und wurde gesprächig.

»Neulich fuhren sie mit Retourschlitten von der anderen Station im Schneesturm heim; sie mußten in Heuschobern übernachten und kamen erst am Morgen nach Hause. Es war noch ein Glück, daß sie auf die Heuschober stießen, denn sonst wären sie wohl alle erfroren – der Frost war stark. Der eine hat sich auch wirklich die Beine erfroren; nach drei Wochen ist er daran gestorben.«

»Jetzt ist es aber gar nicht so kalt, auch der Sturm hat sich etwas gelegt«, sagte ich. »Werden wir vielleicht doch weiterfahren?«

»Warm ists schon, aber der Schneesturm! Weil wir jetzt zurückfahren, scheints uns nicht so arg; es stürmt aber ordentlich! Ich würde schon weiterfahren, wenn ich einen Kurier zu fahren hätte, oder auf eigene Gefahr... So kann mir aber der Fahrgast erfrieren, und das ist wirklich kein Spaß! Wie kann ich für Euer Gnaden die Verantwortung tragen?«

2

In diesem Augenblick erklang hinter uns das Schellengeläute mehrerer Troikas, die uns rasch einholten.

»Es ist die Glocke der Kuriertroika«, sagte mein Kutscher, »es gibt auf der ganzen Station nur *ein* solches Geläute.«

Das Geläute der vorderen Troika, das im Winde deutlich wahrnehmbar war, klang außerordentlich schön: es war ein reiner, tiefer, etwas klirrender Ton. Wie ich später erfuhr, war dieses Geläute eine besondere Liebhaberei des Posthalters: es waren im ganzen drei Glocken – die größte in der Mitte mit dem sogenannten tiefroten Ton und zwei kleinere, die auf eine Terz abgestimmt waren. Diese Terz und die klirrende Quinte, die in der Luft widerhallten, klangen in der öden, einsamen Steppe ungemein überraschend und wunderbar schön.

»Das ist die Post«, sagte mein Kutscher, als die erste der drei Troikas uns einholte. »Wie ist der Weg? Kann man durchkommen?« rief er dem Kutscher der letzten Troika zu; aber der feuerte nur seine Pferde an und gab keine Antwort. Kaum hatte uns die Post überholt, als auch schon das Schellengeläute schnell im Winde verhallte.

Mein Kutscher schämte sich wohl ein wenig.

»Wollen wir doch weiterfahren, Herr?« sagte er. »Die Leute sind eben vorbeigefahren, und ihre Spur ist noch frisch.«

Ich war einverstanden; wir wendeten wieder gegen den Wind und schleppten uns durch den tiefen Schnee weiter. Ich blickte immer von der Seite auf den Weg, um die Spuren der Troikas nicht zu verlieren. Etwa zwei Werst waren die Spuren gut sichtbar; dann konnte ich nur eine leichte Unebenheit unter den Kufen wahrnehmen; schließlich konnte ich nicht mehr unterscheiden, ob ich die Spur oder eine vom Wind aufgewühlte Schneefurche vor mir hatte. Meine Augen wurden bald so müde, daß sie die unaufhörlich unter den Kufen dahingleitende Schneefläche nicht weiter verfolgen konnten, und ich begann geradeaus zu schauen. Den dritten Werstpfahl sahen wir noch, doch den vierten konnten wir nicht mehr finden; wir fuhren wie vorhin bald mit dem Wind, bald gegen den Wind, bald nach rechts, bald nach links und waren endlich so weit, daß der Kutscher behauptete, wir seien vom richtigen Wege nach rechts abgeschweift, ich erklärte, nach links, und Aljoschka meinte, daß wir überhaupt zurückführen. Wir blieben wieder einigemal stehen, der Kutscher streckte seine langen Beine aus dem Schlitten heraus und machte sich auf die Suche nach dem Wege; doch alles war umsonst. Ich stieg auch einmal aus, um festzustellen, ob das, was dort vor meinen Augen flimmerte, wirklich der Weg sei; aber kaum war ich mit großer Mühe etwa sechs Schritt gegen den Wind gegangen und hatte mich überzeugt, daß überall die gleiche eintönige weiße Schneefläche lag und daß der Weg nur in meiner Einbildung existierte, als ich plötzlich den Schlitten nicht mehr sah. Ich schrie: »Kutscher! Aljoschka!«, doch ich fühlte, wie der Wind mir meine Stimme vom Munde wegriß und sie im Nu davontrug. Ich ging zu der Stelle, wo eben erst der Schlitten gestanden hatte, doch der Schlitten war nicht mehr da; ich ging nach rechts und fand ihn wieder nicht. Ich schäme mich noch heute, wenn ich daran denke, wie durchdringend, laut, beinahe verzweifelt ich dann geschrien habe: »Kutscher!«, während er zwei Schritt vor mir stand. Seine dunkle Gestalt mit der Peitsche in der Hand und der auf die Seite gerutschten großen Mütze war ganz plötzlich vor mir aufgetaucht. Er führte mich zum Schlitten. »Es ist noch ein Glück, daß es warm ist«, sagte er zu mir. »Wenn ein richtiger Frost kommt, sind wir verloren!... Gütiger Gott im Himmel!«

»Laß die Zügel los, mögen uns die Pferde wieder zurückführen«, sagte ich, nachdem ich wieder im Schlitten Platz genommen hatte. »Werden sie uns auch zurückführen? Was meinst du, Kutscher?«

»Sie müssen es wohl.«

Er ließ die Zügel locker, hieb das Mittelpferd einige Male mit der Peitsche auf den Rücken, und wir fuhren wieder irgendwohin. Wir fuhren etwa eine halbe Stunde. Plötzlich erklang vor uns wieder das mir bekannte Schellengeläute, daneben bimmelten noch zwei andere Glocken; jetzt kamen sie uns aber entgegen. Es waren die gleichen drei Troikas, die ihre Post bereits abgeliefert hatten und nun mit den Retourpferden, die hinten angebunden waren, auf ihre Station zurückkehrten. Die mit kräftigen, großen Pferden bespannte Kuriertroika mit dem Liebhabergeläute fuhr schnell vor den anderen her. Der Kutscher saß allein auf dem Schlittenrand und trieb munter die Pferde an. In den beiden anderen Schlitten saßen je zwei Kutscher; ich hörte sie laut und lustig miteinander sprechen. Einer von ihnen rauchte eine Pfeife; ein Funke, der im Winde aufflog, beleuchtete einen Teil seines Gesichts.

Als ich sie sah, schämte ich mich, daß ich mich vorhin gefürchtet hatte weiterzufahren; mein Kutscher hatte wohl das gleiche Gefühl, denn wir sagten wie aus einem Munde:

»Wir wollen ihnen nachfahren!«

3

Bevor noch die letzte Troika an uns vorbeigefahren war, begann mein Kutscher seinen Schlitten umzuwenden; er machte es sehr ungeschickt und geriet mit der Deichsel mit ten in die hinter den Troikas angebundenen Pferde. Ein Dreigespann scheute, riß sich los und lief davon.

»Du schieläugiger Teufel! siehst gar nicht, wohin du wendest: mitten in die Leute hinein! Zum Teufel!« schimpfte mit heiserer, zitternder Stimme einer der Kutscher, ein kleiner alter Mann, soviel ich aus seiner Stimme und Gestalt schließen konnte, der in der letzten Troika saß; er sprang rasch aus seinem Schlitten und lief den Pferden nach, wobei er immer wieder roh und derb auf meinen Kutscher schimpfte.

Die Pferde ließen sich aber nicht einfangen. Der Kutscher lief ihnen nach, und im Nu waren Pferde und Kutscher im weißen Nebel des Schneesturms verschwunden.

»Wassilij, bring den Falben her! Ich kann sie sonst gar nicht einfangen«, hörte man seine Stimme.

Einer von den Kutschern, ein auffallend großer Kerl, sprang aus seinem Schlitten, band schweigend sein Dreigespann los, stieg über den Umlaufriemen auf eines der Pferde, sprengte über den knirschenden Schnee in kurzem Galopp davon und verschwand in der gleichen Richtung.

Wir fuhren mit den beiden anderen Troikas dem Kurierschlitten nach, der mit Schellengeläute in vollem Trab vorauslief.

»Der glaubt wohl, daß er sie einfängt!« sagte mein Kutscher von dem, der den Pferden nachgeeilt war. »Wenn es nicht sofort zu den anderen Pferden gegangen ist, so ist es ein übermütiges Pferd; es kann den Mann so weit forttragen, daß er nicht mehr zurückfindet.«

Als mein Kutscher nun hinter den anderen fuhr, schien er auf einmal lustiger und gesprächiger, was ich, da ich noch nicht schlafen wollte, selbstverständlich gehörig ausnützte. Ich begann ihn auszufragen, woher er stamme und wer er sei. Ich erfuhr bald, daß er ein Landsmann von mir war, aus der Tulaer Gegend, ein Leibeigener aus dem Dorf Kirpitschnoje, daß sie sehr wenig Land hatten und das Getreide seit der Cholera gar nicht mehr gedieh; daß zwei Brüder zu Hause lebten, während der dritte zu den Soldaten gegangen war. Dann erzählte er, das Brot reiche nicht einmal bis Weihnachten, und deshalb müßten sie sich ihren Unterhalt verdienen; der jüngere Bruder sei der Herr im Hause, weil er Familie habe; er selbst sei Witwer; aus seinem Dorfe ginge jeden Winter eine Artel[1] von Kutschern in diese Gegend; er selbst sei zwar noch nie Kutscher gewesen, habe aber doch den Dienst bei der Post angenommen, um den Bruder unterstützen zu können; hier bekomme er, Gott sei Dank, hundertzwanzig Rubel im Jahr, von denen er hundert nach Hause schicke; das Leben hier sei sonst ganz gut, wenn die Kuriere nur nicht so wild wären und das Volk nicht so fürchterlich fluchte.

»Warum hat nur dieser Kutscher so furchtbar geflucht? Mein Gott! Habe ich denn absichtlich die Pferde losgerissen? Will ich denn jemand etwas Böses antun? Und warum ist er ihnen nachgesprungen? Sie wären schon von selbst zurückgekommen; aber so hetzt er nur die Pferde zu Tode und kommt selber um«, sagte der gottesfürchtige Bauer.

»Was ist das Schwarze dort?« fragte ich, als ich einige dunkle Silhouetten vor uns sah.

»Ein Wagenzug. – Das ist wirklich ein angenehmes Fahren! fügte er hinzu, als wir die riesengroßen, mit Bastmatten bedeckten Wagen, die einer hinter dem andern daherrollten, eingeholt hatten. »Schauen Sie nur hin, kein Mensch ist zu sehen, alle schlafen. Die klugen Pferde kennen den Weg und lassen sich davon nicht abbringen... Wir sind auch mit Wagenzügen gefahren«, sagte er nach einer Pause, »wir kennen das.«

1 Eine Artel (Betonung der zweiten Silbe) ist eine Arbeitsgenossenschaft.

Die riesengroßen Wagen, die von den Rädern bis zu den Bastmatten hinauf mit Schnee bedeckt waren und sich ganz von selbst fortzubewegen schienen, boten wirklich einen seltsamen Anblick. Erst als unsere Schellen dicht neben den Wagen erklangen, hob sich im vordersten Winkel etwa zwei Finger hoch die schneeverwehte Matte, und eine Mütze lugte für einen Augenblick heraus. Ein großer scheckiger Gaul mit gestrecktem Hals und gespanntem Rücken schritt gleichmäßig über den gänzlich verwehten Weg; er schaukelte im Takt seinen zottigen Kopf unter dem verschneiten Krummholz und spitzte das eine verschneite Ohr, als wir ihn einholten.

Nach einer weiteren halben Stunde wandte sich der Kutscher wieder zu mir: »Was glauben Sie, Herr, fahren wir richtig?« »Ich weiß es nicht«, antwortete ich.

»Der Wind kam früher von dorther, und jetzt fahren wir mit dem Wind. Nein, wir fahren sicher falsch. Wir haben uns wieder verirrt«, schloß er mit großer Ruhe.

Obwohl er eigentlich recht furchtsam war, hatte er sich, wie ich sah, vollkommen beruhigt, seit wir in Gesellschaft fuhren und er nicht mehr die Führung und die Verantwortung hatte: gemeinsames Unglück läßt sich eben leichter ertragen.

Er machte kaltblütig Bemerkungen über die Fehler des Kutschers, der vorn fuhr, als ob ihn das Ganze nicht im geringsten anginge. Ich merkte auch wirklich, daß die vordere Troika uns bald die linke und bald die rechte Seite zukehrte; ich hatte den Eindruck, als ob wir uns auf einer sehr kleinen Fläche immer im Kreise drehten. Es konnte übrigens auch eine Sinnestäuschung sein, wie es mir zuweilen auch vorkam, als ob die erste Troika bald bergauf und bald bergab fahre, während die Steppe nach allen Seiten vollkommen eben war.

Nachdem wir noch einige Zeit so gefahren waren, glaubte

ich fern am Horizont einen langen, schwarzen, sich fortbewegenden Streifen zu sehen; doch schon im nächsten Augenblick wurde mir klar, daß es dieselben Lastfuhren waren, die wir schon einmal überholt hatten. Die knarrenden Räder, von denen sich einige gar nicht mehr drehten, waren wie vorhin mit Schnee bedeckt; die Leute schliefen noch immer unter den Bastmatten, und das scheckige Pferd vor der ersten Fuhre blähte wie vorhin die Nüstern, beschnupperte den Weg und spitzte die Ohren.

»Nun sehen Sie es selbst: wir haben uns so lange gedreht, bis wir wieder zu denselben Lastfuhren zurückgekommen sind!« sagte mein Kutscher ärgerlich. »Die Kurierpferde sind kräftig und können etwas vertragen; deshalb kann er sie auch so abhetzen; wenn wir aber auch so die ganze Nacht herumfahren wollten, würden unsere Pferde bald stehenbleiben.«

Er hüstelte.

»Wollen wir doch lieber umkehren, Herr, damit es kein Unglück gibt?«

»Warum? Wir werden doch irgendwohin kommen.«

»Wohin können wir kommen? Es wird uns nichts anderes übrigbleiben, als in der Steppe zu übernachten. Wie das stürmt... Herrgott im Himmel!«

Obwohl ich mich wunderte, daß der Kutscher in der ersten Troika, der offenbar Weg und Richtung verloren hatte, gar nicht versuchte den Weg zu finden, sondern mit lustigem Geschrei in vollem Trab weiterfuhr, wollte ich doch nicht mehr hinter den anderen Schlitten zurückbleiben.

»Fahr ihnen nach!« sagte ich.

Der Kutscher folgte ihnen, trieb aber die Pferde noch mißmutiger an als vorhin und sprach nicht mehr mit mir.

4

Der Schneesturm wütete immer schlimmer, und von oben fiel feiner, trockener Schnee; es begann anscheinend zu frieren: Nase und Wangen schmerzten mir immer mehr vor Kälte, und immer öfter kam mir ein kalter Luftstrom unter den Pelz, den ich vorn fest zusammenhalten mußte. Zuweilen polterten die Schlitten über die nackte, vereiste Erde, von der der Schnee weggeweht war. Da ich schon beinahe sechshundert Werst zurückgelegt hatte, ohne irgendwo zu übernachten, schloß ich unwillkürlich die Augen und nickte ein, obwohl mich der Ausgang unserer Irrfahrt aufs höchste interessierte. Als ich einmal wieder die Augen öffnete, war ich ganz erstaunt: die weiße Ebene war, wie es mir im ersten Augenblick schien, von einem grellen Licht überflutet; der Horizont hatte sich bedeutend erweitert, der niedrige schwarze Himmel war verschwunden, von allen Seiten sah man die weißen, schrägen Linien des fallenden Schnees, die Umrisse der vorderen Troikas waren deutlicher sichtbar, und als ich die Augen hob, schien mir im ersten Augenblick, daß die Wolken sich verzogen hätten und der Himmel nur vom fallenden Schnee verdeckt sei. Während ich geschlafen hatte, war der Mond aufgegangen; nun warf er sein kaltes, grelles Licht durch das zerrissene Gewölk auf den fallenden Schnee. Alles, was ich deutlich sehen konnte, war mein Schlitten mit den Pferden und dem Kutscher und die drei Troikas vor uns: zuerst kam der Kurierschlitten, auf dessen Bock noch immer der eine Kutscher saß, der die Pferde zu scharfem Trab antrieb; im zweiten Schlitten saßen zwei Kutscher, die die Zügel locker gelassen, sich aus einem Mantel einen Windschutz gemacht hatten und unaufhörlich ihre Pfeifchen rauchten, was man an den Funken, die ab und zu aufflackerten, erkennen konnte; im dritten Schlitten war niemand zu sehen: der Kutscher schlief wohl mitten im Schlitten. Seitdem ich wach war, hielt der erste Kutscher ab und zu seine Pferde an und sah sich nach dem Weg um. Wenn wir stehenblieben, hörten wir den Wind noch deutlicher heulen und sahen die erstaunlichen Schneemassen, die durch die Luft wirbelten. Im Mondlicht, das vom Schneegestöber verdunkelt wurde, konnte ich sehen, wie der kleine Postkutscher sich in dem hellen Nebel hin und her bewegte, mit dem Peitschenstiel den Schnee vor sich abtastete, dann wieder zum Schlitten zurückkehrte und von der Seite auf den Bock sprang; ich hörte durch das eintönige Pfeifen des Windes die lauten Rufe des Kutschers und das Bimmeln der Schellen. Sooft der erste Kutscher aus dem Schlitten stieg, um sich nach dem Wege oder nach Heuschobern umzuschauen, hörte ich aus dem zweiten Schlitten die muntere und selbstbewußte Stimme eines der Kutscher, der dem vorderen zurief:

»Hör doch, Ignaschka! Wir sind ja zu weit nach links abgekommen! Du mußt mehr nach rechts halten, dem Wetter entgegen!« Oder: »Was drehst du dich im Kreis herum wie nicht gescheit? Richte dich nach dem Schnee, wie er daliegt, dann kommst du sicher auf den Weg.« – Oder: »Nach rechts, nach rechts, Bruder! Siehst du, dort steht etwas Schwarzes, ich glaube, es ist ein Werstpfahl.« – Oder: »Was irrst du denn herum? Spann doch den Schecken aus und laß ihn vorauslaufen: er wird dich gleich auf den Weg bringen. So gehts doch am besten!«

Der Mann, der diese Ratschläge erteilte, war nicht nur zu faul, das Nebenpferd auszuspannen oder den Weg im Schnee zu suchen, sondern auch, die Nase aus seinem Mantelkragen herauszustecken; Ignaschka rief ihm auf einen seiner Ratschläge zu, er möchte doch selbst vorausfahren, wenn er so gut wisse, wohin man fahren solle; der Ratgeber antwortete, daß er gern vorausfahren und leicht den richtigen Weg finden würde, wenn er nur die Kurierpferde hätte. »Meine Pferde werden bei diesem Sturm nicht vorauslaufen wollen«, schrie er, »denn es sind nicht solche Pferde.«

»Dann rede auch nichts drein!« antwortete ihm Ignaschka und pfiff munter seinen Pferden zu.

Der andere Kutscher, der mit dem Ratgeber im gleichen Schlitten saß, sagte nichts zu Ignaschka und mischte sich überhaupt nicht in diese Sache, obgleich er noch nicht schlief: sein Pfeifchen glomm ununterbrochen, und sooft wir hielten, hörte ich seine eintönige Stimme. Er erzählte ein Märchen. Einmal nur, als Ignaschka zum sechsten oder siebenten Male hielt, ärgerte er sich wohl darüber, daß die Fahrt, die ihm solches Vergnügen machte, unterbrochen wurde, und schrie ihm zu:

»Nun, was stehst du schon wieder? Er will, scheint es, wirklich den Weg finden! Du weißt doch, daß Schneesturm ist! Jetzt würde nicht einmal der Feldmesser den Weg finden. Fahr lieber vorwärts, solange die Pferde noch ziehen. Wir werden schon nicht erfrieren... los, fahr zu!«

»Was? Im vorigen Jahre ist ja ein Postillion erfroren!« mischte sich mein Kutscher ein.

Der Kutscher in der dritten Troika hatte die ganze Zeit über geschlafen. Als wir einmal hielten, rief ihm der Ratgeber zu: »Philipp! He, Philipp!« Und als er keine Antwort bekam, bemerkte er: »Er wird doch nicht erfroren sein? Geh doch hin, Ignaschka, und schau nach!«

Ignaschka, der alles tun mußte, ging auf den hinteren Schlitten zu und begann den Schlafenden zu rütteln.

»Sieh einer, von einem Viertel Schnaps ist er schon umgefallen! Wenn du erfroren bist, so sags!« rief er und schüttelte ihn derb.

Der Schläfer brummte etwas in den Bart und begann zu schimpfen.

»Er lebt noch, Brüder!« sagte Ignaschka und lief wieder voraus. Wir fuhren weiter und sogar so schnell, daß das kleine braune Nebenpferd, das mein Kutscher ununterbrochen mit der Peitsche schlug, zuweilen in einen ungeschickten Galopp fiel.

5

Es wird Mitternacht gewesen sein, als der alte Kutscher und Wassilij, die den davongelaufenen Pferden nachgeeilt waren, zu uns zurückkamen. Sie hatten die Pferde eingefangen und uns eingeholt; wie sie uns aber im finsteren, undurchdringlichen Schneesturm in der kahlen Steppe gefunden hatten, blieb mir für immer ein Rätsel. Der Alte ritt, mit Ellbogen und Beinen schlenkernd, auf dem Mittelpferd (die beiden anderen Pferde waren an dem Kummet angebunden: im Schneesturm darf man die Pferde nicht frei laufen lassen). Als er meinen Schlitten erreichte, begann er von neuem auf meinen Kutscher zu schimpfen:

»So ein schieläugiger Teufel! Wirklich…«

»Seht doch: da ist ja Onkel Mitritseh!« rief der Märchenerzähler aus dem zweiten Schlitten. »Lebst du noch? Komm zu uns herein!«

Der Alte gab ihm keine Antwort und fuhr fort zu fluchen. Als er glaubte, es sei genug, ritt er an den zweiten Schlitten heran.

»Hast du alle eingefangen?« fragte man ihn aus dem Schlitten.

»Was denn sonst?«

Und seine gedrungene Gestalt wälzte sich mitten im Trab mit der Brust auf den Rücken des Pferdes, sprang dann in den Schnee, lief, ohne auch nur einen Augenblick stehenzubleiben, um den Schlitten herum und schwang sich von hinten hinein, wobei die Beine über den hinteren Schlittenrand hoch in die Luft ragten. Der große Wassilij setzte sich schweigend auf seinen früheren Platz im vorderen Schlitten zu Ignaschka und begann mit ihm zusammen den Weg zu suchen.

»Hör nur, wie der flucht... Herrgott im Himmel!« murmelte mein Kutscher vor sich hin.

Dann fuhren wir lange, ohne haltzumachen, über die weiße Wüste im kalten, durchsichtigen und schwankenden Lichtschein des Schneesturmes. Wenn ich die Augen öffne, sehe ich immer dieselbe plumpe Mütze und denselben beschneiten Rücken vor mir ragen, denselben Kopf des Mittelpferdes mit der schwarzen, vom Winde gleichmäßig zur Seite gewehten Mähne unter dem niedrigen Krummholz zwischen den straff gespannten Zugriemen auf und nieder wippen; hinter dem Kutscherrücken sehe ich dasselbe braune rechte Nebenpferd mit dem kurz aufgebundenen Schweif und dem Strangholz, das ab und zu gegen die Vorderwand des Schlittens klopft. Blicke ich nach unten, so sehe ich denselben Pulverschnee; die Kufen wühlen ihn auf, und der Wind wirbelt ihn unaufhörlich empor und trägt ihn immer in der gleichen Richtung fort. Vor mir gleiten immer im gleichen Abstand voneinander die drei anderen Troikas; rechts und links flimmert es weiß. Vergeblich sucht das Auge nach einem neuen Gegenstand: weder Werstpfahl noch Heuschober, noch Zaun – nichts ist zu sehen. Ringsum ist alles weiß, weiß und beweglich: bald erscheint der Horizont unendlich weit, bald von allen Seiten eingeengt und kaum zwei Schritt breit; bald türmt sich zur Rechten eine hohe weiße Mauer auf und läuft mit uns mit, dann verschwindet sie und taucht nach einer Weile vor uns auf, um eine Zeitlang vor uns herzulaufen und dann wieder zu verschwinden. Wenn ich hinaufschaue, erscheint mir der Himmel im ersten Augenblick ganz hell, und ich sehe durch den Nebel die Sterne; die Sterne fliehen aber vor meinem Blick in die Höhe und entschwinden, und ich sehe nichts als den Schnee, der an meinen Augen vorüber auf mein Gesicht und meinen Pelzkragen fällt; der Himmel ist überall gleichmäßig hell, gleichmäßig weiß, farblos, eintönig und in steter Bewegung. Der Wind scheint jeden Augenblick die Richtung zu wechseln: bald bläst er mir ins Gesicht und verklebt mir die Augen mit Schnee, bald wirft er mir, um mich zu ärgern, den Pelzkragen von der Seite über den Kopf und schlägt ihn mir spöttisch ins Gesicht, bald brummt er von hinten durch irgendein Loch. Ich höre das leise, unaufhörliche Knirschen der Kufen und Hufe im Schnee und das Klingen der Schellen; es verhallt, sooft wir in tiefen Schnee geraten. Nur ganz selten, wenn wir über Eiskrusten und gegen den Wind fahren, dringt das energische Pfeifen Ignats und das muntere Läuten des Glöckchens mit der widerhallenden zitternden Quinte an mein Ohr; diese Töne stören so unerwartet und so angenehm die düstere Stimmung der Wüste; dann klingt wieder eintönig, mit unerträglicher Genauigkeit immer dieselbe Melodie, die ich mir unwillkürlich vorstelle. Mir beginnt der eine Fuß zu frieren, und wenn ich mich umwende, um mich besser einzuhüllen, gleitet mir der Schnee, der sich auf Kragen und Mütze angesammelt hat, in den Hals und läßt mich erschauern; im allgemeinen aber fühle ich mich in meinem erwärmten Pelz recht wohlig, und ich nicke ein.

Erinnerungen und Vorstellungen ziehen in raschem Wechsel an meinem Geiste vorüber.

›Was mag wohl der Ratgeber, der immer aus dem zweiten Schlitten herüberschreit, für ein Mann sein? Wahrscheinlich ist er rothaarig, stärnmig und kurzbeinig‹, denke ich mir, ›vom selben Schlage wie unser früherer Küchenmeister Fjodor Filipytsch.‹ Und da sehe ich plötzlich die Treppe unseres großen Hauses und fünf Mann von der leibeigenen Dienerschaft, die, schwer einhertappend, auf Tragtüchern ein Klavier aus dem Seitengebäude herüberschleppen; ich sehe auch Fjodor Filipytsch, wie er die Ärmel seines Nankingrocks aufgekrempelt hat, mit einem Pedal in der Hand vorausläuft, die Riegel öffnet, hier an einem der Tragtücher zieht, dort etwas nachschiebt, zwischen den Beinen der Träger durchkriecht, allen im Wege ist und mit besorgter Stimme kommandiert:

»Nimm doch die vorderen Beine mehr auf dich, die vorderen! So, mit dem Schwanzende hinauf, noch mehr hinauf! In die Tür hinein! So ists recht!«

»Erlauben Sie, Fjodor Filipytsch! Wir werden schon allein fertig«, wendet schüchtern der Gärtner ein, der, an das Treppengeländer gedrückt, über und über rot vor Anstrengung, mit den letzten Kräften das eine Ende des Klaviers festhält. Aber Fjodor Filipytsch will sich nicht beruhigen.

›Was hat er eigentlich?‹ frage ich mich. ›Hält er sich wirklich für so nützlich und unentbehrlich, oder freut er sich einfach darüber, daß Gott ihm diese selbstbewußte und überzeugende Beredsamkeit gegeben hat, die er nun mit solchem Genuß verschwendet? Das muß wohl so sein.‹ Und da sehe ich plötzlich den Teich, die müden Hofknechte, die bis ans Knie im Wasser stehen und ein großes Netz ziehen, während Fjodor Filipytsch mit einer Gießkanne in der Hand am Ufer hin- und herrennt, alle anschreit und sich nur von Zeit zu Zeit dem Wasser nähert, um das trübe Wasser aus der Kanne zu gießen und frisches nachzufüllen, wobei er die golden schimmernden Karauschen mit der einen Hand festhält. – Und dann ist es ein Julimittag. Ich gehe irgendwohin über das frisch gemähte Gras des Gartens unter den brennenden senkrechten Sonnenstrahlen; ich bin noch sehr jung, mir fehlt etwas, ich sehne mich nach etwas. Ich gehe zum Teich, an meine Lieblingsstelle zwischen den Heckenrosen und der Birkenallee, und lege mich schlafen. Ich kann mich noch gut an das Gefühl erinnern, mit dem ich im Liegen durch die roten, stachligen Stämme der Heckenrosen auf das schwarze, trockene, körnige Erdreich und den schimmernden grellblauen Spiegel des Teiches blickte. Es war das Gefühl einer naiven Selbstzufriedenheit und Wehmut. Alles um mich her war so schön, und diese Schönheit wirkte auf mich so stark ein, daß es mir schien, ich sei auch selbst schön und gut; das einzige, was mich ärgerte, war, daß mich niemand bewunderte. – Es ist heiß. Ich will einschlafen, um mich zu trösten; aber die Fliegen, die unausstehlichen Fliegen lassen mich auch hier nicht in Ruhe: sie sammeln sich um mich und hüpfen unaufhörlich, hart wie Kirschkerne, von meiner Stirn auf die Hände. In meiner Nähe summt in der Sonnenglut eine Biene; Schmetterlinge mit gelben Flügeln flattern träge von Halm zu Halm. Ich blicke hinauf, die Augen schmerzen mir – die Sonne scheint zu grell durch das hellgrüne Laub der lockigen Birke, die hoch über mir ganz leise ihre Zweige bewegt –, und die Sonnenglut scheint mir noch unerträglicher. Ich bedecke mir das Gesicht mit einem Tuch; nun wird es mir heiß, und die Fliegen kleben mir förmlich an den schwitzenden Händen. Im Dickicht der Heckenrosen machen sich Sperlinge zu schaffen. Einer von ihnen springt einen Schritt von mir entfernt auf die Erde, tut einigemal so, als picke er energisch die Erde, und fliegt lustig zwitschernd und in den Zweigen raschelnd aus dem Gebüsch; dann springt ein zweiter Sperling herab, bewegt das Schwänzchen, schaut sich um und fliegt wie ein Pfeil unter lebhaftem Gezwitscher dem ersten nach. Vom Teich her höre ich die Schläge des Waschholzes auf die nasse Wäsche; diese Schläge hallen tief unten über dem Wasserspiegel nach. Ich höre das Lachen, Sprechen und Plätschern von Badenden. Ein Windstoß rauscht in den Wipfeln der Birken, zuerst fern von mir, kommt dann immer näher; ich höre, wie er das Gras bewegt; nun sehe ich, wie die Blätter der Heckenrosenbüsche sich auf ihren Zweigen hin und her wiegen; nun lüftet ein frischer Windhauch einen Zipfel des Tuches, mit dem ich mich bedeckt habe, und kitzelt mein schweißbedecktes Gesicht. Eine Fliege schlüpft unter das Tuch, wo es der Wind gelüftet hat, und schwirrt erschrocken um meine feuchten Lippen herum. Ein trockener Ast drückt mich in den Rücken. Nein, ich will nicht länger liegen, ich will baden gehen. Da höre ich ganz nahe an dem Beet eilende Schritte und erschrockene Frauenstimmen:

»Ach Gott! Was soll man nur tun? Und kein Mann in der Nähe!«

»Was ist denn los?« frage ich, in die Sonne hinaustretend, eine Dienstmagd, die jammernd an mir vorüberläuft. Sie blickt sich nur um, fuchtelt mit den Händen und rennt weiter. Da läuft auch schon die siebzigjährige Matrjona; sie hält mit der einen Hand das Tuch fest, das ihr immer vom Kopf rutscht, und humpelt, den einen Fuß im wollenen Strumpf mühselig nachschleppend, zum Teich. Zwei kleine Mädchen laufen Hand in Hand; ein zehnjährigerJunge im Rock seines Vaters folgt ihnen im Laufschritt, sich am hanfleinenen Kleid eines der Mädchen festhaltend.

»Was ist geschehen?« frage ich sie.

»Ein Bauer ist ertrunken.«

»Wo?«

»Im Teich.«

»Wer ists? Einer von den Unsrigen?«

»Nein, ein Fremder.«

Der Kutscher Iwan rennt, mit seinen großen Stiefeln beständig im gemähten Gras ausrutschend, zum Teich; auch der dicke Verwalter Jakow läuft ganz außer Atem, und ich laufe mit.

Ich kann mich noch an das Gefühl erinnern, das mir sagte: ›Spring ins Wasser, zieh den Bauern heraus, und alle werden dich bewundern‹, und das wünschte ich mir ja.

»Wo ist es denn, wo?« frage ich die Leute, die sich am Ufer drängen.

»Dort, gerade am Strudel, mehr am anderen Ufer, beinahe an der Badehütte«, sagt die Wäscherin, indem sie die nasse Wäsche auf das Tragholz auflädt. »Ich sehe, wie er versinkt, dann zeigt er sich und verschwindet, taucht wieder auf und schreit: ›Mein Gott, ich ertrinke!‹ und geht wieder unter, nur Blasen steigen noch auf. Da begreife ich erst, daß der Mann ertrinkt, und schreie: ›Leute, ein Mann ertrinkt!‹« Die Wäscherin legt sich das Tragholz auf die Schulter und geht, sich in den Hüften wiegend, über den Fußpfad vom Teich weg.

»Dieses Pech!« sagt der Verwalter Jakow Iwanow ganz verzweifelt. »Was das jetzt für Scherereien mit dem Gericht geben wird! Das wird kein Ende nehmen!«

Ein Bauer mit einer Sense drängt sich durch die Menge der Weiber, Kinder und Greise, die auf dem andern Ufer stehen, vor, hängt die Sense an einen Weidenast und zieht sich langsam die Bastschuhe aus.

»Wo ist es denn? Wo ist er ertrunken?« frage ich in einem

fort, vom Wunsche beseelt, ins Wasser zu springen und irgend etwas Außergewöhnliches zu vollbringen.

Man zeigt mir nur die glatte Wasserfläche, die sich ab und zu im leisen Winde kräuselt. Ich kann unmöglich begreifen, daß er ertrunken ist; das Wasser steht so glatt, schön und gleichgültig über ihm und schimmert golden in der Mittagssonne, und ich muß einsehen, daß ich nichts tun kann und niemand in Erstaunen versetzen werde, besonders da ich sehr schlecht schwimme; der Bauer hat sich aber schon das Hemd über den Kopfgezogen und ist bereit, ins Wasser zu springen. Alle blicken voller Hoffnung auf ihn und halten den Atem an; doch als der Bauer so weit gelangt ist, daß das Wasser ihm bis an die Schultern reicht, kehrt er langsam zurück und zieht sein Hemd wieder an: er kann gar nicht schwimmen.

Es kommen immer mehr Leute herbei, die Menge wächst an, die Weiber klammern sich aneinander, doch niemand bringt Hilfe. Die Neuankommenden geben gute Ratschläge, jammern, und ihre Blicke drücken Entsetzen und Verzweiflung aus; einige von denen, die schon früher da waren, sind vom Stehen müde und setzen sich ins Gras, andere gehen nach Hause. Die alte Matrjona fragt ihre Tochter, ob sie nicht vergessen habe, daheim den Ofen zu schließen; der Junge mit dem Rock seines Vaters wirft eifrig Steine ins Wasser.

Doch da kommt Tresor, Fjodor Filipytschs Hund, vom Haus den Berg heruntergelaufen und sieht sich verständnislos um; dann taucht hinter der Rosenhecke Fjodor Filipytsch selbst auf; er rennt den Abhang herunter und schreit.

»Was steht ihr denn herum?« schreit er, sich im Laufen seinen Rock anziehend. »Ein Mensch ist ertrunken, und sie stehen so da! Einen Strick her!«

Alle blicken mit banger Hoffnung auf Fjodor Filipytsch, während er, sich mit der Hand auf die Schulter eines dienstfertig herbeigesprungenen Knechtes stützend, mit der Spitze des linken Stiefels den rechten herunterzerrt.

»Es ist dort, wo die Leute stehen, rechts von der Weide, Fjodor Filipytseh, dort ist es!« sagt ihm jemand.

»Ich weiß schon«, antwortet er. Er zieht die Brauen zusammen – wohl als Antwort auf die Zeichen von Schamhaftigkeit, die die Weiber äußern –, zieht sich das Hemd aus, nimmt sich das Kreuz vom Hals, übergibt es dem Gärtnerjungen, der ehrerbietig vor ihm steht, und nähert sich, energisch über das gemähte Gras schreitend, dem Teich.

Tresor, der gar nicht begreifen kann, was diese ungewöhnlich schnellen Bewegungen seines Herrn bedeuten, bleibt vor dem Menschenhaufen stehen, rupft sich einige Hälmchen am Ufer, wirft einen fragenden Blick auf seinen Herrn und springt plötzlich, vergnügt winselnd, mit dem Herrn ins Wasser. Im ersten Augenblick sieht man nichts als Schaum und Wasserstaub, der bis zu uns herüberspritzt; da sieht man aber schon Fjodor Filipytsch in kräftigen Zügen zum anderen Ufer schwimmen; er rudert graziös mit den Armen und hebt und senkt gleichmäßig den Rücken. Tresor, der etwas Wasser geschluckt hat, kehrt rasch um, schüttelt sich in der Nähe des Menschenhaufens das Wasser aus dem Fell und wälzt sich am Ufer auf dem Rücken. In dem Augenblick, als Fjodor Filipytsch das andere Ufer erreicht, erscheinen bei der Weide zwei Kutscher mit einem zusammengerollten Fischernetz. Fjodor Filipytsch wirft, man weiß nicht, warum, die Arme in die Höhe, taucht unter, einmal, zweimal, dreimal, wobei er jedesmal einen Wasserstrahl aus dem Munde bläst, schüttelt anmutig die Haare und antwortet auf keine der Fragen, mit denen man ihn von allen Seiten bestürmt. Endlich steigt er ans Ufer und übernimmt, soviel ich sehe, nur die Oberleitung beim Auswerfen des Netzes. Das Netz wird herausgezogen, doch es enthält nichts als Schlamm, in dem einige kleine Karauschen zappeln. Während das Netz von neuem ausgeworfen wird, gehe ich an das andere Ufer hinüber.

Man hört nur die Kommandorufe Fjodor Filipytschs, das Plätschern des feuchten Strickes im Wasser und Seufzer des Entsetzens.

Der nasse Strick, der an den rechten Flügel des Netzes gebunden ist, kommt, immer mehr mit Wasserpflanzen bedeckt, weiter und weiter aus dem Wasser hervor.

»So, jetzt! Zieht alle zusammen, zieht doch!« dröhnt Fjodor Filipytschs Stimme.

»Es ist was drin! Es geht so schwer, Brüder!« sagt eine Stimme.

Nun kommen auch beide Flügel des Netzes, in denen zwei, drei kleine Karauschen zappeln, das Gras niederdrükkend und befeuchtend, an das Ufer. Durch die dünne, schwankende Schicht des getrübten Wassers schimmert im gespannten Netz etwas Weißes. In der Menge ertönt ein leiser, doch in der Totenstille erstaunlich deutlich wahrnehmbarer Seufzer des Entsetzens.

»Zieht heraus, alle auf einmal! Aufs Trockene!« hört man Fjodor Filipytschs energische Stimme, und der Ertrunkene wird über die Stoppeln der abgemähten Kletten und Lattiche zur Weide gezogen.

Und ich sehe meine gute alte Tante in ihrem seidenen Kleid, ich sehe ihren lila Sonnenschirm, der unten eine Franse hat und so wenig zu diesem in seiner Einfachheit schrecklichen Bilde des Todes paßt, und ihr Gesicht, das in Tränen ausbrechen möchte. Ich erinnere mich noch an den Ausdruck von Enttäuschung auf diesem Gesicht, daß man in diesem Falle keine Arnika anwenden kann, und an das schmerzliche Gefühl, das mich überkam, als sie mit ihrem naiven Egoismus der Liebe zu mir sagte: »Komm, mein

Kind! Ach, es ist so schrecklich! Und du badest und schwimmst immer allein!«

Ich weiß noch, wie grell und glühend die Sonne auf die trockene, lockere Erde brannte; wie sie auf dem Spiegel des Teiches spielte; wie munter am Ufer große Karpfen umherschwammen, während in der Mitte des Teiches Schwärme winziger Fische den glatten Wasserspiegel kräuselten; wie hoch am Himmel ein Habicht über den jungen Enten kreiste, die plätschernd und lärmend durch das Schilf in die Mitte des Teiches hinausschwammen; wie sich weiße, flockige Gewitterwolken am Horizont zusammenballten; wie der vom Netz ans Ufer gebrachte Schlamm sich allmählich wieder im Wasser verlor, wie ich über den Damm ging und von neuem die Schläge des Waschbleuels hörte, die über den Teich hallten.

Doch das Waschholz klingt so, als ob zwei Waschhölzer in einer Terz zusammenklängen, und dieser Klang quält und peinigt mich, um so mehr, als ich weiß, daß das Waschholz eigentlich eine Glocke ist, die Fjodor Filipytsch nicht zum Schweigen bringen will. Und dieses Waschholz preßt mir wie ein Folterwerkzeug meinen frierenden Fuß zusammen – und ich schlafe ein.

Ich erwachte, weil wir, wie mir schien, sehr schnell fuhren und weil zwei Stimmen dicht neben mir sprachen:

»Ignat! Hör, Ignat!« sagt die Stimme meines Kutschers. »Nimm meinen Fahrgast zu dir hinüber – du mußt ja sowieso fahren, was soll ich aber umsonst meine Pferde abhetzen? Nimm ihn doch!«

Ignats Stimme antwortet dicht neben mir: »Glaubst du, daß es mir Vergnügen macht, für deinen Fahrgast zu sorgen?... Spendierst du mir einen Halben dafür?«

»Was, einen Halben?... Ein Achtel, wenns sein muß.«

»Was – ein Achtel!« ruft eine andere Stimme dazwischen. »Für ein Achtel soll man die Pferde abhetzen?«

Ich öffne die Augen. Vor meinen Augen flimmert noch immer derselbe unerträgliche wirbelnde Schnee, ich sehe dieselben Kutscher und Pferde, doch neben mir fährt ein fremder Schlitten. Mein Kutscher hat Ignat eingeholt, und wir fahren längere Zeit nebeneinander. Obgleich die Stimme aus dem hinter uns fahrenden Schlitten empfiehlt, es nicht billiger als für einen Halben zu tun, hält Ignat doch plötzlich seine Troika an.

»Lade ihn um, in Gottes Namen! Du hast Glück. Das Achtel wirst du mir morgen, wenn wir ankommen, spendieren. Ist viel Gepäck dabei, he?«

Mein Kutscher springt mit einer ihm gar nicht eigenen Behendigkeit in den Schnee und bittet mich unter Verbeugungen, zu Ignat umzusteigen. Ich bin damit vollkommen einverstanden; der gottesfürchtige Bauer ist offenbar außer sich vor Glück und muß seiner Freude und Dankbarkeit in einem ganzen Wortschwall Ausdruck geben: unter fortwährenden Verbeugungen bedankt er sich bei mir, Aljoschka und Ignat.

»Nun, Gott sei Dank! Wie wäre es denn sonst, du lieber Gott! Die halbe Nacht fahren wir schon und wissen selbst nicht, wohin. Er wird Sie schon hinbringen, Väterchen; meine Pferde können nicht mehr.«

Und er beginnt mit großem Eifer mein Gepäck abzuladen. Während sie das Gepäck umluden, ging ich mit dem Wind, der mich förmlich trug, zum zweiten Schlitten. Er war – besonders von der Seite, wo sich die beiden Kutscher zum Schutz gegen den Wind über ihren Köpfen den Mantel aufgespannt hatten, zu einem Viertel verschneit; aber hinter dem Mantel war es windstill und behaglich. Der Alte lag noch immer mit heraushängenden Beinen da, und der Märchenerzähler fuhr in seiner Erzählung fort: »Zu derselben Zeit, als der General also im Namen des Königs zu Maria ins Gefängnis kommt, zu derselben Zeit sagt also Maria zu ihm: ›General! Ich brauche dich nicht und kann dich nicht lieben, du bist also nicht mein Geliebter; denn mein Geliebter ist jener Prinz...‹«

»Zu derselben Zeit...« fuhr er fort; doch als er mich sah, hielt er inne und fachte sein Pfeifchen an.

»Nun, Herr, sind Sie auch hergekommen, um das Märchen mit anzuhören?« fragte der andere, den ich den Ratgeber genannt habe.

»Bei euch ist es ja so gemütlich und lustig!« sagte ich.

»Was fängt man nicht alles aus Langerweile an! So macht man sich wenigstens keine Gedanken.«

»Wißt ihr vielleicht, wo wir jetzt sind?«

Diese Frage schien den Kutschern nicht zu gefallen.

»Wer soll sich da auskennen, wo wir sind! Vielleicht sind wir gar zu den Kalmücken geraten«, antwortete der Ratgeber.

»Was sollen wir denn machen?«

»Was wir machen sollen? Wir fahren ja, vielleicht kommen wir noch irgendwo heraus«, sagte er mit verdrießlicher Stimme.

»Und wenn wir nicht herauskommen und die Pferde im Schnee steckenbleiben, was dann?«

»Was soll dann sein?! Nichts.«

»Wir können ja erfrieren.«

»Gewiß können wir das: es sind ja weit und breit keine Heuschober zu sehen – also sind wir wirklich zu den Kalmücken geraten. Wir müssen uns vor allen Dingen nach dem Schnee richten.«

»Du fürchtest wohl, daß du erfrierst, Herr?« fragte der Alte mit zitternder Stimme.

Obwohl er sich anscheinend über mich lustig machte, sah ich ihm an, daß er bis auf die Knochen durchgefroren war. »Ja, es wird bitter kalt«, sagte ich.

»Ach, Herr! Machs doch wie ich: steig ab und zu mal aus und lauf ein Stück, dann wird dir warm.«

»Am besten läufst du hinter dem Schlitten her«, sagte der Ratgeber.

7

»Jetzt können Sie kommen: alles fertig!« rief mir Aljoschka aus dem vorderen Schlitten zu.

Der Sturm war so stark, daß ich nur mit großer Mühe, ganz vornübergebeugt und mit beiden Händen die Schöße des Pelzmantels festhaltend, über den lockeren Schnee, den der Wind unter meinen Füßen aufwirbelte, die wenigen Schritte, die mich vom Schlitten trennten, zurücklegen konnte. Mein früherer Kutscher kniete bereits in der Mitte des leeren Schlittens; als er mich sah, zog er seine große Mütze, wobei der Wind wütend seine Haare packte und in die Höhe wehte, und bat mich um ein Trinkgeld. Er hatte wohl gar nicht erwartet, daß ich ihm eins geben würde, denn meine abschlägige Antwort betrübte ihn nicht im geringsten. Er dankte mir trotzdem, setzte seine Mütze wieder auf und sagte: »Vergelts Gott, Herr...« Dann zog er die Zügel an, schmatzte mit den Lippen und fuhr an uns vorbei. Gleich darauf gab sich auch Ignaschka einen Ruck und rief die Pferde an. Wieder wurde das Heulen des Windes, das besonders laut zu hören war, wenn wir hielten, vom Knirschen des Schnees unter den Hufen, den Zurufen der Kutscher und dem Schellengeläute abgelöst.

Nach dem Umsteigen blieb ich etwa eine Viertelstunde wach und vertrieb mir die Zeit damit, daß ich die Gestalt meines neuen Kutschers und seine Pferde studierte. Ignaschka saß auf dem Bock wie ein Held, hüpfte immer auf und nieder, schwang die Hand mit der herabhängenden Peitsche über den Pferden, stieß kurze Schreie aus, schlug einen Fuß an den andern und beugte sich jeden Augenblick vor, um den Schwanzriemen des Mittelpferdes geradezurichten, der immer nach rechts hinüberrutschte. Ignaschka war nicht sehr groß, schien aber gut gebaut. Über dem kurzen Pelzrock trug er einen weiten Mantel ohne Gürtel; der Mantelkragen war fast ganz zurückgeschlagen und ließ den Hals frei; er trug keine Filz-, sondern Lederstiefel und eine kleine Mütze, die er jeden Augenblick abnahm und geraderückte. Die Ohren waren nur durch die Haare geschützt. Alle seine Bewegungen zeugten weniger von Energie als von dem Bestreben, sich zur Energie anzuspornen. Doch je länger wir fuhren, um so öfter sprang er empor, rückte auf dem Bock hin und her, schlug einen Fuß an den andern und zog mich oder Aljoschka ins Gespräch; ich hatte den Eindruck, daß er fürchtete, den Mut zu verlieren. Er hatte auch allen Grund dazu. Seine Pferde waren zwar gut, doch der Weg wurde mit jedem Schritt beschwerlicher, und man sah, daß die Pferde immer weniger Lust zum Laufen hatten: er mußte sie schon ab und zu mit Peitschenhieben ermuntern, und das Mittelpferd, ein kräftiger, großer, zottiger Gaul, war schon einige Male gestolpert; es zog aber jedesmal vor Schreck mit starkem Ruck wieder an und warf den zottigen Kopf so hoch empor, daß er beinahe die Schellen berührte. Das rechte Nebenpferd, das ich unwillkürlich beobachtete, ließ zugleich mit der langen Quaste des Schwanzriemens, die an der Feldseite baumelte und hin und her sprang, merklich die Stränge hängen und verlangte nach der Peitsche; da es aber doch ein gutes, sogar feuriges Pferd war, ärgerte es sich anscheinend über seine eigene Schwäche und hob und senkte unwillig den Kopf, als wollte es, daß man die Zügel fester anziehe. Es war wirklich unheimlich anzusehen, wie Schneesturm und Frost immer stärker, die Pferde immer schwächer wurden und der Weg immer schlechter und wir gar nicht wußten, wo wir uns befanden und wohin wir fahren sollten, zur Station oder zu irgendeinem Obdach; es war komisch und zugleich seltsam zu hören, wie die Glöckchen trotzdem unentwegt und heiter bimmelten, wie munter und keck Ignaschka die Pferde anschrie, als ob wir an einem frostklaren, sonnigen Feiertag im Januar auf der Dorfstraße spazierenführen; am seltsamsten war jedoch der Gedanke, daß wir ununterbrochen und in schnellster Fahrt von der Stelle kamen. Ignaschka stimmte ein Lied an; er sang zwar mit ziemlich widerwärtiger Fistelstimme, aber so laut und mit so häufigen Pausen, die er mit Pfeifen ausfüllte, daß es beinahe unmöglich war, ängstlich zu werden, wenn man ihm zuhörte.

»He! He! Was brüllst du so, Ignat?« erklang die Stimme des Ratgebers. »Halt eine Weile!«

»Was?«

»Haaalt!«

Ignat hielt an. Wieder begann der Wind zu heulen und zu pfeifen, während die anderen Laute verstummten und immer mehr Schnee in den Schlitten wirbelte. Der Ratgeber kam zu uns heran.

»Was gibts denn?«

»Was es gibt? Wohin fahren wir eigentlich?«

»Wer weiß wohin!«

»Sind dir die Beine erfroren, daß du so trampelst?«

»Sie sind ganz steif.«

»Geh doch mal dorthin: da schimmert etwas, vielleicht ists ein Kalmückenlager. Geh doch, da kannst du dir auch die Füße warmlaufen.«

»Gut. Halt inzwischen die Pferde, hier sind die Zügel...« Und Ignat lief in der angegebenen Richtung fort.

»Man muß immer aufpassen und ab und zu auch ein bißchen gehen; dann findet man auch was. Wozu denn einfach drauflosfahren?« wandte sich der Ratgeber an mich. »Sieh nur, wie er die Pferde in Schweiß gejagt hat!«

Während Ignat auf der Suche war – und das dauerte so lange, daß ich schon fürchtete, er habe sich verirrt –, erzählte mir der Ratgeber in selbstbewußtem, ruhigem Tone, wie man sich bei einem Schneesturm zu verhalten habe: man müßte das Pferd ausspannen und laufen lassen, es würde einen, so wahr Gott lebt, auf den richtigen Weg bringen; man könnte sich auch nach den Sternen richten, und wir wären schon längst auf der Station, wenn er und nicht Ignat auf dem vorderen Schlitten gesessen hätte.

»Na, hast du was gefunden?« fragte er Ignat, der gerade zurückkehrte und mit Mühe durch den kniehohen Schnee watete.

»Es ist wirklich etwas wie ein Kalmückenlager zu sehen«, antwortete Ignat ganz atemlos; »man weiß aber nicht, was für eines es ist. Ich glaube, wir sind ganz nahe an der Datscha von Prolgow. Wir müssen uns mehr links halten ...«

»Was redest du für Unsinn! Das sind ja die Kalmückenlager, die hinter unserm Dorf liegen«, entgegnete der Ratgeber.

»Ach was!«

»Mir genügt ein Blick. Ich weiß schon, daß es doch so ist; und wenn nicht, dann ist es Tamyschewskoje. Wir müssen mehr nach rechts halten, wir kommen dann gerade an der großen Brücke bei der achten Werst heraus.«

»Ich sage dir doch, daß es nicht stimmt! Ich hab ja gesehen!« rief Ignat ärgerlich.

»Ach, Bruder! Und du willst Postkutscher sein!«

»Jawohl! Geh doch selber mal hin!«

»Wozu soll ich gehen? Ich weiß es auch so.«

Ignat wurde offenbar böse; ohne zu antworten, sprang er auf den Bock und trieb die Pferde an.

»Meine Füße sind ganz erstarrt, sie werden gar nicht mehr warm«, sagte er zu Aljoschka, wobei er immer öfter die Beine aneinanderschlug und den Schnee, der sich in seinen Stiefelschäften angesammelt hatte, herausholte und abschüttelte.

Ich war todmüde und wollte schrecklich gern schlafen.

8

›Erfriere ich denn schon?‹ dachte ich im Einschlafen. ›Es heißt, das Erfrieren beginne immer damit, daß man einschläft. Ich möchte schon lieber ertrinken als erfrieren – mag man mich dann mit dem Netz herausziehen; übrigens ist es mir einerlei, ob ich erfriere oder ertrinke, wenn mich nur nicht dieser Stock, oder was es ist, im Rücken drückte, und wenn ich sanft einschlummern könnte.‹

Ich nickte für ein paar Sekunden ein.

›Doch wie wird das alles enden?‹ sage ich mir plötzlich, öffne für eine Minute die Augen und blicke in den weißen Raum hinaus. ›Wie wird das alles enden? Wenn wir keine Heuschober finden und wenn die Pferde stehenbleiben, was anscheinend bald geschehen wird, werden wir wohl alle erfrieren.‹ Ich fürchtete mich zwar ein wenig, aber ich muß gestehen, daß der Wunsch, etwas Außergewöhnliches und Tragisches zu erleben, doch stärker war als meine nicht allzu große Furcht. Ich dachte, daß es gar nicht so übel wäre, wenn die Pferde uns in halberfrorenem Zustand gegen Morgen in irgendein fernes, unbekanntes Dorf brächten und wenn einige von uns schon ganz erfroren wären. Solche und ähnliche Gedanken gingen mir mit ungewöhnlicher Klarheit und Schnelligkeit durch den Kopf. Die Pferde blieben stehen, der Schnee türmte sich höher und höher auf, und nun kann man von den Pferden nur die Ohren und die Krummhölzer sehen. Plötzlich erscheint irgendwo oben Ignaschka mit seiner Troika und fährt an uns vorüber. Wir flehen ihn an und schreien, daß er uns mitnehmen möchte, doch der Wind trägt unsere Stimmen fort, und sie verhallen ungehört. Ignaschka lacht, schreit seinen Pferden etwas zu, pfeift und verschwindet in einem tiefen, schneeverwehten Graben. Der Alte springt auf ein Pferd, rudert mit den Ellbogen und will davonsprengen, kann sich aber nicht von der Stelle rühren; mein früherer Kutscher mit der großen Mütze fällt über ihn her, zerrt ihn vom Pferd herunter und tritt ihn in den Schnee. »Du bist ein Hexenmeister!« schreit er ihm zu. »Du kannst gotteslästerlich fluchen! Laß uns zusammen herumirren!« Doch der Alte arbeitet sich mit dem Kopf aus dem Schneehaufen heraus; es ist nun aber nicht mehr der Alte, sondern ein Hase, und er rennt von uns weg. Alle Hunde jagen ihm nach. Der Ratgeber, der eigentlich Fjodor Filipytsch ist, sagt, wir sollten uns alle in einem Kreis herumsetzen, es mache nichts, wenn der Schnee uns zudecken würde, wir würden es dann wärmer haben. Es ist uns wirklich warm und gemütlich, nur haben wir Durst. Ich hole meine Reisetasche hervor, gebe allen Rum mit Zucker zu trinken und trinke auch selbst mit großem Behagen. Der Märchenerzähler erzählt irgendein Märchen vom Regenbogen, und da wölbt sich schon über uns eine Decke aus Schnee und ein Regenbogen. »Jetzt soll sich jeder im Schnee eine Kammer bauen, und dann wollen wir schlafen!« sage ich. Der Schnee ist weich und warm wie Pelzwerk. Ich baue mir eine Kammer und will hineingehen; doch Fjodor Filipytsch, der in der Reisetasche mein Geld bemerkt hat, sagt: »Wart! Gib dein Geld her! Mußt ja sowieso sterben!«, und mit diesen Worten packt er mich am Bein. Ich gebe ihm mein ganzes Geld und bitte nur, man möchte mich loslassen; sie glauben mir aber nicht, daß das mein ganzes Geld sei, und wollen mich totschlagen. Ich ergreife die Hand des Alten und beginne sie mit unsagbarer Wonne zu küssen: die Hand ist zart und süß. Er will sie mir zuerst entreißen, überläßt sie mir aber dann und beginnt mich sogar mit der anderen Hand zu liebkosen. Doch da naht schon Fjodor Filipytsch und droht mir. Ich laufe in mein Zimmer; es ist aber kein Zimmer, sondern ein langer, weißer Korridor, und jemand hält mich an den Beinen fest. Ich reiße mich los. In der Hand dessen, der mich festhält, bleibt meine Kleidung und ein Teil meiner Haut zurück; doch ich empfinde nur Kälte und Scham – ich schäme mich um so mehr, als mir meine Tante mit dem Sonnenschirm und ihrer homöopathischen Apotheke, Arm in Arm mit dem Ertrunkenen, entgegenkommt. Sie lachen und verstehen die Zeichen nicht, die ich ihnen mache. Ich werfe mich in den Schlitten, meine Beine schleifen im Schnee nach, doch der Alte rennt, mit den Ellbogen schlenkernd, hinterher. Er hat mich schon beinahe erreicht; aber da höre ich vor mir zwei Glocken läuten, und ich weiß, daß ich gerettet bin, wenn ich sie erreiche. Die Glocken tönen immer lauter und lauter; doch der Alte hat mich bereits eingeholt und ist mit dem Bauch über mein Gesicht gefallen, so daß ich das Glockengeläute kaum noch hören kann. Ich ergreife wieder seine Hand und beginne sie zu küssen; aber der Alte ist nicht mehr der Alte, sondern der Ertrunkene, und er schreit: »Ignaschka! Halt! Ich glaube, da sind schon die Heuschober von Achmetka! Geh mal hin und schau nach!« Das ist allzu schrecklich. Nein, ich will lieber erwachen …

Ich öffne die Augen. Der Wind hat mir den Schoß von Aljoschkas Mantel übers Gesicht geworfen, und eines meiner Knie ist unbedeckt; wir fahren über eine nackte Eiskruste, und die Terz der Schellen mit der klirrenden Quinte tönt ungemein hell durch die Luft.

Ich schaue nach den Heuschobern; doch statt ihrer sehe ich, schon im Wachen, ein Haus mit einem Balkon und eine zackige Festungsmauer. Das Haus und die Festung interessieren mich recht wenig: ich möchte viel lieber wieder den weißen Korridor sehen, durch den ich gelaufen bin, die Kirchenglocken hören und die Hand des Alten küssen. Ich schließe wieder die Augen und schlafe ein.

9

Ich schlief fest, doch hörte ich die ganze Zeit hindurch die Terz der Schellen, und sie erschien mir im Schlafe bald als ein Hund, der sich bellend auf mich stürzte, bald als eine Orgel, in der ich eine der Pfeifen war, bald als ein französisches Gedicht, das ich verfaßte. Bald erschien sie mir als ein Marterwerkzeug, mit dem mir jemand unaufhörlich die rechte Ferse zusammenpreßte. Der Schmerz war so stark, daß ich erwachte, die Augen öffnete und mir den Fuß rieb. Er begann bereits zu erfrieren. Um mich her war noch immer dieselbe helle, trübe, weiße Nacht. Der Schlitten rüttelte noch immer im selben Takt; derselbe Ignaschka saß seitwärts auf dem Bock und schlug die Beine aneinander; dasselbe Nebenpferd lief mit gestrecktem Hals, mit Mühe die Beine hebend, im Trab durch den tiefen Schnee; die Quaste am Schwanzriemen sprang auf und nieder und schlug an den Bauch des Pferdes. Der Kopf des Mittelpferdes mit der im Winde flatternden Mähne wippte gleichmäßig auf und nieder, die an das Krummholz gebundenen Zügel bald spannend und bald lokker lassend. Doch alles war noch mehr als früher vom Schnee verweht. Der Schnee wirbelte vorn, verschüttete rechts und links die Schlittenkufen und die Pferdebeine bis an die Knie und fiel von oben auf unsere Kragen und Mützen. Der Wind kam bald von rechts, bald von links, spielte mit meinem Kragen, mit den Schößen von Ignaschkas Mantel, mit der Mähne des Nebenpferdes und fuhr heulend durch das Krummholz und zwischen die Deichseln.

Es wurde entsetzlich kalt, und sobald ich den Kopf aus dem Mantelkragen herausstreckte, fuhr mir der trockene, eisige Schnee wirbelnd in Wimpern, Nase und Mund und sprang mir in den Nacken; ringsum war alles weiß, hell und schneeig, nichts als trübes Licht und Schnee. Ich bekam ernstlich Angst. Aljoschka schlief zu meinen Füßen auf dem Boden des Schlittens; sein ganzer Rücken war von einer dikken Schneeschicht bedeckt. Ignaschka ließ den Mut nicht sinken: er riß an den Zügeln, stieß kurze Schreie aus und schlug die Beine aneinander. Die Schellen klangen noch immer wundervoll. Die Pferde schnaubten; sie stolperten immer öfter, liefen aber weiter, wenn auch etwas langsamer. Ignaschka sprang wieder auf, fuchtelte mit einem Handschuh herum und stimmte mit seiner dünnen Fistelstimme ein Lied an. Ohne das Lied zu Ende zu singen, hielt er plötzlich die Troika an, warf die Zügel über den Vorderteil des Schlittens und stieg aus. Der Wind heulte wütend; unglaubliche Schneemengen fielen auf unsere Mäntel. Ich blickte zurück: die dritte Troika war nicht mehr hinter uns (sie war irgendwo zurückgeblieben). Ich konnte durch den Schneenebel sehen, wie der Alte am zweiten Schlitten von einem Fuß auf den andern hüpfte. Ignaschka ging etwa drei Schritt zur Seite, setzte sich in den Schnee, löste seinen Gürtel und begann sich die Stiefel auszuziehen.

»Was machst du da?« fragte ich ihn.

»Ich muß die Fußlappen wechseln, denn mir sind beinahe die Füße abgefroren«, antwortete er mir, in seiner Beschäftigung fortfahrend.

Es war mir zu kalt, den Hals aus dem Kragen herauszustrecken, um zu sehen, wie er das machte. Ich saß gerade da und sah auf das Seitenpferd, das ein Bein vorgestellt hatte und müde den aufgebundenen schneebedeckten Schweif bewegte. Der Stoß, den Ignat dem Schlitten versetzte, als er auf den Bock sprang, weckte mich.

»Was gibts, wo sind wir jetzt?« fragte ich; »werden wir noch vor Tagesanbruch ankommen?«

»Machen Sie sich keine Sorgen, wir werden Sie schon hinbringen«, antwortete er. »Meine Füße sind jetzt ganz warm, weil ich die Fußlappen gewechselt habe.«

Er fuhr los, die Schellen erklangen, der Schlitten begann wieder zu schwanken, und der Wind heulte unter den Kufen. Und wir segelten weiter über das endlose Schneemeer.

10

Ich war fest eingeschlafen. Als Aljoschka mich weckte, indem er mich mit dem Fuß anstieß, und ich die Augen öffnete, war es schon Morgen. Es schien noch kälter zu sein als in der Nacht. Von oben schneite es nicht mehr, doch der heftige trockene Wind wirbelte noch immer den Schneestaub im Feld empor, besonders unter den Hufen der Pferde und den Schlittenkufen. Auf der rechten Seite, im Osten, hatte der Himmel eine bleigraue Farbe, aber am Horizont traten grelle, rotgelbe schräge Streifen immer deutlicher hervor, über meinem Kopf sah ich zwischen den dahineilenden weißen, vom Morgenrot gefärbten Wolken ein blasses Blau; links waren die Wolken hell, leicht und beweglich. Ringsumher, so weit das Auge reichte, lag in der Steppe weißer, in scharf begrenzten Schichten aufgewehter, tiefer Schnee. Hier und da ragte ein grauer Erdhügel empor, über den unaufhörlich feiner, trockener Schneestaub hinwegflog. Nirgends war eine Spur zu sehen, weder die eines Schlittens noch eines Menschen, noch eines Tieres. Die Umrisse und die Farben des Kutscherrückens und der Pferde hoben sich klar und scharf von dem weißen Hintergrund ab... Der Rand von Ignaschkas dunkelblauer Mütze, sein Kragen, seine Haare und sogar seine Stiefel waren weiß. Der Schlitten war vollständig zugeschneit. Kopf und Mähne des grauen Mittelpferdes waren auf der rechten Seite mit einer dicken Schneekruste bedeckt, bei meinem Seitenpferd waren die Beine bis an die Knie verschneit und das ganze vom Schweiß zottig gewordene Hinterteil rechts mit Schnee beklebt. Die Quaste hüpfte auf und nieder im Takt jeder Melodie, die mir gerade einfiel, und auch das Nebenpferd lief im gleichen Takt; man konnte nur an seinem eingefallenen Bauch, der sich oft hob und senkte, und an den herabhängenden Ohren erkennen, wie abgehetzt es war. Ein einziger neuer Gegenstand lenkte meine Aufmerksamkeit auf sich: ein Werstpfahl, von dem der Schnee auf die Erde herabfiel; der Wind hatte an seiner rechten Seite einen ganzen Berg angehäuft und warf noch immer den Pulverschnee von der einen Seite auf die andere. Es wunderte mich sehr, daß wir eine ganze Nacht, volle zwölf Stunden lang, mit denselben Pferden gefahren waren, ohne zu wissen, wohin, und ohne stehenzubleiben – und schließlich doch irgendwo angelangt waren. Unsere Schellen schienen lustiger zu klingen. Ignat schlug seinen Mantel übereinander und schrie die Pferde an; hinter uns schnaubten die Pferde und tönten die Schellen der Troika des Alten und des Ratgebers; doch den Kutscher, der geschlafen hatte, hatten wir endgültig hinter uns verloren. Nachdem wir noch eine halbe Werst weitergefahren waren, stießen wir auf die frische, noch kaum verwehte Spur einer Troika; hier und da waren auf dem Schnee hellrote Blutflecken zu sehen, wahrscheinlich von einem Pferd, das sich verletzt hatte.

»Das muß Philipp sein! Sieh mal an, er ist doch noch früher angekommen als wir!« sagte Ignaschka.

Da taucht auch schon mitten im Schnee ein einsames Häuschen mit einem Schild auf; es ist fast bis an das Dach und an die Fenster verweht. Vor der Schenke steht ein Dreigespann von Grauschimmeln; sie sind von Schweiß zottig geworden und stehen mit gespreizten Beinen und traurig gesenkten Köpfen da. Vor der Tür ist gefegt; auch eine Schaufel steht da; doch der heulende Wind weht und wirbelt vom Dach immer neuen Schnee herab.

Auf unser Schellengeläut erscheint vor der Tür ein großer, rothaariger Kutscher mit einem Glas Branntwein in der Hand und ruft uns etwas zu. Ignaschka wendet sich zu mir um und bittet um Erlaubnis, zu halten. Da sehe ich zum ersten Male seine Fratze.

II

Sein Gesicht war gar nicht dunkel, hart und gradnasig, wie ich es nach seinem Haar und seiner Figur erwartet hatte. Es war eine runde, lustige, stumpfnasige Fratze mit großem Mund und hellblauen, runden Augen. Die Wangen und der Hals waren so rot, als wären sie mit einem Tuchlappen poliert worden; die Augenbrauen, die langen Wimpern und der Flaum, der gleichmäßig den unteren Teil seines Gesichts bedeckte, waren von Schnee verklebt und über und über weiß. Wir hatten bis zur Station nur noch eine halbe Werst zu fahren; wir hielten an.

»Aber schnell!« sagte ich.

»In einer Minute«, antwortete Ignaschka, sprang vom Bock und ging zu Philipp.

»Gib her, Bruder!« sagte er, den rechten Handschuh und die Peitsche in den Schnee werfend. Dann warf er den Kopf zurück und stürzte in einem Zuge das Glas Schnaps hinunter, das ihm Philipp gereicht hatte.

Der Schankwirt, anscheinend ein verabschiedeter Kosak, trat mit einer Schnapsflasche in der Hand aus der Tür.

»Wem soll ich einschenken?« fragte er.

Der lange Wassilij, ein hagerer, blonder Kerl mit einem Ziegenbart, und der Ratgeber, ein dicker, mit weißen Wimpern und Augenbrauen und dichtem, weißem Vollbart, der sein rotes Gesicht umrahmte, traten vor und tranken jeder ein Glas. Auch der Alte ging auf die Trinkenden zu, man schenkte ihm aber nicht ein; er ging zu seinen hinter dem Schlitten angebundenen Pferden und streichelte eines von ihnen über Rücken und Hinterteil.

Der Alte sah genauso aus, wie ich ihn mir vorgestellt hatte: klein, hager, mit einem runzligen, blau angelaufenen Gesicht, einem dünnen Bärtchen, einer spitzen Nase und stumpfen gelben Zähnen. Er trug eine nagelneue Kutschermütze und dabei einen abgeschabten, mit Teer beschmierten und auf den Schultern und an den Schößen zerrissenen Halbpelz, der nicht einmal seine Knie und die hanfleinenen Unterhosen bedeckte, die in riesengroßen Filzstiefeln steckten. Er war ganz zusammengeschrumpft, zog ein finsteres Gesicht und machte sich, an allen Gliedern zitternd, am Schlitten zu schaffen, anscheinend, um sich zu erwärmen.

»Nun, Mitritsch, kauf dir doch ein Viertel! Das wird dich ordentlich wärmen«, sagte der Ratgeber zu ihm.

Mitritsch zuckte zusammen. Er rückte den Schwanzriemen seines Pferdes und das Krummholz zurecht und ging auf mich zu.

»Nun, wie wärs, Herr?« sagte er zu mir, nahm die Mütze von seinem grauen Kopf und verneigte sich tief. »Wir sind ja die ganze Nacht zusammen umhergeirrt, haben den Weg gesucht – ein Viertel könnten Sie schon spendieren. Wirklich, Väterchen, Durchlaucht! Ich habe ja nichts, um mich zu erwärmen«, fügte er mit unterwürfigem Lächeln hinzu.

Ich schenkte ihm fünfundzwanzig Kopeken. Der Wirt brachte ein Viertel Schnaps und reichte es dem Alten. Er zog sich einen Handschuh aus, legte die Peitsche weg und streckte seine kleine dunkle, rauhe, etwas blau angelaufene Hand nach dem Glas aus; doch sein Daumen wollte ihm nicht gehorchen: er konnte das Glas nicht halten, ließ es fallen, und der Schnaps floß in den Schnee.

Alle Kutscher brachen in schallendes Gelächter aus.

»Seht doch, der Mitritsch ist so erfroren, daß er nicht einmal den Schnaps halten kann!«

Mitritsch war sehr traurig darüber, daß er den Schnaps verschüttet hatte.

Man schenkte ihm aber ein zweites Glas ein und goß es ihm in den Mund. Er wurde sofort lustig, lief in die Schenke, zündete sich die Pfeife an und begann mit seinen gelben, stumpfen Zähnen zu grinsen und bei jedem Wort, das er sprach, unflätig zu schimpfen. Nachdem das letzte Viertel Schnaps ausgetrunken war, gingen die Kutscher zu ihren Troikas, und wir fuhren weiter.

Der Schnee wurde immer weißer und greller, so daß einem die Augen weh taten, wenn man ihn ansah. Die orangefarbenen und roten Streifen am Himmel stiegen immer höher und höher und wurden immer greller und greller; da kam auch schon am Horizont hinter den graublauen Wolken die rote Sonnenscheibe zum Vorschein, und das Blau wurde leuchtender und dunkler. Vor dem Dorf waren auf der Landstraße deutliche, gelbliche Schlittenspuren zu sehen; stellenweise war der Weg ausgefahren und schlecht. In der frostigen, herben Luft spürte ich eine eigentümliche angenehme Leichtigkeit und Frische.

Meine Troika lief sehr schnell. Der Kopf und der Hals des Mittelpferdes mit der um das Krummholz flatternden Mähne wippte schnell, fast immer genau an der gleichen

Stelle, unterhalb der Liebhaberschellen, deren Zünglein an den Wandungen nicht mehr anschlugen, sondern nur schabten. Die kräftigen Seitenpferde hatten die hartgefrorenen, schiefen Stränge angezogen und liefen energisch vorwärts; die Riemenquaste schlug gegen Bauch und Schwanzriemen. Zuweilen geriet eines der Seitenpferde von der eingefahrenen Straße in einen Schneehaufen und arbeitete sich geschickt heraus, wobei es uns den Schnee in die Augen schleuderte. Ignaschka schrie mit seiner lustigen Tenorstimme die Pferde an; der trockene Frost knirschte unter den Kufen; hinter uns klangen hell und festlich die Schellen und die betrunkenen Schreie der Kutscher. Ich blickte mich um: die grauen, struppigen Seitenpferde sprangen mit gestrecktem Hals, den Atem gleichmäßig verhaltend, mit verhängten Zügeln durch den Schnee. Philipp schwang die Peitsche und rückte seine Mütze zurecht; der Alte lag noch immer mit hochgezogenen Beinen mitten im Schlitten.

Nach zwei Minuten knirschte der Schlitten über die vom Schnee gesäuberten Bretter der Stationsauffahrt; Ignaschka wandte mir sein schneeverwehtes, frostatmendes, lustiges Gesicht zu und sagte:

»Nun haben wir Sie doch an Ort und Stelle gebracht, Herr!«

Der Überfall

Am 12. Juli trat der Hauptmann Chlopow mit Epauletten und Säbel, einer Ausrüstung, in der ich ihn seit meiner Ankunft im Kaukasus noch nie gesehen hatte, in die niedrige Tür meiner Erdhütte.

»Ich komme geradewegs vom Obersten«, sagte er als Antwort auf den fragenden Blick, mit dem ich ihn empfing. »Morgen rückt unser Bataillon aus.«

»Wohin?« fragte ich.

»Nach NN. Da sollen sich die Truppen sammeln.«

»Und von dort aus setzen sie sich wohl irgendwohin in Marsch?«

»Wahrscheinlich.«

»Wohin denn? Was meinen Sie?«

»Was ist da zu meinen? Ich will Ihnen sagen, was ich weiß. Gestern nacht ist ein Tatar vom General herübergekommen und hat den Befehl überbracht, das Bataillon solle ausrücken und für zwei Tage Zwieback mitnehmen; aber wohin, warum und auf wie lange, danach fragt man nicht, Verehrtester: Marschbefehl, und damit basta.«

»Aber wenn nur für zwei Tage Zwieback mitgenommen wird, dann werden auch die Truppen nicht länger fortbleiben.«

»Na, das folgt daraus noch nicht...«

»Aber wieso denn?« fragte ich erstaunt.

»Möglich ist das alles! Als wir nach Darghi marschierten, nahmen wir für eine Woche Zwieback mit und blieben fast einen Monat fort.«

»Könnte ich vielleicht mitkommen?« fragte ich nach einer Weile.

»Das könnten Sie schon, aber ich rate Ihnen: kommen Sie lieber nicht mit. Wozu wollen Sie sich in Gefahr begeben?«

»Gestatten Sie mir, Ihrem Rat nicht zu folgen: ich habe hier einen ganzen Monat lediglich deshalb zugebracht, um ein Gefecht mitzuerleben – und Sie wollen, daß ich mir diese Gelegenheit entgehen lassen soll.«

»Meinetwegen kommen Sie mit; aber wirklich, wäre es nicht besser, wenn Sie hierblieben? Sie könnten hier inzwischen auf die Jagd gehen und uns in Gottes Namen marschieren lassen. Das wäre prächtig!« sagte er in so eindringlichem Tone, daß es mir im ersten Augenblick wirklich schien, daß das prächtig sei; dann aber erwiderte ich mit aller Entschiedenheit, ich würde um keinen Preis zurückbleiben.

»Was würden Sie schon zu sehen bekommen?« fuhr der Hauptmann fort, mich zu überreden. »Möchten Sie wissen, wie es bei einem Gefecht zugeht? Lesen Sie die ›Schilderung des Krieges 1813‹ von Michailowskij-Danilewskij[1], ein ausgezeichnetes Buch; da ist alles genau geschildert: wo dieses und wo jenes Korps gestanden hat und wie die Schlachten verlaufen sind.«

»Nein, das interessiert mich nicht«, antwortete ich.

»Na, was interessiert Sie denn? Sie möchten wohl einfach mit ansehen, wie Menschen getötet werden? – Im Jahre 32 war auch so ein Zivilist hier, ein Spanier, glaube ich. Er hat zwei Feldzüge mitgemacht, in einem komischen blauen Mantel... und schließlich wurde dem armen Burschen das Lebenslicht ausgeblasen. Hier können Sie niemandem imponieren, lieber Freund!«

So sehr ich mich auch darüber ärgerte, daß der Hauptmann

1 Russischer Militärschriftsteller.

meine Absicht so übel auslegte – ich machte keinen Versuch, ihn zu einer anderen Anschauung zu bekehren.

»War er denn tapfer?« fragte ich ihn.

»Weiß Gott: er ritt immer voraus, und wo es ein Geplänkel gab, war er dabei.«

»Also war er doch tapfer«, sagte ich.

»Nein, das ist keine Tapferkeit, wenn einer sich überall herumtreibt, wo man ihn nicht verlangt...«

»Was nennen Sie denn Tapferkeit?«

»Tapferkeit? Tapferkeit?« wiederholte der Hauptmann und machte dabei ein Gesicht, als würde ihm diese Frage zum ersten Mal vorgelegt. »Tapfer ist der, der sich so benimmt, wie es sich gehört«, sagte er, nachdem er ein Weilchen überlegt hatte.

Ich erinnerte mich, daß Plato die Tapferkeit definiert als ›die Kenntnis dessen, was zu fürchten und was nicht zu fürchten ist‹, und obwohl der Hauptmann sich bei seiner Definition recht allgemein und unklar ausgedrückt hatte, war ich der Meinung, daß der Grundgedanke beider nicht so verschieden sei, wie es zunächst scheinen könnte, und daß die Definition des Hauptmanns sogar richtiger sei als die des griechischen Philosophen; denn hätte er die Fähigkeit besessen, sich wie ein Plato auszudrücken, so hätte er wohl gesagt, tapfer sei der, der nur das fürchtet, was man fürchten soll, aber nicht das, was man nicht zu fürchten braucht.

Ich wollte dem Hauptmann meinen Gedanken klarmachen. »Ja«, sagte ich, »mir scheint, daß jede Gefahr eine Wahl darstellt, und eine Wahl, die unter dem Einfluß des Pflichtgefühls getroffen wird, ist die Tapferkeit; eine Wahl hingegen, die man unter dem Einfluß eines niedrigen Gefühls trifft, ist die Feigheit; deshalb kann man einen Menschen, der aus Ruhmsucht oder Neugier oder aus Habsucht sein Leben aufs Spiel setzt, nicht tapfer nennen, und einen Menschen, der unter dem Einfluß eines ehrlichen Gefühls familiärer Verpflichtungen oder einfach aus Überzeugung die Gefahr meidet, nicht als Feigling bezeichnen.«

Der Hauptmann sah mich, während ich sprach, mit einem sonderbaren Gesichtsausdruck an.

»Nun, das kann ich Ihnen nicht beweisen«, sagte er, seine Pfeife stopfend. »Aber wir haben hier einen Junker, dem machts Vergnügen, ein bißchen zu philosophieren. Reden Sie mal mit dem. Er schreibt auch Verse.«

Ich war mit dem Hauptmann erst im Kaukasus bekannt geworden, hatte aber schon in Rußland von ihm gehört. Seine Mutter, Marja Iwanowna Chlopowa, besitzt zwei Werst von meinem Gute entfernt ein kleines Gütchen, auf dem sie wohnt. Vor meiner Abreise nach dem Kaukasus besuchte ich sie. Die alte Frau freute sich sehr, daß ich ihren Paschenka (wie sie den alten, grauhaarigen Hauptmann nannte) sehen, ihm als lebendiger Brief von ihrem Ergehen erzählen und ihm ein Päckchen überbringen würde. Nachdem Marja Iwanowna mich mit einer vorzüglichen Pastete und mit ebenso vorzüglicher Spickgans bewirtet hatte, ging sie in ihr Schlafzimmer und kam mit einem schwarzen, ziemlich großen Amulett zurück, an das ein ebensolches Seidenbändchen angenäht war.

»Das ist unsere Mutter und Beschützerin vom unverbrennbaren Busche«, sagte sie, indem sie sich bekreuzigte, das Bild der Muttergottes küßte und es mir reichte. »Haben Sie die Güte, Väterchen, es ihm zu bringen. Sehen Sie, als er nach dem Kaukasus ging, da ließ ich eine Messe lesen und tat ein Gelübde, wenn er am Leben und unversehrt bliebe, würde ich dieses Bild der Muttergottes anfertigen lassen. Nun sind es schon achtzehn Jahre, daß die Fürsprecherin und die lieben Heiligen ihn beschützen: kein einziges Mal ist er verwundet worden, und in was für schrecklichen Schlachten ist er schon gewesen! Als Michailo, der mit ihm zusammen war, mir davon erzählte, standen mir die Haare zu Berge, das können Sie mir glauben. Was ich über ihn weiß, das weiß ich ja nur von Fremden; mein lieber Sohn selbst schreibt nichts von seinen Feldzügen; er möchte mich nicht ängstigen.«

(Erst im Kaukasus erfuhr ich, und zwar nicht von dem Hauptmann selbst, daß er viermal schwer verwundet gewesen war; aber natürlich hatte er seiner Mutter weder von den Verwundungen noch von den Feldzügen etwas geschrieben.)

»Dieses heilige Bild soll er an sich tragen«, fuhr sie fort; »ich segne ihn damit. Die allerheiligste Fürsprecherin wird ihn beschützen. Besonders in Gefechten soll er es immer bei sich tragen. Sagen Sie ihm, Väterchen: ›Deine Mutter läßt dir sagen, du möchtest es so machen.‹«

Ich versprach, ihren Auftrag genau auszuführen.

»Ich weiß, Sie werden ihn liebgewinnen, meinen Paschenka«, fuhr die alte Frau fort; »er ist ein prächtiger Mensch. Denken Sie nur, es vergeht kein Jahr, ohne daß er mir Geld schickt, und auch meine Tochter Annuschka unterstützt er sehr; und das alles nur von seinem Gehalt! Mein Leben lang werde ich Gott dafür danken«, schloß sie mit Tränen in den Augen, »daß Er mir ein solches Kind gegeben hat.«

»Schreibt er Ihnen oft?« fragte ich.

»Nur selten, Väterchen; etwa einmal im Jahre, wenn er Geld schickt; dann schreibt er auch ein Wörtchen, aber sonst nicht. ›Wenn ich Ihnen nicht schreibe, Mamachen‹, sagt er, ›so bedeutet das, daß ich am Leben und gesund bin; sollte mir aber, was Gott verhüte, etwas zustoßen, so wird man es Ihnen auch ohne mich schreiben.‹«

Als ich dem Hauptmann das Geschenk seiner Mutter

übergab (es war in meinem Quartier), bat er mich um etwas Umschlagpapier, wickelte das Bild sorgfältig ein und steckte es in die Tasche. Ich erzählte ihm viele Einzelheiten von dem Leben seiner Mutter; der Hauptmann schwieg. Als ich geendet hatte, ging er in eine Ecke und stopfte sehr lange seine Pfeife.

»Ja, sie ist eine prächtige alte Frau!« sagte er von dort aus mit ein wenig dumpf klingender Stimme. »Ob Gott es wohl so fügt, daß wir uns noch einmal wiedersehen?«

In diesen einfachen Worten kam sehr viel Liebe und Traurigkeit zum Ausdruck.

»Warum dienen Sie hier?« fragte ich.

»Ich muß eben dienen«, antwortete er mit aller Bestimmtheit. »Und das doppelte Gehalt, das man im Kaukasus bekommt, fällt für einen armen Teufel wie mich stark ins Gewicht.«

Der Hauptmann lebte sparsam: er spielte nicht Karten, trank nur selten und rauchte einen sehr gewöhnlichen Tabak, den er, ich weiß nicht warum, nicht Bauerntabak, sondern sambrotalischen nannte. Der Hauptmann hatte mir schon früher gefallen: er hatte eines jener schlichten, ruhigen russischen Gesichter, denen man gern, und ohne daß es einem schwerfällt, in die Augen schaut; aber nach dieser Unterhaltung empfand ich eine aufrichtige Achtung vor ihm.

2

Am anderen Tage kam der Hauptmann um vier Uhr morgens, um mich abzuholen. Er trug einen alten, abgenutzten Rock ohne Schulterstücke, weite lesghische Hosen, eine ursprünglich weiße, aber gelblich und schäbig gewordene Lammfellmütze und über der Schulter einen asiatischen Säbel von geringem Wert. Der kleine, aber kräftige Schimmel, den er ritt, ging mit gesenktem Kopf einen ruhigen Paß und schlug unaufhörlich mit dem dünnen Schweif. Die Gestalt des guten Hauptmanns war zwar wenig kriegerisch und auch wenig schön, drückte aber so viel Gleichgültigkeit gegen die gesamte Umgebung aus, daß sie einem unwillkürlich Achtung einflößte.

Ich ließ ihn nicht eine Minute warten, setzte mich sogleich aufs Pferd, und wir ritten zusammen zum Festungstor hinaus. Das Bataillon war uns schon ungefähr sechshundert Schritte voraus und sah aus wie eine schwarze, geschlossene, hin und her schwankende Masse. Daß es Infanterie war, konnte man auch daran erkennen, daß die Bajonette wie zahlreiche lange Nadeln aufblitzten; mitunter drangen die Töne eines Soldatenliedes, Trommelschlag und die prächtige Tenorstimme eines Sängers aus der sechsten Kompanie an mein Ohr; diese Stimme hatte mich schon in der Festung mehr als einmal entzückt. Der Weg führte durch eine breite, tiefe Schlucht, an einem kleinen Fluß entlang, der in dieser Jahreszeit ›spielte‹, das heißt über die Ufer getreten war. An dem Fluß flatterten ganze Schwärme von wilden Tauben: bald setzten sie sich auf das steinige Ufer, bald schossen sie durch die Luft, beschrieben schnelle Kreise und verschwanden aus der Sicht. Die Sonne war noch nicht zu sehen, aber an der rechten Seite war der obere Rand der Schlucht schon von ihrem Schein beleuchtet. Die grauen und weißlichen Steine, das gelbgrüne Moos, das taubedeckte Gestrüpp aus Kreuzdorn, Kornelkirschen und Korkulmen trat außerordentlich deutlich und plastisch in dem klaren, goldenen Licht der aufgehenden Sonne hervor; die andere Seite hingegen und das Tal selbst, in dem dichte, rauchfarbene Nebelschwaden wogten, waren feucht und düster, in einer eigentümlichen Mischung von Blaßlila, fast Schwarz, Dunkelgrün und Weiß.

Gerade vor uns, am dunkelblauen Horizont, tauchten mit überraschender Klarheit die grellweißen, glanzlosen Massen der Schneeberge mit ihren bizarren, aber bis in die kleinsten Einzelheiten schönen Schatten und Umrissen auf. Grillen, Libellen und tausend andere Insekten erwachten in dem hohen Grase und erfüllten die Luft mit ihrem hellen, ununterbrochenen Getön: es klang, als ob eine unzählbare Menge winziger Glöckchen in unseren Ohren läutete. Die Luft roch nach Wasser, Gras und Nebel – mit einem Wort, es roch nach einem herrlichen Sommermorgen. Der Hauptmann schlug Feuer und zündete seine kurze Pfeife an; der Geruch des ›sambrotalischen Tabaks‹ und des Feuerschwamms kam mir außerordentlich angenehm vor.

Wir ritten neben dem Wege, um die Infanterie schneller einzuholen. Der Hauptmann schien nachdenklicher als gewöhnlich zu sein, ließ sein daghestanisches Pfeifchen nicht aus dem Munde und stieß seinem Pferdchen bei jedem Schritt die Fersen in die Weichen; es schaukelte von einer Seite zur anderen und hinterließ in dem feuchten, hohen Gras eine kaum bemerkbare dunkelgrüne Spur. Dicht vor seinen Hufen flog mit lautem ›Kock-kock‹ und mit jenem Geräusch schlagender Flügel, das den Jäger unwillkürlich zusammenfahren läßt, ein Fasan auf und stieg langsam in die Höhe. Der Hauptmann schenkte ihm nicht die geringste Beachtung.

Wir hatten das Bataillon schon beinahe eingeholt, als hinter uns der Hufschlag eines galoppierenden Pferdes erklang und in demselben Augenblick ein sehr hübscher junger Mann in einem Offiziersrock und mit einer hohen weißen Lammfellmütze vorübersprengte. Als er an uns vorüberkam, lächelte er, nickte dem Hauptmann zu und schwenkte seine Peitsche. Ich konnte in der Eile nur bemerken, daß er besonders elegant im Sattel saß und die Zügel hielt und daß er schöne schwarze Augen, eine feine Nase und ein kaum hervorsprossendes Schnurrbärtchen hatte. Was mir an ihm besonders gefiel, war, daß er ein Lächeln nicht unterdrücken konnte, als er bemerkte, daß wir ihn mit Wohlgefallen ansahen. Allein schon aus diesem Lächeln konnte man schließen, daß er noch sehr jung war.

»Und wohin jagt er so eilig?« brummte der Hauptmann mit unzufriedener Miene, ohne die Pfeife aus dem Munde zu nehmen.

»Wer ist es denn?« fragte ich ihn.

»Der Fähnrich Alanin, ein Subalternoffizier von meiner Kompanie ... Er ist erst im vorigen Monat aus dem Kadettenkorps zu uns gekommen.«

»Er geht gewiß zum ersten Mal ins Gefecht?« sagte ich.

»Deshalb ist er auch so vergnügt!« antwortete der Hauptmann und wiegte gedankenvoll den Kopf hin und her. »Ja, ja, die Jugend!«

»Aber warum soll er sich denn nicht freuen? Ich begreife, daß das für einen jungen Offizier sehr interessant sein muß.« Der Hauptmann schwieg ein paar Minuten.

»Ich sage nur: die Jugend, die Jugend!« fuhr er mit tiefer Stimme fort. »Wie kann man sich über etwas freuen, wovon man noch nichts gesehen hat? Wenn einer schon öfter mit draußen war, dann freut er sich nicht mehr. Jetzt rücken ungefähr zwanzig Offiziere aus; daß irgendeiner fällt oder verwundet wird, ist sicher. Heute trifft es mich, morgen dich und übermorgen einen dritten: worüber soll man sich da freuen?«

3

Kaum daß die helle Sonne hinter den Bergen hervorgekommen war und in das Tal schien, zerstreuten sich die wogenden Nebelschwaden, und es wurde heiß. Die Soldaten mit ihren Gewehren und den Tornistern auf den Schultern marschierten langsam auf dem staubigen Wege dahin; in den Reihen hörte man ab und zu Gespräche in kleinrussischem Dialekt und Gelächter. Mehrere alte Soldaten in weißen Kitteln, größtenteils Unteroffiziere, gingen mit ihren Pfeifen neben dem Wege und unterhielten sich in gesetzter Art miteinander. Die dreispännigen, hochbeladenen Bagagewagen bewegten sich Schritt vor Schritt vorwärts und wirbelten dichte Staubwolken auf, die unbeweglich in der Luft hingen. Die Offiziere ritten voraus; einige von ihnen dschigitierten, wie man im Kaukasus sagt[1], das heißt, sie zwangen ihre Pferde durch Schläge mit der Reitpeitsche, etwa vier Galoppsprünge zu machen, und parierten sie dann kurz, indem sie ihnen den Kopf zurückrissen; andere wandten ihre Aufmerksamkeit den Sängern zu, die trotz der Hitze und Schwüle unermüdlich ein Lied nach dem andern anstimmten.

Etwa dreihundert Schritte vor dem Fußvolk ritt auf einem großen Schimmel bei den berittenen Tataren ein hochgewachsener, hübscher Offizier, der im Regiment als tollkühner Draufgänger und als ein Mensch bekannt war, der niemand gegenüber ein Blatt vor den Mund nahm. Er trug asiatische Kleidung: einen schwarzen Beschmet[2] mit Tressen, ebensolche Gamaschen, neue, den Fuß eng umschließende Schuhe aus weichem Leder, gleichfalls mit Tressen, einen gelben Tscherkessenrock und eine hohe, in den Nak-

1 Dschigit bedeutet im Kumykischen einen tapferen Helden; daher ist dschigitieren soviel wie ›seine Tapferkeit herauskehren‹.

2 Kurzer, ärmelloser Rock.

ken zurückgeschobene Lammfellmütze. Über Brust und Rücken lief eine silberne Schärpe, an welcher auf dem Rücken ein Pulverhorn und eine Pistole befestigt waren; eine andere Pistole und ein Dolch in einer silbernen Scheide hingen am Gürtel. Außerdem hatte er einen Säbel in einer Scheide aus rotem Saffianleder mit Silberbeschlägen umgegürtet und ein Gewehr in schwarzem Futteral um die Schulter hängen. An seiner Kleidung, seiner Art, zu Pferde zu sitzen, und überhaupt an allen seinen Bewegungen konnte man merken, daß er sich bemühte, einem Tataren ähnlich zu sein. Er sagte sogar etwas in einer mir unbekannten Sprache zu den Tataren, die mit ihm ritten; aber nach den bedenklichen, spöttischen Blicken zu urteilen, die sie einander zuwarfen, schien es mir, daß sie ihn nicht verstanden. Er war einer unserer jungen Offiziere, dieser kühnen Dschigiten, die sich an Lermontow und Marlinskij gebildet haben. Diese Leute sehen den Kaukasus nur durch die Brille des ›Helden unserer Zeit‹, ›Mullah-Nurs‹[1] und so weiter und lassen sich in allen ihren Handlungen nicht von ihren eigenen Neigungen, sondern von dem Beispiel dieser Vorbilder leiten.

Der Leutnant zum Beispiel bewegte sich vielleicht gern in der Gesellschaft anständiger Frauen und angesehener Männer, als da sind: Generale, Obersten, Adjutanten; ich bin sogar davon überzeugt, daß er einen solchen Umgang sehr liebte, weil er im höchsten Grade eitel war; aber er hielt es für seine unabweisbare Pflicht, allen angesehenen Männern gegenüber seine rauhe Seite herauszukehren, obgleich er in seiner Derbheit gegen sie sehr sorgsam Maß hielt; und wenn irgendeine Dame in der Festung erschien, hielt er es für seine Pflicht, ohne Rock im roten Hemd und mit weichen Schu-

1 Held einer gleichnamigen Erzählung von Marlinskij.

hen an den bloßen Füßen mit seinen Kunaks[1] an ihren Fenstern vorbeizugehen und möglichst laut zu schreien und zu schimpfen – jedoch keineswegs in der Absicht, die Dame zu beleidigen, sondern nur, um seine schönen weißen Füße sehen zu lassen und zu zeigen, daß er jede Frau in sich verliebt machen könnte, wenn er nur wollte. Oder er zog des öfteren mit zwei, drei russenfreundlichen Tataren nachts in die Berge, um vorüberkommenden feindlichen Tataren aus dem Hinterhalt aufzulauern und sie zu töten; wohl hatte ihm sein eigenes Herz schon mehr als einmal gesagt, daß das keine Heldentat sei, aber er hielt sich dennoch für verpflichtet, diesen Menschen, von denen er sich irgendwie hintergangen fühlte und die er angeblich haßte und verachtete, Leid zuzufügen. Zwei Gegenstände legte er nie ab: ein gewaltig großes Heiligenbild, das er am Halse hängen hatte, und einen Dolch, den er über dem Hemd trug und mit dem er sich sogar schlafen legte. Er glaubte aufrichtig, daß er Feinde habe. Sich einzureden, daß er sich an jemand rächen und eine Beleidigung mit Blut abwaschen müsse, war für ihn der höchste Genuß. Er war davon überzeugt, daß Haß, Rachsucht und Verachtung dem ganzen Menschengeschlecht gegenüber die erhabensten, poetischsten Gefühle seien, die es überhaupt gebe. Aber seine Geliebte, selbstverständlich eine Tscherkessin, mit der ich später zufällig zusammenkam, sagte mir, er sei der gutherzigste, sanfteste Mensch, den man sich denken könne; jeden Abend schreibe er an seinem Tagebuch, das einen sehr düsteren Charakter trage, führe auf liniiertem Papier Rechnung und bete auf den Knien zu Gott. Und was hatte er nicht alles ausgestanden, um vor sich selber als der zu erscheinen, der er sein wollte! Denn seine Kameraden und die Soldaten konnten ihn doch nicht in der Weise verstehen,

1 Kunak = Freund.

wie er es wünschte. Einmal traf es sich, daß er bei einer seiner nächtlichen Expeditionen mit seinen Kunaks einen feindlichen Tschetschenzen mit einer Kugel am Bein verwundete und gefangennahm. Dieser Tschetschenze wohnte dann sieben Wochen lang bei dem Leutnant, und der Leutnant ließ ihn kurieren, pflegte ihn wie seinen besten Freund und entließ ihn nach seiner Genesung mit Geschenken. Bei einer späteren Expedition, als sich der Leutnant im Abwehrfeuer mit der Vorpostenkette zurückzog, hörte er plötzlich, wie auf der Feindesseite sein Name gerufen wurde, und sein ehemals verwundeter Kunak kam vorgeritten und forderte den Leutnant durch Zeichen auf, dasselbe zu tun. Der Leutnant ritt zu seinem Kunak und drückte ihm die Hand. Die Bergbewohner waren in einiger Entfernung stehengeblieben und schossen nicht; aber sobald der Leutnant sein Pferd wendete, schossen einige auf ihn, und eine Kugel streifte ihn unterhalb des Rückens. Ein anderes Mal war ich dabei, als es nachts in der Festung brannte und zwei Kompanien das Feuer löschten. Mitten in der vom Purpurschein der Flammen beleuchteten Menge erschien plötzlich eine hohe Gestalt auf einem Rappen. Die Gestalt bahnte sich einen Weg durch die Menge und ritt geradewegs auf das Feuer zu; es war der Leutnant. Als er ganz nahe herangekommen war, sprang er vom Pferde und lief in das an der einen Seite brennende Haus hinein. Nach fünf Minuten kam er mit versengten Haaren und angesengten Ellbogen wieder heraus und trug an der Brust zwei Tauben, die er aus dem Feuer gerettet hatte.

Sein Name war Rosenkrantz; aber er redete oft von seiner Abstammung, leitete sein Geschlecht irgendwie von den Warägern her und bewies klar, daß er und seine Vorfahren echte Russen seien.

4

Die Sonne hatte die Hälfte ihres Weges zurückgelegt und sandte durch die glühende Luft ihre heißen Strahlen auf die trockene Erde. Der dunkelblaue Himmel war völlig klar; nur der Fuß der Schneeberge begann sich in hellila Wolken zu hüllen. Die regungslose Luft schien von einem durchsichtigen Staube erfüllt; die Hitze war unerträglich. An einem kleinen Bach, der ungefähr die Mitte der zurückzulegenden Wegstrecke bildete, machte die Abteilung Rast. Die Soldaten stellten ihre Gewehre zusammen und rannten zu dem Bach; der Bataillonskommandeur setzte sich mit einer Miene, die die ganze Würde seines Ranges zum Ausdruck brachte, im Schatten auf eine Trommel, um mit einigen Offizieren einen Imbiß einzunehmen; der Hauptmann legte sich unter dem Kompaniewagen auf das Gras; der tapfere Leutnant Rosenkrantz und noch ein paar junge Offiziere hatten sich auf ihre ausgebreiteten Filzmäntel gelagert und wollten anscheinend ein Trinkgelage veranstalten, was man an den rings um sie aufgestellten Flaschen und an dem besonderen Eifer der Sänger erkennen konnte, die im Halbkreis vor ihnen standen und nach einer lesghischen Melodie ein kaukasisches Tanzlied sangen, wozu einige die Begleitung pfiffen:

»Schamil wollte sich empören
Einst in frühren Jahren …
Trai-rai, ra-ta-tai …
Einst in frühren Jahren.«

Unter diesen Offizieren war auch der junge Fähnrich, der uns am Vormittag überholt hatte. Er war sehr drollig: seine Augen leuchteten, die Zunge wollte ihm nicht ganz gehorchen; er hatte das Bedürfnis, alle Anwesenden zu küssen und ihnen eine Liebeserklärung zu machen… Der arme Junge! Er wußte noch nicht, daß man in diesem Zustande lächerlich wirken kann, daß seine Offenherzigkeit und die Zärtlichkeiten, die er allen aufdrängte, bei anderen nicht die Liebe, nach der es ihn so verlangte, sondern Spott erweckten – er wußte auch nicht, wie hübsch er aussah, als er sich schließlich erhitzt auf seine Burka warf, sich auf den Ellbogen stützte und sein dichtes schwarzes Haar in den Nacken warf.

Zwei Offiziere saßen unter einem Wagen und spielten auf einem Reisenecessaire Schafskopf.

Mit lebhaftem Interesse horchte ich auf die Gespräche der Soldaten und der Offiziere und betrachtete aufmerksam den Ausdruck ihrer Gesichter; aber ich konnte bei niemandem auch nur eine Spur jener Unruhe wahrnehmen, die ich selbst empfand: Scherze, Gelächter, Erzählungen ließen die allgemeine Sorglosigkeit und Gleichgültigkeit der bevorstehenden Gefahr gegenüber erkennen. Als wäre es vollkommen ausgeschlossen, daß es einigen nicht beschieden sei, auf diesem Wege zurückzukehren!

5

Gegen sieben Uhr abends zogen wir staubbedeckt und müde in das weite, befestigte Tor der Festung NN. ein. Die untergehende Sonne warf ihre schrägen rosigen Strahlen auf die malerischen Batterien, auf die um die Festung gelegenen Gärten mit ihren hohen Pyramidenpappeln, auf die gelblichen Getreidefelder und auf die weißen Wolken, die sich um die Schneeberge drängten und, als ob sie es ihnen nachtun wollten, eine nicht minder wundersame, schöne Kette bildeten. Der schmale Halbmond stand wie ein durchscheinendes Wölkchen am Himmel. In dem Aul[1], der vor dem Tore lag,

1 Kaukasisches Bergdorf.

rief ein Tatar auf dem Dach einer Hütte die Gläubigen zum Gebet. Die Sänger setzten mit neuer Kraft und Energie ein.

Nachdem ich mich ein wenig erholt und zurechtgemacht hatte, begab ich mich zu einem mir bekannten Adjutanten, um ihn zu bitten, er möchte dem General von meiner Absicht Meldung machen. Auf dem Wege von der Vorstadt, wo ich einquartiert war, hatte ich Gelegenheit, in der Festung NN. einzelnes wahrzunehmen, was ich in keiner Weise erwartet hatte. Eine hübsche zweisitzige Kutsche, in der ein modischer Damenhut sichtbar wurde und aus der ich französisch sprechen hörte, überholte mich. Aus einem offenen Fenster des Kommandanturgebäudes drangen die Töne einer Lisanka- oder Katenkapolka, die auf einem schlechten, verstimmten Klavier gespielt wurde. In einer Schenke, an der ich vorbeikam, saßen einige Schreiber, Zigaretten rauchend und Wein trinkend, und ich hörte, wie einer zu einem andern sagte: »Erlauben Sie... Marja Grigorewna versteht mehr von Politik als alle unsere anderen Damen.« Ein buckliger Jude in einem abgetragenen Rock und mit kränklichem Gesicht schleppte einen quiekenden, zerbrochenen Leierkasten durch die Gassen, und das Finale aus der ›Lucia di Lammermoor‹ hallte durch die ganze Vorstadt. Zwei Frauen in raschelnden Kleidern, mit seidenen Kopftüchern und mit grellfarbigen Sonnenschirmen in den Händen, kamen mit leichtem Schritt auf dem hölzernen Fußsteig an mir vorüber. Zwei Mädchen, die eine in einem rosa, die andere in einem hellblauen Kleid, standen mit bloßem Kopfe vor einem niedrigen Häuschen an der Rasenbank und brachen oft in ein gekünsteltes helles Lachen aus mit der unverkennbaren Absicht, die Aufmerksamkeit der vorübergehenden Offiziere auf sich zu lenken. Offiziere in neuen Röcken, mit weißen Handschuhen und glänzenden Epauletten stolzierten auf den Straßen und auf dem Boulevard umher.

Ich fand meinen Bekannten in dem unteren Stockwerk des Hauses, das der General bewohnte. Kaum hatte ich ihm meinen Wunsch vorgetragen und er mir gesagt, daß diese Bitte leicht erfüllt werden könnte, als vor dem Fenster, an dem wir saßen, jene hübsche Kutsche vorbeifuhr, die mir unterwegs schon aufgefallen war, und an der Haustür hielt. Aus der Kutsche stieg ein hochgewachsener, schlanker Mann in Infanterieuniform mit Majorsepauletten und ging zum General hinein.

»Ach, bitte, entschuldigen Sie mich«, sagte der Adjutant zu mir, indem er sich von seinem Platze erhob; »ich muß dem General sofort Meldung machen.«

»Wer ist denn da gekommen?« fragte ich.

»Die Gräfin«, antwortete er, knöpfte sich die Uniform zu und lief nach oben.

Ein paar Minuten darauf trat ein mittelgroßer, sehr hübscher Mann in einem Rock ohne Epauletten, ein weißes Kreuz im Knopfloch, vor die Haustür. Ihm folgten der Major, der Adjutant und noch zwei Offiziere. In seinem Gang, in seiner Stimme, in allen seinen Bewegungen gab sich der General als einen Menschen zu erkennen, der sich seines eigenen hohen Wertes vollauf bewußt war.

»Bon soir, madame la comtesse«, sagte er und streckte seine Hand in das Wagenfenster.

Ein Händchen im Glacéhandschuh drückte ihm die Hand, und ein hübsches, lächelndes Gesicht unter einem gelben Hut zeigte sich im Fenster der Kutsche.

Von dem ganzen Gespräch, das mehrere Minuten dauerte, hörte ich im Vorübergehen nur, wie der General lächelnd sagte: »Vous savez, que j'ai fait vœu de combattre les infidèles; prenez donc garde de le devenir.«

In der Kutsche wurde gelacht.

»Adieu donc, cher général.«

»Non, au revoir«, sagte der General, während er die Stufen vor der Haustür hinaufging; »n'oubliez pas, que je m'invite pour la soirée de demain.«

Die Kutsche rasselte weiter.

›Ein sonderbarer Mensch‹, dachte ich auf dem Heimweg, ›er hat alles, was ein Russe nur erreichen kann: Rang, Reichtum, Ansehen … und da scherzt er vor einem Kampf, dessen Ausgang Gott allein kennt, mit einer hübschen Dame und verspricht, bei ihr am nächsten Tag Tee zu trinken, gerade als wäre er ihr auf einem Ball begegnet.‹

Bei dem Adjutanten hatte ich einen Menschen getroffen, der mich in noch größeres Erstaunen versetzt hatte: es war ein Leutnant vom Regiment K., ein junger Mann von fast weiblicher Sanftmut und Schüchternheit. Er war zu dem Adjutanten gekommen, um seinem Ärger und Unwillen über gewisse Leute Luft zu machen, die angeblich gegen ihn intrigierten, damit er nicht zu der bevorstehenden Aktion kommandiert werde. Er sagte, es sei eine Gemeinheit, so zu handeln; das sei nicht kameradschaftlich; er werde ihnen das nicht vergessen, und so weiter. So aufmerksam ich auch seinen Gesichtsausdruck studierte und auf den Ton seiner Stimme horchte – ich gewann die Überzeugung, daß er sich keineswegs verstellte, sondern tief gekränkt und erbittert war, weil man ihm nicht erlaubte mitzugehen, auf die Tscherkessen zu schießen und sich ihren Kugeln auszusetzen; er war so erbittert wie ein Kind, das soeben ungerechterweise gezüchtigt worden ist. Ich hatte nicht das geringste Verständnis dafür.

6

Um zehn Uhr abends sollten die Truppen ausrücken. Um halb neun stieg ich aufs Pferd und ritt zum General; in der Annahme, daß er und sein Adjutant beschäftigt seien, hielt ich auf der Straße an, band mein Pferd an einen Zaun und setzte mich auf eine Hausbank, um dem General nachzujagen, sobald er sich auf den Weg machte.

Die grelle Sonnenglut war schon der Kühle der Nacht und dem matten Schimmer des jungen Mondes gewichen, der auf dem dunklen Blau des gestirnten Himmels einen blassen, leuchtenden Halbkreis um sich bildete und langsam unterging. In den Fenstern der Häuser und durch die Ritzen der Läden an den Erdhütten schimmerte Licht. Die schlanken Pappeln in den Gärten hinter den weißen, vom Mond beleuchteten Erdhütten mit den Schilfrohrdächern hoben sich scharf vom Horizont ab und erschienen noch höher und dunkler.

Die langen Schatten der Häuser, Bäume und Zäune legten sich schön über den hellen, staubigen Weg... Vom Fluß tönten unaufhörlich die Stimmen der Frösche herüber[1]; auf den Straßen hörte man bald eilige Schritte und Sprechen, bald den Hufschlag eines galoppierenden Pferdes; von der Vorstadt tönten ab und zu die Klänge eines Leierkastens herüber, bald ›Die Winde wehen‹, bald der ›Aurora-Walzer‹.

Ich will nicht erzählen, was mich so nachdenklich stimmte: erstens, weil es mir peinlich wäre, die düsteren Gedanken zu bekennen, die sich mir einer nach dem andern aufdrängten, während ich rings um mich nur Heiterkeit und Freude sah, und zweitens, weil das nicht zu meiner Erzäh-

1 Die Frösche im Kaukasus bringen einen Ton hervor, der mit dem Quaken der russischen Frösche nichts gemein hat.

lung gehört. Ich war so in Gedanken versunken, daß ich nicht einmal merkte, wie die Uhr elf schlug und der General mit seiner Suite an mir vorbeiritt.

Die Nachhut befand sich noch im Festungstor. Nur mit Mühe arbeitete ich mich auf der Brücke zwischen den sich drängenden Geschützen, Munitionswagen, Kompaniefuhrwerken und den geräuschvoll kommandierenden Offizieren hindurch. Nachdem ich das Tor passiert hatte, ritt ich im Trab an den Truppen vorbei, die sich beinahe eine Werst lang hinzogen und sich schweigend in der Dunkelheit vorwärts bewegten, und holte den General ein. Beim Vorbeireiten an der Artillerie, die in Marschkolonne fuhr, und an den Offizieren, die zwischen den Geschützen ritten, empfand ich es wie eine verletzende Dissonanz inmitten der ruhigen, feierlichen Harmonie, als eine Stimme mit deutschem Akzent rief: »Achtilrist, gib mal die Zü-ündrute!« und die Stimme eines Soldaten, der eilfertig schrie: »Schewtschenko! Der Leutnant möchte Feuer haben.«

Ein großer Teil des Himmels hatte sich mit langen, dunkelgrauen Wolken bedeckt; nur hier und da leuchteten einzelne matte Sterne. Der Mond war schon hinter dem nahen Horizont der dunklen Berge verschwunden, die rechts zu sehen waren, und beleuchtete nur noch ihre Gipfel mit einem schwachen, zitternden Schein, der sich von der undurchdringlichen Finsternis auf ihren Hängen scharf abhob. Die Luft war warm und so still, daß sich nicht ein Hälmchen, nicht ein Wölkchen zu bewegen schien. Es war so dunkel, daß man selbst in unmittelbarer Nähe die einzelnen Gegenstände nicht erkennen konnte; zu beiden Seiten des Weges glaubte ich bald Felsen, bald Tiere, bald seltsame Menschengestalten zu sehen; daß es Sträucher waren, merkte ich erst, als ich ihr Rascheln hörte und den frischen Tau fühlte, der auf ihnen lag.

Vor mir sah ich eine kompakte, hin und her schwankende schwarze Mauer, der einige sich bewegende Flecke folgten: das waren die Vorhut der Kavallerie und der General mit seiner Suite. Hinter uns bewegte sich eine ebenso dunkle Masse, aber sie war niedriger als die erste: das war die Infanterie.

In der ganzen Abteilung herrschte eine so tiefe Stille, daß alle die ineinanderfließenden, von geheimnisvollem Zauber erfüllten Laute der Nacht deutlich zu hören waren: das ferne, melancholische Geheul der Schakale, das bald wie verzweifeltes Weinen, bald wie Gelächter klang, die helltönenden, einförmigen Lieder der Grille, des Frosches, der Wachtel und ein immer näher kommendes Getöse, dessen Ursache ich mir auf keine Weise erklären konnte. Und alle diese nächtlichen, kaum wahrnehmbaren Bewegungen der Natur, die sich weder deuten noch näher bestimmen lassen, flossen zu dem einen, vollen, wunderbaren Ton zusammen, den wir die Stille der Nacht nennen. Diese Stille wurde gestört oder – besser gesagt – verschmolz mit zwei Geräuschen, die die sich langsam vorwärts bewegende Abteilung verursachte: mit dem dumpfen Hufschlag der Pferde und mit dem Rascheln des hohen Grases.

Nur vereinzelt hörte man in den Reihen den Klang eines schweren Geschützes, das Klirren zusammenstoßender Bajonette, gedämpftes Sprechen und das Schnauben eines Pferdes.

Die Natur atmete versöhnende Schönheit und Kraft.

Haben die Menschen wirklich nicht Platz genug zum Leben in dieser schönen Welt, unter diesem unermeßlichen Sternenhimmel? Kann inmitten dieser bezaubernden Natur das Gefühl der Bosheit, der Rache und der Drang, seinesgleichen zu vernichten, wirklich in der Seele des Menschen fortbestehen? Man möchte meinen, daß bei der Berührung mit der Natur, diesem unmittelbarsten Ausdruck der Schönheit und des Guten, alles Böse im Menschenherzen verschwinden müßte.

7

Wir waren schon mehr als zwei Stunden unterwegs. Ein leichtes Zittern überkam mich, und ich begann schläfrig zu werden. In der Dunkelheit waren noch immer dieselben Gegenstände unklar zu sehen: in einiger Entfernung die schwarze Mauer und die sich bewegenden Flecke; neben mir die Kruppe eines Schimmels, der mit dem Schweif schlug und mit weit gespreizten Hinterbeinen ging; ein Rücken in einer weißen Tscherkeska, auf dem ein Gewehr in schwarzem Futteral leise hin und her schaukelte und der weiße Griff einer Pistole in einer gestickten Tasche zu sehen war; eine brennende Zigarette, die einen blonden Schnurrbart, einen Biberkragen und eine Hand im Waschlederhandschuh beleuchtete. Ich neigte mich über den Hals meines Pferdes, schloß die Augen und nickte für einige Minuten ein; dann schreckte mich plötzlich das bekannte Geräusch der Hufschläge und des raschelnden Grases wieder auf: ich schaute mich um – und mir war, als stände ich auf einem Fleck still und als bewegte sich die schwarze Wand vor mir auf mich zu oder als stände diese Wand still und ich müßte sogleich gegen sie stoßen. In diesen Augenblicken verblüffte mich das unaufhörliche, immer näher kommende Getöse, dessen Ursache ich nicht hatte erraten können, noch mehr als zuvor. Es war das Rauschen eines Wassers. Wir kamen jetzt in eine tiefe Schlucht und näherten uns einem Gebirgsfluß, der zu dieser Zeit gerade Hochwasser führte[1]. Das dumpfe Ge-

1 Im Kaukasus treten die Flüsse erst im Juli über die Ufer.

töse nahm an Stärke zu; das feuchte Gras wurde üppiger und höher, das Buschwerk dichter, und der Gesichtskreis verengte sich allmählich. Ab und zu flammten auf dem dunklen Hintergrund der Berge an verschiedenen Stellen helle Feuer auf und verschwanden alsbald wieder.

»Bitte, sagen Sie mir, was sind das für Feuer?« fragte ich flüsternd den Tataren, der neben mir ritt.

»Weißt du das nicht?« antwortete er. – »Nein.«

»Da haben Bergbewohner Stroh an Tajak[1] gebunden. angezündet und damit winken.« – »Wozu denn das?«

»Damit jeder Mensch weiß, der Russe ist gekommen. Jetzt in den Aulen«, fügte er lachend hinzu, »ej, ej, große Tomascha[2]. Jeder seine Churda-Murda[3] in die Schlucht schleppen.«

»Wissen sie denn in den Bergen schon, daß die Truppen kommen?« fragte ich.

»Ej! Wie er nicht wissen soll! Immer weiß er. Unser Volk klug!«

»Da wird wohl auch Schamil jetzt ins Feld ziehen?«

»Jok[4]«, antwortete er und schüttelte den Kopf, »Schamil nicht in Krieg gehen, Schamil schickt Naibs[5], er selbst durch Rohr von oben schauen.«

»Wohnt er weit von hier?«

1 Tajak bedeutet in der kaukasischen Mundart eine Stange.

2 Tomascha bedeutet in der besonderen Mundart, die die Russen und Tataren für ihren wechselseitigen Verkehr erfunden haben, unruhige Geschäftigkeit. Es gibt in dieser seltsamen Mundart viele Worte, deren Wurzeln weder in der russischen noch in der tatarischen Sprache zu finden sind.

3 Churda-Murda bedeutet in derselben Mundart Hab und Gut.

4 Jok bedeutet im Tatarischen: nein.

5 Naibs heißen die Männer, denen Schamil einen Teil der Verwaltung anvertraut hat.

»Weit nein. Da, linke Seite, werden zehn Werst sein.«

»Woher weißt du das?« fragte ich. »Bist du schon einmal dort gewesen?«

»Ja. Unsere Leute alle in Berge gewesen.«

»Hast du Schamil gesehen?«

»Pah! Unsereiner Schamil nicht sehen kann. Hundert, dreihundert, tausend Mürid[1] herum. Schamil ist Mitte!« sagte er mit einem Gesicht, aus dem sklavische Verehrung sprach.

Wenn man nach oben sah, konnte man bemerken, daß der jetzt wolkenlose Himmel im Osten heller geworden war und daß die Plejaden sich zum Horizont neigten; aber in der Schlucht, in der wir entlangzogen, war es feucht und finster.

Plötzlich leuchteten nicht weit vor uns in der Dunkelheit mehrere Flämmchen auf, im selben Augenblick flogen Kugeln pfeifend an uns vorbei, und lautes, durchdringendes Geschrei und Gewehrschüsse hallten weit durch die uns umgebende Stille. Das war die feindliche Vorhutabteilung. Die Tataren, die sie bildeten, hatten ihren Kriegsruf ausgestoßen, aufs Geratewohl geschossen und machten sich nun davon.

Alles wurde still. Der General rief den Dolmetscher zu sich. Ein Tatar in weißem Tscherkessenrock ritt zu ihm heran und redete flüsternd und gestikulierend ziemlich lange mit ihm.

»Oberst Chasanow! Lassen Sie die Schützenkette ausschwärmen!« sagte der General mit leiser, gedehnter, aber deutlicher Stimme.

Die Abteilung näherte sich dem Flusse; die schwarzen Berge und Schluchten blieben hinter uns zurück; es begann

1 Das Wort Mürid hat vielerlei Bedeutung; aber in dem Sinn, in dem es hier gebraucht ist, bedeutet es ein Mittelding zwischen eine Adjutanten und einem Leibwächter.

hell zu werden. Das Firmament, an dem die blassen, matten Sterne kaum mehr zu bemerken waren, erschien höher; im Osten schimmerte das Morgenrot; ein frischer, durchdringender Wind wehte von Westen her, und ein heller Nebel stieg wie Dampf über dem rauschenden Flusse auf.

8

Der Führer zeigte die Furt, und die Vorhut der Kavallerie und nach ihr auch der General mit seiner Suite begannen überzusetzen. Das Wasser reichte den Pferden bis an die Brust; mit gewaltiger Kraft schoß es zwischen den weißen Steinen hindurch, die an einigen Stellen über die Oberfläche hinausragten, und bildete um die Beine der Pferde schäumende, rauschende Strudel. Die Pferde stutzten vor dem Getöse des Wassers, hoben die Köpfe und spitzten die Ohren, schritten aber gemessenen, vorsichtigen Ganges gegen die Strömung über den unebenen Grund dahin. Die Reiter zogen die Beine an und hoben ihre Waffen hoch. Die Fußsoldaten hatten buchstäblich nur die Hemden anbehalten; sie hielten die Gewehre, an die sie die Bündel mit ihren Kleidern gebunden hatten, über dem Wasser, faßten einander zu je zwanzig an den Händen und bemühten sich mit großer Anstrengung, die man ihren angespannten Gesichtern ansehen konnte, der Strömung standzuhalten. Die Fahrer der Artillerie trieben unter lautem Geschrei ihre Pferde im Trab ins Wasser. Die Geschütze und die grünen Munitionswagen, über denen manchmal das Wasser zusammenschlug, polterten auf dem steinigen Grund; aber die braven Kosakenpferdchen legten sich so kräftig in die Stränge, daß das Wasser unter ihnen schäumte, und arbeiteten sich mit nassem Schweif und nasser Mähne zum anderen Ufer durch.

Als der Übergang beendet war, nahm das Gesicht des Generals plötzlich einen ernsten, nachdenklichen Ausdruck an; er wandte sein Pferd und ritt mit der Kavallerie im Trabe über eine weite, von Wald umgebene Lichtung, die sich vor uns auftat. Eine Reiterkette der Kosaken schwärmte am Waldrand aus.

Im Wald taucht plötzlich ein Mann auf, zu Fuß, in Tscherkeska und Pelzmütze, dann ein zweiter, ein dritter …

Einer von den Offizieren sagt: »Das sind die Tataren.« Da steigt hinter einem Baum ein Rauchwölkchen auf…, ein Schuß, ein zweiter … Die zahlreichen Schüsse der Unseren übertönen die feindlichen. Nur ab und zu beweist eine Kugel, die mit langsamem, an Bienenflug erinnerndem Summen vorbeifliegt, daß nicht alle Schüsse von den Unsrigen kommen. Nun rücken die Infanterie im Laufschritt und die Geschütze im Trab in die Schützenkette vor; man hört die dumpfen Schüsse der Kanonen, den metallischen Klang der Kartätschen, das Zischen der Raketen, das Knattern der Gewehre. Kavallerie, Infanterie und Artillerie stehen jetzt auf allen Seiten der weiten Lichtung. Die Rauchwölkchen der Geschütze, Raketen und Gewehre fließen mit dem taubedeckten Grün und mit dem Nebel zusammen. Oberst Chasanow kommt zu dem General herangesprengt und pariert plötzlich sein Pferd im vollen Galopp.

»Exzellenz«, sagt er, die Hand an die Pelzmütze legend, »befehlen Sie, bitte, daß die Kavallerie vorrückt: es haben sich Fähnchen[1] gezeigt«, und er zeigt mit der Reitpeitsche auf berittene Tataren, denen zwei Mann mit roten und blauen Lappen an Stangen auf Schimmeln vorausreiten.

»Mit Gott, Iwan Michailowitsch!« sagt der General.

1 Die Fähnchen haben bei den Bergbewohnern fast die Bedeutung von Fahnen, nur mit dem Unterschied, daß jeder Dschigit sich ein Fähnchen beschaffen und es führen darf.

Der Oberst wirft sein Pferd herum, zieht den Säbel und ruft: »Hurra!«

»Hurra! Hurra! Hurra!« schallt es durch die Reihen, und die Kavallerie sprengt ihm nach.

Alle warten gespannt: da – ein Fähnchen, ein zweites, drittes, viertes...

Aber der Feind weicht dem Angriff aus, er zieht sich in den Wald zurück und eröffnet von dort aus sein Gewehrfeuer. Die Kugeln fliegen dichter.

»Quel charmant coup d'œil!« sagt der General, der sich im englischen Trab auf seinem dünnbeinigen Rappen nähert.

»Charrmant!« antwortet der Major schnarrend, versetzt seinem Pferd einen Schlag mit der Peitsche und reitet auf den General zu.

»C'est un vrrai plaisirr, que la guerre dans un aussi beau pays«, sagt er.

»Et surtout en bonne compagnie«, fügt der General mit einem liebenswürdigen Lächeln hinzu.

Der Major verbeugt sich.

In diesem Augenblick kommt mit schnellem, unangenehmem Zischen eine feindliche Kanonenkugel vorbeigeflogen und schlägt irgendwo auf; hinter uns ist das Stöhnen eines Verwundeten zu vernehmen. Dieses Stöhnen macht mich so betroffen, daß das kriegerische Bild sofort jeden Reiz für mich verliert; aber außer mir hat es anscheinend niemand bemerkt: der Major lacht sehr herzlich, wie mir scheint, ein anderer Offizier wiederholt seelenruhig die Anfangsworte seines unterbrochenen Satzes; der General blickt nach der entgegengesetzten Seite und sagt mit dem ruhigsten Lächeln etwas auf französisch.

»Befehlen Sie, das Feuer zu erwidern?« fragt der herbeigaloppierende Befehlshaber der Artillerie.

»Ja, jagen Sie ihnen einen Schrecken ein«, erwidert der General lässig und zündet sich eine Zigarre an.

Die Batterie macht sich gefechtsbereit, und das Feuer beginnt. Die Erde stöhnt unter den Schüssen, unablässig blitzt es auf, und der Rauch, in dem man die Bedienungsmannschaft kaum noch unterscheiden kann, nimmt einem die Sicht.

Ein Aul ist beschossen worden. Wieder kommt Oberst Chasanow herbeigeritten und jagt dann auf Befehl des Generals nach dem Aul. Wieder klingt Kriegsgeschrei auf, und die Kavallerie verschwindet in der von ihr aufgewühlten Staubwolke.

Es war ein wirklich großartiges Schauspiel. Nur eines verdarb mir, dem am Kampfe Unbeteiligten und an solche Vorgänge nicht Gewöhnten, den Gesamteindruck: dieser Angriff, diese Begeisterung, dieses Geschrei kamen mir überflüssig vor. Unwillkürlich drängte sich mir der Vergleich mit einem Menschen auf, der mit der Axt weit ausholt, um die Luft zu spalten.

9

Der Aul war schon von unseren Truppen besetzt, und vom Feinde war keine Menschenseele in ihm zurückgeblieben, als der General mit seiner Suite, zu der auch ich mich gesellt hatte, herangeritten kam.

Die langen, reinlichen Hütten mit den flachen Erddächern und den hübschen Schornsteinen lagen auf unebenen, steinigen Hügeln zerstreut, zwischen denen ein kleiner Fluß floß. Auf der einen Seite sah man grüne, vom grellen Sonnenlicht beleuchtete Gärten mit gewaltigen Birn- und Pflaumenbäumen; auf der andern ragten seltsame Schatten auf, die senkrecht stehenden hohen Grabsteine eines Friedhofs und lange hölzerne Stangen, an deren Enden Kugeln und buntfarbige Fähnchen befestigt waren. (Das waren Gräber von Dschigiten.)

Die Truppen standen in Reih und Glied.

Einen Augenblick später zerstreuten sich Dragoner, Kosaken und Infanteristen mit unverhohlener Freude in die krummen Gäßchen, und der öde Aul belebte sich im Nu. Hier stürzte ein Dach ein; ein Beil schlug gegen starkes Holz und zertrümmerte eine Brettertür; dort wurde ein Heuschober, ein Zaun, eine Hütte angezündet, und eine dichte Rauchsäule stieg in der klaren Luft auf. Da schleppte ein Kosak einen Sack mit Mehl und einen Teppich; ein Soldat trug mit freudestrahlendem Gesicht eine blecherne Waschschüssel und einen Lappen aus einer Hütte heraus; ein anderer bemühte sich mit ausgebreiteten Armen zwei Hühner zu greifen, die ängstlich schreiend an einem Zaune hin und her liefen; ein dritter hatte irgendwo einen großen Topf mit Milch gefunden, trank ihn leer und warf ihn dann mit lautem Gelächter auf die Erde.

Das Bataillon, mit dem ich aus der Festung NN. gekommen war, befand sich ebenfalls im Aul. Der Hauptmann saß auf dem Dach einer Hütte und blies aus seinem kurzen Pfeifchen Rauchstreifen seines ›sambrotalischen Tabaks‹ mit so gleichmütiger Miene in die Luft, daß ich bei seinem Anblick ganz vergaß, daß ich mich in einem feindlichen Aul befand und es mir vorkam, als sei ich hier zu Hause. »Ah, Sie sind auch hier?« sagte er, als er mich bemerkte. Die hohe Gestalt des Leutnants Rosenkrantz tauchte bald da, bald dort im Aul auf: er traf unaufhörlich Anordnungen und machte ein Gesicht, als sei er sehr besorgt. Ich sah, wie er mit feierlicher Miene aus einer Hütte herauskam; hinter ihm führten zwei Soldaten einen gebundenen alten Tataren. Der Alte, dessen ganze Bekleidung aus einem zerlumpten bunten Beschmet und zerrissenen Hosen bestand, war so gebrechlich, daß seine hinter dem gekrümmten Rücken fest zusammengebundenen Arme sich kaum noch in den Schultergelenken zu halten schienen und seine verkrümmten bloßen Füße sich nur mit Mühe weiterbewegten. Sein Gesicht und sogar ein Teil des rasierten Kopfes waren von tiefen Furchen durchzogen; der schiefe, zahnlose Mund, der von einem grauen, kurzgeschnittenen Vollbart umgeben war, bewegte sich fortwährend, als kaute er etwas; aber in seinen roten, wimperlosen Augen, die deutlich eine greisenhafte Gleichgültigkeit dem Leben gegenüber ausdrückten, blitzte noch ein helles Feuer.

Rosenkrantz ließ ihn durch den Dolmetscher fragen, warum er nicht mit den anderen fortgegangen sei.

»Wohin soll ich gehen?« antwortete er, ruhig zur Seite blickend.

»Dahin, wohin die andern gegangen sind«, bemerkte jemand.

»Die Dschigiten sind ausgezogen, um gegen die Russen zu kämpfen; aber ich bin ein alter Mann.«

»Fürchtest du dich denn nicht vor den Russen?«

»Was können mir die Russen tun? Ich bin ein alter Mann«, antwortete er wieder und sah gleichgültig in dem Kreise umher, der sich um ihn gebildet hatte.

Auf dem Rückmarsch sah ich, wie dieser alte Mann, ohne Mütze, mit zusammengebundenen Armen, hin und her gerüttelt hinter dem Sattel eines Linienkosaken saß und mit demselben teilnahmslosen Ausdruck um sich blickte. Er war für den Austausch der Gefangenen notwendig.

Ich stieg auf das Dach hinauf und setzte mich neben den Hauptmann.

»Der Feind scheint nicht sehr zahlreich gewesen zu sein«, sagte ich zu ihm, um seine Ansicht über das Scharmützel zu erfahren.

»Der Feind?« wiederholte er erstaunt. »Der ist ja überhaupt nicht dagewesen. Kann man das etwa ›den Feind‹ nennen? Passen Sie mal am Abend auf, wenn wir zurückmarschieren; dann werden Sie sehen, wie sie uns begleiten werden und was alles dort herauskommen wird!« sagte er und deutete mit der Pfeife auf einen Waldstreifen, durch den wir am Morgen marschiert waren.

»Was ist da los?« fragte ich, beunruhigt den Hauptmann unterbrechend, und zeigte auf eine Anzahl Donkosaken, die sich nicht weit von uns um irgend etwas zusammengeschart hatten.

In ihrer Mitte hörte man einen Laut wie das Weinen eines Kindes und dann die Worte:

»Ach, schlag ihn nicht tot... warte ... halt! ... sonst wird mans merken ... Hast du ein Messer, Jewstignewitsch? ... Her mit dem Messer!«

»Sie teilen etwas, die Schufte«, sagte der Hauptmann ruhig. Aber in diesem Augenblick kam plötzlich der hübsche Fähnrich mit glühendem, erschrockenem Gesichte um eine Hausecke gelaufen und rannte, mit den Armen fuchtelnd, auf die Kosaken zu. »Rührt es nicht an, schlagt es nicht!« rief er mit seiner kindlichen Stimme.

Als die Kosaken den Offizier sahen, traten sie auseinander und ließen einen jungen weißen Ziegenbock los. Der junge Fähnrich war vollständig konsterniert, murmelte etwas und blieb mit verlegenem Gesichte vor dem Tier stehen. Als er auf dem Dach mich und den Hauptmann erblickte, errötete er noch mehr und kam zu uns herübergelaufen. »Ich glaubte, sie wollten ein Kind umbringen«, sagte er mit schüchternem Lächeln.

Der General ritt mit der Kavallerie voraus. Das Bataillon, mit dem ich aus der Festung NN. gekommen war, blieb in der Nachhut. Die Kompanie des Hauptmanns Chlopow und die des Leutnants Rosenkrantz traten den Rückmarsch zusammen an.

Was der Hauptmann vorausgesagt hatte, trat tatsächlich ein: kaum waren wir auf der engen Waldlichtung, von der er gesprochen hatte, als zu beiden Seiten Bergbewohner zu Pferd und zu Fuß auftauchten, und zwar so nahe, daß ich deutlich sah, wie manche in gebückter Haltung mit der Flinte in der Hand von einem Baum zum andern liefen.

Der Hauptmann nahm die Mütze ab und bekreuzigte sich andächtig; mehrere alte Soldaten taten dasselbe. Im Walde hörte man den Kampfruf: »Jai gjaur! Uruß iai!« Trocken und kurz klingende Flintenschüsse folgten einer auf den andern, und die Kugeln pfiffen von beiden Seiten. Die Unsrigen antworteten schweigend mit Schnellfeuer; in ihren Reihen waren nur ab und zu Bemerkungen zu hören wie: »›Er‹[1] schießt von da; ›er‹ hat es leicht aus dem Walde; Geschütze müßten wir haben«, und so weiter.

Die Geschütze rückten in die Linie ein, und nach einigen Kartätschensalven schien der Feind zu ermatten; aber einen Augenblick darauf wurden das Feuer, das Geschrei und der Kampfruf wieder stärker und steigerten sich mit jedem Schritte, den unsere Truppen machten.

Kaum waren wir etwa tausend Schritte von dem Aul entfernt, als feindliche Kanonenkugeln pfeifend über unsere Köpfe zu fliegen begannen. Ich sah, wie ein Soldat von einer

1 ›Er‹ ist ein Sammelname, unter dem die kaukasischen Soldaten den Feind verstehen.

solchen Kugel getroffen wurde... aber wozu die Einzelheiten dieses furchtbaren Bildes erzählen, da ich selbst viel darum geben würde, wenn ich es vergessen könnte.

Der Leutnant Rosenkrantz schoß pausenlos aus seinem Gewehr, schrie den Soldaten mit heiserer Stimme Befehle zu und sprengte in vollem Galopp von einem Ende der Schützenkette zum andern. Eine leichte Blässe lag auf seinem martialischen Gesicht, aber sie stand ihm sehr gut. Der hübsche Fähnrich war begeistert: seine schönen schwarzen Augen blitzten verwegen, sein Mund lächelte leise; immer wieder kam er zu dem Hauptmann geritten und bat ihn um die Erlaubnis, mit Hurra einen Sturmangriff machen zu dürfen.

»Wir werfen sie zurück«, sagte er in überzeugtem Ton; »wir werfen sie sicher zurück.«

»Nicht nötig«, erwiderte der Hauptmann kurz; »wir müssen zurückmarschieren.«

Die Kompanie des Hauptmanns hatte den Waldrand besetzt und erwiderte liegend das Feuer des Feindes. Der Hauptmann, in seinem abgetragenen Rocke und seiner schäbigen Mütze, hatte seinem kleinen Schimmel die Zügel gelassen, die Beine in den kurzen Steigbügeln hochgezogen und hielt schweigend auf einem Fleck. (Die Soldaten kannten und machten ihre Sache so gut, daß es nichts zu befehlen gab.) Nur ab und zu erhob er seine Stimme und schrie diejenigen an, die die Köpfe in die Höhe hoben. Die Gestalt des Hauptmanns sah wenig kriegerisch aus, wirkte aber so natürlich und schlicht, daß sie mich außerordentlich beeindruckte. »Das ist ein wahrhaft tapferer Mann!« sagte ich mir unwillkürlich.

Er war ganz derselbe, wie ich ihn immer gesehen hatte: dieselben ruhigen Bewegungen, dieselbe gleichmäßige Stimme, derselbe Ausdruck von Geradheit in seinem unschönen, aber offenen Gesicht. Nur sein heller als sonst leuchtender Blick ließ die Aufmerksamkeit eines Menschen erkennen, der ruhig und überlegt seine Arbeit tut. ›Derselbe wie immer‹ – das ist leicht gesagt; aber wie viele verschiedene Nuancen habe ich an anderen beobachtet: der eine möchte ruhiger als sonst scheinen, ein anderer finsterer, ein dritter heiterer; aber dem Gesicht des Hauptmanns war anzusehen, daß er gar nicht begreifen würde, was für einen Sinn es hätte, etwas scheinen zu wollen.

Der Franzose, der bei Waterloo sagte: ›La garde meurt, mais ne se rend pas‹, und andere, besonders französische Helden, die denkwürdige Aussprüche getan haben, waren tapfer, und ihre Aussprüche waren wirklich denkwürdig; aber zwischen ihrer Tapferkeit und der des Hauptmanns besteht ein Unterschied: selbst wenn sich bei irgendeiner Gelegenheit ein großes Wort in der Seele meines Helden geregt hätte, so hätte er es gewiß nicht ausgesprochen – erstens, weil er gefürchtet hätte, eine große Tat durch ein großes Wort zu entweihen, und zweitens, weil jedes Wort überflüssig ist, wenn ein Mensch in sich die Kraft fühlt, eine große Tat zu vollbringen. Das ist meiner Ansicht nach ein besonderer, schöner Charakterzug der russischen Tapferkeit; und wie sollte es da für ein russisches Herz nicht schmerzlich sein, wenn man aus dem Munde unserer jungen Krieger alberne französische Phrasen hört, die das veraltete französische Rittertum nachahmen möchten?

Plötzlich erklang auf der Seite, wo der hübsche Fähnrich mit seinem Zug stand, ein uneinheitliches, gedämpftes Hurra. Ich schaute mich um und sah ungefähr dreißig Soldaten, die, das Gewehr in der Hand und die Tornister auf dem Rücken, mit größter Mühe und Anstrengung über ein gepflügtes Feld liefen. Sie stolperten, kamen aber doch vorwärts und schrien. Ihnen voran sprengte mit gezogenem Säbel der junge Fähnrich.

Alles verschwand im Walde.

Nach wenigen, von Kriegsgeschrei und Gewehrgeknatter erfüllten Minuten stürmte ein scheu gewordenes Pferd aus dem Wald, und am Waldrand erschienen Soldaten, die Tote und Verwundete trugen; unter den Verwundeten war auch der junge Fähnrich. Zwei Soldaten hielten ihn untergefaßt. Er war weiß wie ein Tuch, sein hübscher Kopf, der nur noch einen Schatten der kriegerischen Begeisterung erkennen ließ, die ihn noch eine Minute vorher beseelt hatte, war auf schreckliche Weise zwischen den Schultern eingesunken und hing auf die Brust herab. Auf dem weißen Hemd unter dem aufgeknöpften Rock war ein kleiner Blutfleck sichtbar.

»Ach, welch ein Jammer!« sagte ich unwillkürlich und wandte mich von diesem traurigen Anblick ab.

»Gewiß, es ist schade«, sagte ein alter Soldat, der mit finsterer Miene, auf das Gewehr gestützt, neben mir stand. »Er fürchtet sich vor nichts: wie ist das nur möglich!« fügte er hinzu und sah den Verwundeten unverwandt an. »Er ist noch dumm – jetzt hat ers büßen müssen.«

»Aber du, fürchtest du dich denn?« fragte ich.

»Na und wie!«

11

Vier Soldaten trugen den Fähnrich auf einer Bahre; hinter ihnen führte ein Trainsoldat ein mageres, invalides Pferd, das mit zwei grünen Kasten bepackt war, die das Handwerkszeug des Feldschers enthielten. Man wartete auf den Arzt. Die Offiziere kamen zu der Tragbahre herangeritten und suchten dem Verwundeten Mut zu machen und ihn zu trösten.

»Na, Bruder Alanin, jetzt wirst du nicht so bald wieder

mit Kastagnetten tanzen können«, sagte der Leutnant Rosenkrantz lächelnd.

Er glaubte wohl, diese Worte würden den hübschen Fähnrich aufmuntern, aber sie blieben ohne die gewünschte Wirkung, wie man an dem kalten, traurigen Ausdruck des Fähnrichs sah.

Auch der Hauptmann kam herangeritten. Er betrachtete den Verwundeten unverwandt, und auf seinem sonst so gleichmütig kalten Gesicht prägte sich aufrichtiges Mitleid aus.

»Nun, mein lieber Anatol Iwanowitsch«, sagte er mit einer Stimme, in der eine so zärtliche Teilnahme mitschwang, wie ich es nie von ihm erwartet hätte, »Gott hat es offenbar so gewollt.«

Der Verwundete sah sich um; sein blasses Gesicht wurde von einem traurigen Lächeln belebt.

»Ja, ich habe Ihnen nicht gehorcht.«

»Sagen Sie lieber: Gott hat es so gewollt«, wiederholte der Hauptmann.

Der Arzt kam, ließ sich von dem Feldscher Verbandszeug, eine Sonde und andere Instrumente geben, streifte die Ärmel auf und trat mit einem aufmunternden Lächeln an den Verwundeten heran.

»Na, offenbar hat man auch Ihnen an einer heilen Stelle ein kleines Loch gemacht«, sagte er in scherzendem, lässigem Ton. »Zeigen Sie mal her!«

Der Fähnrich gehorchte; aber in dem Blick, mit dem er den munteren Arzt ansah, lag Verwunderung und Vorwurf, was der Doktor aber nicht bemerkte. Er machte sich daran, die Wunde zu sondieren und von allen Seiten zu betrachten; aber der Verwundete verlor die Geduld und schob, schwer stöhnend, die Hand des Arztes beiseite.

»Lassen Sie mich«, sagte er kaum hörbar; »es ist alles

gleich; ich sterbe.« Mit diesen Worten fiel er zurück, und fünf Minuten später, als ich mich der Gruppe näherte, die sich um ihn gebildet hatte, und einen Soldaten fragte: »Wie gehts dem Fähnrich?« erhielt ich die Antwort: »Es geht zu Ende.«

12

Es war schon spät, als die Abteilung in breiter Kolonne und Lieder singend sich der Festung näherte.

Die Sonne war schon hinter dem schneebedeckten Bergrücken verschwunden und warf ihre letzten rosigen Strahlen auf eine lange, dünne Wolke, die an dem hellen, klaren Horizont stand. Die Schneeberge begannen sich in lila Nebel zu hüllen; nur ihre oberste Linie hob sich mit außerordentlicher Klarheit gegen das purpurne Licht des Sonnenuntergangs ab. Der schon längst aufgegangene blasse Mond nahm auf dem dunklen Blau des Himmels allmählich eine weiße Farbe an. Das Grün des Grases und der Bäume wurde schwarz und bedeckte sich mit Tau. Die dunklen Massen der Truppen zogen mit gedämpftem Lärm über eine üppige Wiese; von verschiedenen Seiten her hörte man Tamburins, Trommeln und fröhliche Lieder. Der Vorsänger der sechsten Kompanie sang aus voller Kehle, und die kraftvollen, gefühlvollen Töne seines reinen, hohen Tenors klangen weit durch die klare Abendluft.

Die Kerze

> Ihr habt gehört, daß da gesagt ist: ›Auge um Auge, Zahn um Zahn.‹ Ich aber sage euch, daß ihr nicht widerstreben sollt dem Übel.
>
> Matthäus, 5, 38. 39

Das war noch zur Zeit der Leibeigenschaft. Es gab Herren jeder Art. Es gab solche, die an den Tod und an Gott dachten und mit den Leuten Mitleid hatten, es gab aber auch andere, die waren richtige Hunde. Die schlimmsten aber waren diejenigen, die selbst einmal Leibeigene gewesen waren. Im Schmutz geboren, zu Fürsten erkoren! Die machten den armen Leuten das Leben besonders schwer.

So einen Amtmann gab es einmal auf einem Herrengut. Die Bauern hatten Frondienst zu leisten. Land gab es viel, und das Land war gut. Wasser, Wiesen, Wald – alles war in Menge da, und für alle hätte es gereicht, für den Herrn wie für die Bauern. Unglücklicherweise aber hatte der Herr einen von seinem Hofgesinde aus einem anderen Dorf zum Amtmann eingesetzt.

Sowie der Amtmann die Macht in Händen hatte, setzte er sich den Bauern auf den Nacken. Er war ein verheirateter Mann, hatte eine Frau und zwei verheiratete Töchter, hatte sich auch schon ein hübsches Stück Geld erspart. Da hätte er also in Frieden und Freuden leben können, ohne zu sündigen, aber er war neidisch und der Sünde verfallen. Es fing damit an, daß er die Bauern außerhalb der dazu bestimmten Tage zur Fronarbeit trieb. Er legte eine Ziegelei an und zwang alle, Weiber und Männer, da zu arbeiten, quälte sie halb tot, die Ziegel aber verkaufte er. Die Bauern gingen zu ihrem Herrn nach Moskau sich beschweren, erreichten aber nichts. Der Herr schickte sie mit leeren Händen heim und setzte den Amtmann nicht ab. Der Amtmann erfuhr, daß die Bauern sich über ihn beschwert hatten, und versuchte sich nun an ihnen zu rächen. Den Bauern ging es noch schlimmer. Es fanden sich auch Verräter unter ihnen, die ihre eigenen Leute beim Amtmann anschwärzten und sie in Not brachten. So kamen die Bauern ganz aus dem Gleichgewicht, und der Amtmann wurde immer grausamer.

Je weiter, je schlimmer. Bald fürchteten alle den Amtmann wie ein wildes Tier. Wenn er durch das Dorf kam, versteckte sich alles vor ihm wie vor einem Wolf. Jeder Winkel war den Leuten recht, wenn sie nur dem Amtmann nicht vor die Augen kamen. Der Amtmann sah das wohl und ärgerte sich nun noch mehr, weil die Leute ihn so fürchteten. Er plagte sie mit Schlägen und mit Arbeit, und viel mußten die Bauern um seinetwillen leiden.

Es war anderswo schon vorgekommen, daß man solche Wüteriche um die Ecke gebracht hatte, auch von diesem fingen die Bauern zu reden an. Sie steckten die Köpfe zusammen, und einer und der andere, der mehr Mut hatte, sagte: »Wie lange sollen wir den Bösewicht noch dulden? Zugrunde gehen wir doch, also machen wirs mit einem Schlag. Einen solchen Kerl umbringen ist keine Sünde.«

Einmal kurz vor Ostern kamen die Bauern im Wald zusammen: der Amtmann hatte befohlen, im herrschaftlichen Wald das Unterholz wegzuhauen. Als sie ihr Mittagbrot aßen, redeten sie untereinander.

»Wie sollen wir jetzt leben? Er richtet uns ganz zugrunde! Er plagt uns mit Arbeit: nicht bei Tag noch bei Nacht haben wir Ruhe, und die Weiber auch nicht. Und paßt ihm etwas nicht, dann schimpft er gleich und läßt uns peitschen. Semjon ist von den Schlägen gestorben; den Anisim hat er im Block zu Tode gequält. Worauf sollen wir denn noch warten? Kommt er heut abend wieder her und treibt es zu bunt, dann reißen wir ihn vom Pferde, schlagen ihn mit dem Beil vor den Kopf, und die Sache ist erledigt. Man verscharrt ihn irgendwo wie einen Hund, und kein Mensch erfährt was davon. Aber nur eins dürfen wir nicht vergessen: einer steht für den andern ein, und keiner verrät seine Leute.«

Der so redete, war der Bauer Wasilij Mirajew. Er hatte den größten Groll auf den Amtmann. Denn dieser ließ ihn jede Woche peitschen, er hatte ihm auch sein Weib abspenstig gemacht und sie als Köchin zu sich genommen.

So redeten die Bauern, und abends kam der Verwalter geritten. Er fand auch gleich etwas, was ihm nicht recht war. Unter dem abgehauenen Holz entdeckte er eine junge Linde.

»Ich hab euch doch gesagt, daß Linden nicht geschlagen werden sollen«, schrie er. »Wer hat die Linde abgehauen? Sagt es sofort, oder ich lasse euch alle auspeitschen.«

Er forschte nach, in wessen Reihe die Linde gestanden hatte. Man wies auf den Sidor. Der Amtmann schlug dem Sidor das ganze Gesicht blutig. Dann kriegte auch noch der Wasilij ein paar Peitschenhiebe, weil sein Holzhaufen zu klein war. Und dann ritt der Amtmann wieder heim.

Abends kamen die Bauern wieder zusammen, und Wasilij sagte:

»Ach, ihr Leute! Spatzen seid ihr, keine Menschen! ›Wir müssen uns wehren, wir müssen uns wehren!‹ Gilt es aber zu handeln, da verkriecht sich alles hinter dem Zaun. So wollten die Spatzen den Habicht bekriegen. ›Wir halten fest zusammen, wir wehren uns unserer Haut!‹ Als er aber geflogen kam, da saßen sie alle in den Nesseln. Der Habicht packte natürlich den, den er haben wollte, und schleppte ihn weg. Nun kamen die Spatzen wieder heraus: ›Pieps! pieps!‹ Einer war verschwunden. ›Wer fehlt denn? Der Wanka! Ach was! Der hats nicht besser verdient. Dem geschiehts ganz recht!‹ So macht ihrs auch. Habt ihr beschlossen, keinen zu verraten, dann haltet auch euer Wort! Als er den Sidor vornahm, hättet ihr euch alle zusammenrotten und ihm den Garaus machen müssen Aber da heißt es: ›Zusammenhalten! Sich wehren!‹ Und kaum zeigt er sich, da macht sich alles aus dem Staube.«

So redeten sie immer öfter, und endlich waren die Bauern fest entschlossen, dem Amtmann den Garaus zu machen. In der Karwoche verkündete er den Bauern, daß sie in der Osterwoche die herrschaftlichen Haferfelder zu pflügen hätten. Das kränkte die Bauern, und sie kamen in der Karwoche im Hof des Wasilij zusammen und redeten wieder.

»Wenn er den lieben Gott vergessen hat«, sagten sie, »und solche Geschichten macht, dann muß man ihn wirklich umbringen. Wir gehen ja sowieso zugrunde.«

Auch Peter Michejitsch war zur Versammlung gekommen. Er war ein stiller Mann, der sonst nicht an den Beratungen teilnahm. Diesmal aber hörte er sich die Reden an und sprach:

»Ihr wollt eine große Sünde begehen, Brüder. Eine Menschenseele vernichten ist eine große Sache. Eine fremde Seele vernichten ist leicht, wie siehts dann aber in der eigenen Seele aus? Er tut Böses, und der Lohn für das Böse wird nicht ausbleiben. Wir müssen nur geduldig sein, Brüder.«

Über diese Reden erzürnte Wasilij.

»Immer das alte Lied«, sagte er. »Einen Menschen töten ist Sünde! Freilich ist es Sünde. Aber es kommt doch auf den Menschen an. Einen guten Menschen töten ist Sünde, so einen Hund totzuschlagen hat aber Gott selbst geboten. Einen tollen Hund bringt man doch auch um aus Mitleid mit den Menschen. Ihn am Leben lassen ist eine viel größere Sünde. Wieviel brave Leute wird er noch zugrunde richten? Und wenn wir dafür Strafe erleiden, so leiden wir doch für unsere Brüder, und die werden uns Dank wissen. Lassen wir aber weiter fünf gerade sein, so bringt er uns alle um. Du redest dummes Zeug, Michejitsch. Ist es denn eine geringere Sünde, wenn wir an Christi Auferstehungstag alle pflügen gehen? Du selbst gehst doch gewiß nicht hin!«

Da nahm wieder Michejitsch das Wort.

»Warum sollte ich nicht gehen?« sagte er. »Wenn man mich hinschickt, gehe ich auch pflügen. Ich arbeite ja nicht für mich. Und Gott der Herr weiß, wessen Sünde das ist. Wir dürfen nur ihn nicht vergessen. Was ich da sage, Brüder, ist nicht meine Weisheit. Wenn uns befohlen wäre, Böses mit Bösem auszutreiben, dann stünde es auch so in Gottes Gesetz geschrieben. Es heißt aber dort anders. Du willst das Böse austreiben, aber es gewinnt auch über dich Gewalt. Einen Menschen erschlagen ist nicht schwer, doch das Blut bleibt an der Seele kleben. Einen Menschen töten heißt seine Seele mit Blut beflecken. Du glaubst, du hättest einen bösen Menschen getötet; du glaubst, du hättest das Böse ausgetrieben, aber nein: in dir sitzt nun das Böse drin, und es ist schlimmer als das alte. Füge dich dem Bösen, und das Böse wird sich dir fügen.«

So kamen die Bauern zu keinem Beschluß; jeder hatte seine Meinung. Die einen dachten so wie Wasilij, die anderen stimmten Peter Michejitsch bei und meinten, man solle keine neue Sünde auf sich nehmen, sondern weiter dulden.

Die Bauern hatten den ersten Ostertag gefeiert. Abends kam der Schulze mit den Schreibern vom Herrenhof und meldete, Michail Semjonowitsch, der Amtmann, habe befohlen, die Bauern für morgen früh zusammenzurufen, sie hätten alle das herrschaftliche Haferfeld zu pflügen. Der Schulze ging mit den Schreibern durch das ganze Dorf, meldete allen, daß sie morgen mit den Pflügen hinauszuziehen hätten, einige auf die Äcker jenseits des Flusses, andere auf die an der großen Landstraße. Die Bauern jammerten ein wenig, wagten aber nicht sich zu widersetzen und zogen am Montagmorgen mit ihren Pflügen aus. In der Kirche läutete man zur Frühmesse, überall feierte das Volk Ostern – die Bauern aber mußten pflügen.

An diesem Morgen erwachte Michail Semjonowitsch, der Amtmann, recht spät. Er ging nach der Wirtschaft sehen, inzwischen machten seine Frau und seine verwitwete Tochter, die zu den Feiertagen auf Besuch gekommen war, sich zurecht, putzten sich, ließen sich von einem Knecht das Wägelchen anspannen und fuhren zur Kirche. Als sie zurückgekommen waren, machte die Magd den Samowar heiß, auch Michail Semjonowitsch stellte sich ein, und man trank Tee. Nach dem Tee steckte Michail Semjonowitsch seine Pfeife an und ließ den Schulzen holen.

»Nun, hast du die Bauern pflügen geschickt?«

»Jawohl, Michail Semjonowitsch.«

»Sind alle ausgefahren?«

»Alle. Ich habe sie selbst verteilt.«

»Verteilt hast du sie, aber pflügen sie auch? Fahr hinaus und sieh dir die Sache an; ich komme nachmittags auch hin. Je zwei Pflüge müssen eine Deßjatine[1] bestellt haben, und gut müssen die Kerle pflügen! Find ich nicht alles in Ordnung, so frag ich nicht viel danach, ob heute Feiertag ist!«

»Zu Befehl!«

Der Schulze wollte schon gehen, da rief Michail Semjonowitsch ihn zurück. Wie er aber vor Michail Semjonowitsch

1 Eine Deßjatine ist etwa ein Hektar.

stand, da konnte dieser gar nicht recht herausbringen, was er sagen wollte. Er wand sich und zögerte, dann sagte er schließlich:

»Noch etwas: horch du mal ein bißchen herum, was die Halunken über mich reden. Wer über mich schimpft und was ein jeder sagt – merk es dir und erzähl mir alles wieder. Ich kenne dieses Gesindel, arbeiten mögen sie nicht, sie wollen immer nur auf dem Lotterbett liegen und faulenzen. Fressen und faulenzen, weiter können sie nichts; aber sie denken nicht daran, daß es für die Aussaat zu spät werden kann, wenn man die Zeit zum Pflügen versäumt. Also hör mal an, was sie reden, und erzähl mir alles. Ich muß es wissen. Geh, und paß auf, daß du mir alles sagst und nichts verschweigst!«

Der Schulze drehte sich um, ging hinaus, stieg auf seinen Gaul und ritt zu den Bauern aufs Feld hinaus.

Die Frau des Amtmanns hatte gehört, was ihr Mann zu dem Schulzen gesagt hatte, und trat vor ihn hin und fing an ihn zu bitten. Denn sie war eine sanfte Frau und hatte ein gutes Herz. Wo sie konnte, suchte sie ihren Mann zu besänftigen und nahm die Bauern gegen ihn in Schutz.

So kam sie auch jetzt zu ihrem Mann und bat:

»Mein lieber, guter Mischenka, versündige dich nicht an diesem großen Festtag, erbarme dich um Christi willen, schick die Bauern wieder nach Hause.«

Allein Michail Semjonowitsch achtete nicht auf die Reden seiner Frau, sondern lachte nur.

»Die Peitsche ist wohl lange nicht auf deinem Rücken spazierengegangen?« sagte er. »Du bist sehr kühn geworden, meine Liebe, mischst dich in Dinge ein, die dich nichts angehn!«

»Mischenka, mein Bester, ich habe einen bösen Traum von dir gehabt, hör auf mich, schick die Bauern nach Hause!«

»Jawohl«, sagte er, »ich habs gleich gemerkt: bist fett geworden vom guten Essen, denkst, nun wirst du auch die Peitschenhiebe nicht spüren. Nimm dich in acht!«

Michail Semjonowitsch war richtig böse geworden, er stieß der Frau seine brennende Pfeife ins Gesicht, jagte sie fort und befahl, das Mittagessen aufzutragen.

Michail Semjonowitsch aß Sülze, Pastete, Kohlsuppe mit Schweinefleisch, Spanferkel, Milchsuppe mit Nudeln, trank Kirschlikör, aß ein Stück Kuchen dazu, rief die Köchin, setzte sie neben sich und befahl ihr, ein Liedchen zu singen; er selbst aber nahm die Gitarre und spielte zum Gesang.

So saß Michail Semjonowitsch fröhlichen Mutes da, rülpste ab und zu, klimperte auf der Gitarre und scherzte mit der Köchin. Da trat der Schulze ein, verbeugte sich und meldete, was er draußen gesehen habe.

»Nun, pflügen sie? Werden sie heute fertig?«

»Sie haben schon mehr als die Hälfte gepflügt!«

»Sind keine Stellen dazwischen ungepflügt geblieben?«

»Ich habe nichts gesehen. Sie pflügen gut. Sie fürchten sich.«

»Ist die Erde richtig locker?«

»Die Erde ist ganz weich; sie fällt auseinander wie Mohnkörner.«

Der Amtmann schwieg einen Augenblick.

»Nun, und was reden sie von mir? Schimpfen sie?«

Der Schulze zögerte mit der Antwort, allein Michail Semjonowitsch befahl ihm noch einmal, die ganze Wahrheit zu sagen.

»Sage mir alles. Es sind ja nicht deine Worte, sondern die der Leute. Sagst du mir die Wahrheit, so will ich dich belohnen. Verschweigst du mir aber etwas, dann lasse ich dich peitschen, nichts für ungut. He, Katjuscha, gib ihm ein Glas Schnaps, damit er Mut kriegt.«

Die Köchin holte Schnaps und reichte ihn dem Schulzen. Der Schulze sagte: »Zum Wohlsein!«, trank, wischte den Mund ab und begann zu reden. ›Es ist alles gleich‹, dachte er, ›ich bin nicht schuld, daß sie ihn nicht preisen. Ich will ihm die Wahrheit sagen, wenn er sie hören will.‹

Und der Schulze nahm sich zusammen und fing an:

»Sie murren, Michail Semjonowitsch, sie murren.«

»Was sagen sie denn? Erzähl mirs.«

»Sie sagen alle dasselbe: er glaubt nicht an Gott.«

Da lachte der Amtmann. »Wer hat denn das gesagt?«

»Alle sagen es. Sie sagen: er hat sich dem Bösen verkauft.«

Wieder lachte der Verwalter.

»Das gefällt mir. Aber du sollst mir sagen, was jeder einzelne geredet hat. Was sagt der Waska?«

Der Schulze wollte seine Leute nicht gern angeben, doch mit dem Wasilij war er seit langem verfeindet.

»Wasilij schimpft am meisten«, sagte er.

»Ja, und was sagt er? Gib mir genau Bescheid.«

»Er redet furchtbare Dinge. ›Der stirbt noch mal, ohne Buße getan zu haben‹, sagt er.«

»Das ist ein feiner Kerl!« sagte der Amtmann. »Worauf wartet er denn noch? Warum bringt er mich nicht um? Er kommt wohl nicht an mich heran? Schon gut, Waska, wir wollen noch mal unsere Kräfte messen. Na, und Tischka, der Hund – der sagt wohl dasselbe?«

»Alle reden sie schlecht.«

»Ja, was denn?«

»Es ekelt mich, es zu wiederholen.«

»Was ekelt dich denn? Hab keine Furcht! Sags!«

»Sie sagen: ›Der Bauch soll ihm platzen und die Eingeweide herausquellen.‹«

Da freute sich Michail Semjonowitsch, er fing sogar laut zu lachen an.

»Wollen sehn, bei wem sie zuerst herausquellen. Wer hat denn das gesagt? Der Tischka?«

»Keiner hat ein gutes Wort gesagt. Alle schimpfen, alle drohen.«

»Nun, und der Petruschka Michejitsch? Was sagt der? Schimpft wohl auch, der Scheißkerl?«

»Nein, Michail Semjonowitsch, Peter schimpft nicht.«

»Was denn?«

»Er war der einzige von den Bauern, der kein Wort sagte. Ein ganz wunderlicher Kerl! Ich habe gestaunt über ihn, Michail Semjonowitsch.«

»Wieso?«

»Was er angestellt hat! Alle Bauern staunen!«

»Ja, was denn?«

»Es ist gar zu wunderlich. Ich ritt zu ihm heran. Er pflügt die schräge Deßjatine am Türkenhügel. Wie ich auf ihn zureite, höre ich jemand singen, mit ganz feiner Stimme, sehr schön; und an seinem Pflug zwischen den Deichseln schimmert etwas.«

»Nun?«

»Es schimmert wie ein Lichtlein. Ich komme näher, und da sehe ich, er hat eine Wachskerze für fünf Kopeken an das Querholz angeklebt, und die brennt, der Wind löscht sie nicht aus. Er aber hat sein neues Hemd an, geht hinter dem Pflug her und singt Osterpsalmen. Er dreht den Pflug um, er schüttelt ihn aus, aber die Kerze brennt immer weiter. Vor meinen Augen hat er den Pflug ausgeschüttelt, die Querstange umgelegt und den Pflug gewendet – aber die Kerze brannte immer weiter.«

»Und hat er was gesagt?«

»Nichts hat er gesagt. Als er mich sah, wechselte er nur den Osterkuß mit mir und fing dann wieder an zu singen.«

»Hast du auch nichts zu ihm gesagt?«

»Ich sagte nichts, aber es kamen andere Bauern, die spotteten über ihn. ›Michejitsch‹, sagten sie, ›wird sein Leben lang die Sünde nicht abbüßen können, daß er zu Ostern gepflügt hat.‹ «

»Und was sagte er?«

»Er sagte nur: ›Friede auf Erden und den Menschen ein Wohlgefallen!‹ Dann nahm er wieder seinen Pflug zur Hand, trieb das Pferd an und sang mit feiner Stimme. Die Kerze aber brannte und erlosch nicht.«

Der Amtmann lachte nicht mehr. Er legte die Gitarre fort, ließ den Kopf hängen und versank in Gedanken.

So saß er eine Zeitlang da, dann jagte er die Köchin hinaus, schickte den Schulzen fort, ging hinter den Vorhang, legte sich aufs Bett und fing an zu stöhnen und zu seufzen, als käme eine Fuhre Getreide gefahren. Seine Frau lief zu ihm und fragte ihn, was ihm fehle; er gab keine Antwort. Er sagte nur: »Er hat mich besiegt! Nun kommt die Reihe auch an mich.«

Die Frau redete ihm zu:

»Reite doch hinaus und schick die Bauern heim. Es ist ja nicht so schlimm! Du hast so arge Dinge gemacht und dich nie gefürchtet, woher kommt jetzt auf einmal die Angst?«

»Ich bin verloren«, sagte er, »er hat mich besiegt!«

Da schrie die Frau ihn an: »Besiegt! Besiegt! Weiter weißt du nichts zu sagen! Reit hinaus, schick die Bauern heim, und alles ist gut! Reit hinaus, ich lasse dein Pferd satteln.«

Das Pferd wurde vorgeführt, und die Frau überredete den Mann wirklich, hinauszureiten und die Bauern nach Hause zu schicken.

Michail Semjonowitsch stieg auf und ritt ins Feld hinaus. Als er das Gatter vor dem Dorfbezirk erreicht hatte, machte ein Weib ihm das Tor auf, und er ritt ins Dorf hinein. Kaum sahen die Leute den Amtmann kommen, so versteckten sie sich alle, einige in den Häusern, andere hinterm Zaun, wieder andere in den Gemüsebeeten.

Der Amtmann ritt durch das ganze Dorf und kam zum Gattertor am anderen Ende. Das Tor war geschlossen, und er konnte es nicht aufmachen, ohne abzusteigen. Er rief, jemand solle kommen und ihm aufmachen, aber es zeigte sich niemand. Da stieg er selbst vom Pferde, machte das Tor auf und wollte wieder aufsitzen. Er stellte den Fuß in den Steigbügel, reckte sich in die Höhe, wollte das Bein hinüberwerfen, da scheute das Pferd vor einem Schwein, fuhr gegen das Gatter, der Amtmann aber war ein schwerfälliger, ungeschickter Mann und fiel statt in den Sattel mit dem Bauch über das Gatter. In dem ganzen Gatter war nur ein Pfahl, der oben zugespitzt war, und gerade dieser war etwas höher als die anderen. Diesen Pfahl rannte er sich nun gerade in den Bauch. Der ganze Bauch wurde ihm aufgerissen, und Michail Semjonowitsch fiel auf die Erde.

Die Bauern kamen vom Pflügen. Vor dem Tor scheuten die Pferde und wollten nicht weitergehen. Die Bauern schauten hin, da lag der Amtmann auf dem Rücken, die Arme ausgebreitet, die Augen starr, und alle seine Eingeweide waren herausgequollen und eine große Blutlache neben ihm –: die Erde hatte es nicht aufsaugen wollen.

Da erschraken die Bauern und führten die Pferde hinten herum. Nur Peter Michejitsch stieg ab, trat vor den Amtmann hin, sah, daß er schon tot war, schloß ihm die Augen, spannte seinen Wagen an, lud mit seinem Sohn den Toten darauf und brachte ihn nach dem Gutshaus.

Die ganze Geschichte kam dem Gutsherrn zu Ohren, und um Schlimmeres zu vermeiden, entließ er alle Bauern gegen Zins.

Und da erkannten die Bauern, daß die Macht Gottes sich nicht in der Sünde, sondern im Guten offenbart.

Herr und Knecht

Es war in den siebziger Jahren, am Tag nach St. Nikolaus. Im Kirchspiel war Feiertag, und der Herbergswirt und Kaufmann zweiter Gilde Wasilij Andrejitsch Brechunow hatte das Dorf noch nicht verlassen können: zuerst hatte er in die Kirche gehen müssen, da er Kirchenältester war, und dann mußte er in seinem Hause Verwandte und Bekannte empfangen und bewirten. Aber nun waren die letzten Gäste abgefahren, und Wasilij Andrejitsch machte sich bereit, zu einem benachbarten Gutsbesitzer zu fahren, dem er einen kleinen Wald abkaufen wollte, um den er schon lange gehandelt hatte. Wasilij Andrejitsch wollte so schnell wie möglich fahren, damit die städtischen Händler ihm dieses vorteilhafte Geschäft nicht wegschnappten. Der junge Gutsbesitzer verlangte nur deshalb zehntausend Rubel für den Wald, weil Wasilij Andrejitsch ihm siebentausend geboten hatte. Diese siebentausend bildeten aber nur den dritten Teil des Wertes, den der Wald wirklich hatte. Wasilij Andrejitsch hätte vielleicht noch länger um den Preis gefeilscht, da der Wald in seinem Bezirk lag und zwischen ihm und den anderen ländlichen Händlern des Kreises schon seit langer Zeit eine Abmachung bestand, daß ein Händler im Bezirk eines anderen die Preise nicht in die Höhe treiben durfte: aber Wasilij Andrejitsch hatte erfahren, daß Holzhändler aus der Gouvernementsstadt nach Gorjatschkino fahren und um den Wald handeln wollten, und deshalb beschloß er sofort hinzufahren und die Sache mit dem Gutsbesitzer zum Abschluß zu bringen. Sobald er sich frei machen konnte, nahm er siebenhundert Rubel aus der Truhe, legte noch zweitausenddreihundert Rubel Kirchengelder, die er in Verwahrung hatte, dazu, zählte das ganze Geld sorgfältig nach, steckte es in die Brieftasche und machte sich zur Abfahrt bereit.

Der Knecht Nikita, der als einziger von Wasilij Andrejitschs Leuten an diesem Tag nicht betrunken war, ging hinaus, um anzuspannen. Nikita war deshalb nicht betrunken, weil er ein Trinker war: zu Beginn der Fasten, als er die Jacke vom Leibe und seine Lederstiefel vertrunken hatte, hatte er geschworen, das Trinken aufzugeben, und nun schon länger als einen Monat nichts mehr angerührt; auch jetzt hatte er nicht getrunken, obwohl der Schnaps, der an den beiden ersten Festtagen überall konsumiert wurde, eine große Versuchung für ihn war.

Nikita war ein fünfzigjähriger Bauer aus einem Nachbardorf, kein guter Hauswirt, wie man von ihm sagte, und hatte den größten Teil seines Lebens nicht zu Hause, sondern bei anderen Leuten als Knecht verbracht. Überall schätzte man ihn wegen seines Fleißes, seiner Geschicklichkeit und Arbeitskraft, vor allem aber wegen seines guten, angenehmen Charakters. Aber er blieb nirgends lange im Dienst, weil er etwa zweimal im Jahr, manchmal auch öfter, zu trinken anfing und dann nicht nur alles vertrank, was er auf dem Leibe hatte, sondern auch händelsüchtig und gewalttätig wurde. Auch Wasilij Andrejitsch hatte ihn schon ein paarmal fortgejagt, ihn aber wiedergenommen, weil er Nikitas Ehrlichkeit, seine Liebe zu den Tieren und vor allem seine Anspruchslosigkeit sehr zu schätzen wußte. Wasilij zahlte ihm nicht achtzig Rubel, was der angemessene Lohn für einen solchen Knecht gewesen wäre, sondern nur vierzig, die er ihm ohne Abrechnung in kleinen Beträgen gab und großenteils nicht in barem Geld, sondern in Form von hoch berechneten Waren aus seinem Laden.

Nikitas Frau Marfa, die früher einmal ein hübsches, flinkes Weib gewesen war, wirtschaftete zu Hause mit einem halbwüchsigen Sohn und zwei Töchtern und forderte ihren Mann gar nicht dazu auf, daheim zu wohnen, erstens, weil sie schon seit zwanzig Jahren mit einem Böttcher aus einem anderen Dorf zusammenlebte, den sie ins Haus genommen hatte, und zweitens, weil sie eine Heidenangst vor ihrem Mann hatte, sobald er sich betrank, während sie ganz nach ihrem Belieben mit ihm umsprang, wenn er nüchtern war. Einmal hatte sich Nikita zu Hause sinnlos betrunken; um sich an seiner Frau für die Knechtung zu rächen, die er in nüchternem Zustand erdulden mußte, hatte er dann ihre Truhe aufgebrochen, ihre besten Kleider herausgeholt, das Beil genommen und ihre sämtlichen Röcke und Umhänge auf dem Hauklotz kurz und klein gehackt. Nikitas gesamter Lohn wurde seiner Frau ausgehändigt, und Nikita war damit einverstanden. So war Marfa auch diesmal zwei Tage vor dem Fest zu Wasilij Andrejitsch gekommen, hatte sich von ihm für ungefähr drei Rubel Weizenmehl, Tee, Zucker und ein Achtel Schnaps und noch fünf Rubel Bargeld geben lassen und hatte sich dafür wie für eine besondere Gnade bedankt, obwohl Nikita selbst bei niedrigster Bezahlung zwanzig Rubel von Wasilij Andrejitsch zu bekommen hatte.

»Ich habe doch keinen Vertrag mit dir gemacht«, pflegte Wasilij Andrejitsch zu Nikita zu sagen. »Wenn du etwas brauchst, dann nimms dir, du wirst es schon abarbeiten. Bei mir ists nicht wie bei anderen Leuten, die das Gesinde auf seinen Lohn warten lassen, genau abrechnen und noch Abzüge machen. Bei uns gehts ehrlich zu. Du dienst mir, und ich lasse dich auch nicht im Stich.«

Wenn Wasilij Andrejitsch das sagte, war er tatsächlich der Meinung, daß er Nikitas Wohltäter sei, denn er verstand sehr überzeugend zu reden, und alle Leute, die auf sein Geld angewiesen waren, Nikita voran, bestärkten ihn in der Überzeugung, daß er sie nicht betrüge, sondern ihnen nur Gutes tue.

»Das sehe ich ja auch ein, Wasilij Andrejitsch, und ich meine, ich diene Ihnen so gut, wie wenn Sie mein leiblicher Vater wären. Ich verstehe das sehr gut«, antwortete Nikita, der sehr gut verstand, daß Wasilij Andrejitsch ihn betrog, aber gleichzeitig fühlte, daß er keinen Versuch machen durfte, mit ihm abzurechnen, sondern dableiben und nehmen mußte, was man ihm gab, solange er keine andere Stelle hatte.

Jetzt, als der Herr befohlen hatte anzuspannen, lief Nikita vergnügt und willig wie immer mit schnellen, leichten, etwas watschelnden Schritten in den Schuppen, nahm dort den schweren, mit einer Troddel geschmückten ledernen Zaum vom Nagel und ging, mit der Kinnkette klirrend, zum verschlossenen Stall, wo das Pferd stand, das er anspannen sollte.

»Na, du langweilst dich wohl, du dummer Kerl«, sagte Nikita als Antwort auf das leise Gewieher, mit dem ihn der einzige Bewohner des Stalls begrüßte, ein mittelgroßer, gutgebauter Hengst mit etwas hängendem Hinterteil, dunkelbraun mit gelblichen Flecken an Maul, Füßen und Weichen. »Na, na! Nicht so eilig, ich will dir erst zu saufen geben«, sagte er zu dem Pferd, als könnte es seine Worte verstehen. Dann wischte er mit dem Schoß seines Pelzes den fetten, in der Mitte durchhängenden, mit Staub bedeckten und zerfressenen Rücken des Hengstes ab, legte ihm den Zaum um den schönen, kräftigen Kopf, machte ihm die Ohren und den Haarschopf frei, legte das Halfter weg und führte das Pferd zur Tränke.

Der Braune schritt vorsichtig durch den hohen Mist, begann zu spielen und schlug aus; er tat, als wollte er dem

Knecht, der im Trab mit ihm zum Ziehbrunnen lief, einen Schlag versetzen.

»Ach, so ein Racker!« murmelte Nikita; er wußte, daß der Braune immer sehr vorsichtig ausschlug und ihn nie traf, sondern nur seinen schmutzigen Halbpelz berührte. An diesem Kunststück hatte Nikita immer eine ganz besondere Freude.

Als das Pferd sich an dem kalten Wasser satt getrunken hatte, holte es tief Atem, bewegte die nassen, kräftigen Lippen, von deren Haarborsten durchsichtige Tropfen in den Trog fielen, und verharrte regungslos, wie in Gedanken versunken; dann prustete es laut.

»Wenn du nicht mehr magst, dann brauchst du nicht mehr. Das werden wir uns merken. Aber später bekommst du nichts mehr«, sagte Nikita, der dem Braunen sein Verfahren stets sehr ernst und ausführlich auseinandersetzte. Dann lief er wieder zum Schuppen, das muntere junge Pferd, das mit den Hinterbeinen ausschlug und laut schnaubte, am Zügel hinter sich herziehend.

Die Knechte waren nicht da: Nikita sah nur einen Fremden, den Mann der Köchin, der zum Feiertag gekommen war. »Geh doch mal hin, mein Lieber«, sagte Nikita zu ihm, »und frage den Herrn, welchen Schlitten ich anspannen soll, den großen oder den kleinen.«

Der Mann der Köchin ging in das Haus mit dem Blechdach und dem hohen Fundament und kam gleich darauf mit der Nachricht zurück, daß der kleine Schlitten anzuspannen sei. Nikita hatte inzwischen dem Pferd das Kummet angelegt, das mit kleinen Nägeln beschlagene Rückenpolster festgebunden, und ging jetzt, in der einen Hand das leichte, buntbemalte Krummholz tragend und mit der anderen das Pferd führend, zu den beiden Schlitten, die unter dem Schuppen standen.

»Wenn er den kleinen will, dann nehmen wir eben den kleinen«, sagte er, führte das kluge Pferd, das die ganze Zeit tat, als wollte es ihn beißen, in die Gabeldeichsel und spannte es an; der Mann der Köchin half ihm dabei.

Als alles schon beinahe fertig war und Nikita nur noch die Leinen an den Zügeln befestigen mußte, schickte er den Mann der Köchin nach Stroh in den Schuppen und dann in die Scheune, um einen Sack zu holen.

»So, alles in Ordnung! Na, na, tu nur nicht so wichtig!« sagte Nikita und stopfte das frisch gedroschene Haferstroh, das der Mann der Köchin gebracht hatte, in den Schlitten. »Und jetzt gib mir die Packleinwand, die nehmen wir als Überzug, und obendrauf kommt der Sack. Siehst du wohl, so werden wir gut sitzen«, sagte er und führte dabei das aus, was er sagte; dann stopfte er den Sack über dem Stroh auf allen vier Seiten um den Sitz herum fest.

»So, ich danke dir, mein Freund«, sagte Nikita zu dem Mann der Köchin, »zu zweit geht alles besser.« Dann brachte Nikita die ledernen, am verbundenen Ende mit einem Ring versehenen Zügel in Ordnung, setzte sich auf den Schlittenrand und lenkte das nach Bewegung verlangende brave Pferd über den gefrorenen Mist auf dem Hof zum Tor.

»Onkel Nikita, Onkelchen, he, Onkelchen!« rief ihm mit feiner Stimme ein siebenjähriger Junge nach, der eilig aus dem Hausflur in den Hof gelaufen kam; er trug einen kurzen schwarzen Pelz, neue weiße Filzstiefel und eine warme Mütze. »Setz mich rein!« bat er und knöpfte sich im Laufen den Pelz zu.

»Na, dann komm schnell her, mein Lieber«, sagte Nikita, hielt an, setzte den freudestrahlenden, blassen, mageren Jungen seines Herrn in den Schlitten und fuhr auf die Straße hinaus.

Es war gegen drei Uhr, kalt, wohl zehn Grad, trüb und

windig. Der halbe Himmel war von einer tief herabhängenden dunklen Wolke bedeckt. Auf dem Hof kam einem die Luft ruhig vor, aber auf der Straße spürte man den Wind: von dem Dach der Nachbarscheune stiebte der Schnee, und an der Ecke neben dem Badehaus wirbelte er nur so. Kaum war Nikita zum Tor hinaus und hatte das Pferd gewendet, als auch schon Wasilij Andrejitsch, eine Zigarette im Mund, den tuchüberzogenen Schafpelz tief unten mit einem breiten Gurt zusammengeschnallt, aus dem Flur auf die hohe Vortreppe trat, wo der festgetretene Schnee unter den Ledersohlen seiner Filzstiefel laut knirschte. Er blieb stehen, zog noch einmal an seiner Zigarette, warf sie weg, zertrat sie und blies den Rauch durch den Schnurrbart. Nach dem Pferde schielend, bog er zu beiden Seiten seines rotwangigen, glattrasierten Gesichts die Ecken seines Kragens mit der Haarseite nach innen, damit der Pelz nicht vom Atem feucht wurde.

»Sieh mal an! So ein Racker! Er sitzt schon drin!« sagte er, als er seinen Jungen in dem Schlitten entdeckte. Wasilij Andrejitsch war durch den Schnaps, den er mit seinen Gästen getrunken hatte, in angeregter Stimmung und deshalb mit allem, was ihm gehörte, und mit allem, was er tat, noch zufriedener als sonst. Der Anblick seines Sohnes, den er in Gedanken immer den ›Erben‹ nannte, machte ihm besonders viel Vergnügen. Er betrachtete ihn mit zusammengekniffenen Augen und die langen Zähne bleckend.

Wasilij Andrejitschs blasse, magere, schwangere Frau, Kopf und Schultern in ein wollenes Tuch gehüllt, so daß nur ihre Augen zu sehen waren, begleitete ihn hinaus und stand hinter ihm im Hausflur.

»Wirklich, nimm doch Nikita mit«, sagte sie und trat schüchtern vor die Haustür.

Wasilij Andrejitsch, dem ihre Worte anscheinend unangenehm waren, antwortete nicht, runzelte die Stirn und spuckte aus.

»Du hast viel Geld bei dir«, fuhr die Frau in kläglichem Ton fort. »Und vielleicht kommt auch noch ein Unwetter. Wirklich, nimm ihn lieber mit.«

»Ach was, kenne ich vielleicht den Weg nicht, daß ich unbedingt jemanden mitnehmen muß?« erwiderte Wasilij Andrejitsch, jede Silbe scharf betonend und beim Sprechen unnatürlich die Lippen verziehend, was er immer tat, wenn er mit Käufern und Verkäufern redete.

»Nimm ihn doch mit. Ich bitte dich um Gottes willen!« sagte die Frau noch einmal und mummte sich noch fester in ihr Tuch ein.

»Sie läßt nicht locker... Wo soll ich denn mit ihm hin?«

»Ich bin bereit, Wasilij Andrejitsch«, sagte Nikita fröhlich. »Nur müßten die Pferde gefüttert werden, wenn ich weg bin«, fügte er hinzu und sah die Hausfrau an.

»Ich werde dafür sorgen, Nikituschka, ich werde es Semjon sagen«, antwortete die Frau.

»Also wie ists? Soll ich mitfahren, Wasilij Andrejitsch?« fragte Nikita.

»Ja, ich muß der Alten wohl den Gefallen tun. Aber wenn du mitfährst, dann zieh dir erst einen wärmeren Staatsrock an«, antwortete Wasilij Andrejitsch lächelnd und blinzelte mit dem einen Auge nach Nikitas Pelzjacke hin, die schmierig und verfilzt und unter den Achseln und am Rücken zerrissen und am Saum ausgefranst war; sie hatte offenbar schon viel mitmachen müssen.

»He, lieber Freund, komm doch mal raus und halte das Pferd!« rief Nikita dem Mann der Köchin zu, der im Hof war.

»Ich halte es, ich halte es!« piepste der Junge, nahm seine

frierenden roten Händchen aus den Taschen und ergriff die kalten ledernen Lenkriemen.

»Los, zieh deinen Staatsfrack an, aber mach schnell!« rief Wasilij Andrejitsch seinem Knecht spöttisch zu.

»Ich bin gleich wieder da, Wasilij Andrejitsch«, antwortete Nikita und rannte mit einwärts gedrehten Fußspitzen in seinen geflickten, schmierigen Filzstiefeln auf den Hof und in die Gesindestube.

»Schnell, Arinuschka, gib mir meinen Mantel vom Ofen runter, ich muß mit dem Herrn wegfahren!« rief Nikita, während er in die Stube gelaufen kam, und nahm seinen Gurt vom Nagel.

Die Köchin, die nach dem Mittagessen geschlafen hatte und gerade den Samowar für ihren Mann aufstellte, begrüßte Nikita freundlich; von seiner Eile angesteckt, rührte sie sich ebenso flink wie er, langte seinen auf dem Ofen trocknenden schlechten, abgetragenen Tuchmantel herunter, schüttelte ihn und klopfte ihn weich.

»Jetzt hast du hier genug Platz und kannst mit deinem Mann ordentlich feiern«, sagte Nikita zu der Köchin, denn aus gutmütiger Höflichkeit redete er immer ein bißchen mit jedem Menschen, mit dem er allein zusammen war.

Dann legte er den schmalen, verfilzten Gurt um, zog seinen dünnen Bauch ein und schnallte den Gurt über der Pelzjacke ganz fest zu.

»Siehst du!« sagte er, nicht zur Köchin, sondern zu dem Gurt, dessen Enden er feststeckte. »Jetzt wirst du nicht aufgehen.« Er hob und senkte die Schultern, um den Armen Bewegungsfreiheit zu verschaffen, zog den Mantel an, reckte wieder den Rücken, um die Arme besser bewegen zu können, schlug sich unter die Achseln und nahm seine Fausthandschuhe vom Wandbrett. »So, jetzt ist alles in Ordnung.«

»Zieh doch andere Stiefel an, Nikita Stepanytsch«, sagte die Köchin, »die da sind ganz löchrig.«

Nikita blieb stehen und schien zu überlegen.

»Ja, das müßte ich schon... Na, es wird auch so gehen, es ist ja nicht weit.«

Und er lief auf den Hof.

»Wirst du auch nicht frieren, Nikituschka?« fragte die Hausfrau, als er zum Schlitten kam.

»Nein, kein bißchen, mir ist ganz warm«, antwortete Nikita, schob am Vorderteil des Schlittens das Stroh zurecht, um sich damit die Füße zu bedecken, und steckte die bei einem so braven Pferd überflüssige Peitsche ins Stroh.

Wasilij Andrejitsch saß schon im Schlitten, dessen gebogenen hinteren Teil er fast ganz mit seinem in zwei Pelzen steckenden Rücken ausfüllte, ergriff die Leine und trieb das Pferd an. Nikita setzte sich im Fahren vorn links zurecht und streckte das eine Bein heraus.

2

Die Kufen knirschten leise, der brave Hengst zog an und schritt in flottem Gang auf der glattgefahrenen, gefrorenen Dorfstraße dahin.

»Was machst du denn da hinten, du Schlingel? – Gib mal die Peitsche her, Nikita!« rief Wasilij Andrejitsch; er freute sich offenbar über den ›Erben‹, der hinten auf den Kufen hockte. »Wart nur! Mach, daß du zur Mutter kommst!«

Der Junge sprang ab. Der Braune beschleunigte seinen Paßgang, schüttelte sich und fiel in Trab.

Das Dorf Krestnyj, zu dem Wasilij Andrejitschs Haus gehörte, bestand nur aus sechs Häusern. Sobald sie an dem letzten Haus, der Schmiede, vorbei waren, merkten sie, daß der Wind stärker war, als sie geglaubt hatten. Vom Weg war fast nichts mehr zu sehen. Die Spur der Kufen wurde sofort wieder verweht, und man konnte den Weg nur daran erkennen, daß er höher war als das übrige Gelände. Der Schnee wirbelte über das Feld, und die Linie, wo Himmel und Erde sich berühren, war verschwunden. Der Teljatiner Wald, den man sonst immer gut erkennen konnte, war nur von Zeit zu Zeit als undeutliche schwarze Masse durch das Schneegestöber zu sehen. Der Wind kam von links; er wehte die Mähne an dem drallen, wohlgenährten Hals des Braunen hartnäckig nach der einen Seite und drückte sogar den aufgebundenen Schweif des Pferdes seitwärts. Nikita saß auf der Windseite, und der Wind preßte ihm den breiten Mantelkragen gegen Gesicht und Nase.

»Bei diesem Schneegestöber kann er nicht so gut laufen«, sagte Wasilij, der auf sein gutes Pferd stolz war. »Ich bin einmal mit ihm nach Paschutino gefahren, da hat er mich in einer halben Stunde hingebracht.«

»Was?« fragte Nikita, der nichts hörte, weil der Kragen ihm die Ohren verdeckte.

»Ich sage, ich bin in einer halben Stunde mit ihm nach Paschutino gefahren«, schrie Wasilij Andrejitsch.

»Ja, er ist ein gutes Pferd«, antwortete Nikita.

Sie schwiegen eine Weile, aber Wasilij Andrejitsch wollte sich mit Nikita unterhalten.

»Na, du hast deiner Frau doch sicher verboten, dem Böttcher Schnaps zu geben, was?« sagte Wasilij Andrejitsch ebenso laut. Er war so fest davon überzeugt, daß Nikita sich geschmeichelt fühlen müsse, wenn er sich mit einem so bedeutenden, klugen Mann wie ihm unterhalten dürfe, und er war so zufrieden mit seinem Spaß, daß es ihm gar nicht in den Sinn kam, diese Unterhaltung könnte Nikita vielleicht peinlich sein.

Nikita verstand wieder nicht, denn der Wind trug die Worte seines Herrn fort.

Wasilij Andrejitsch wiederholte mit seiner lauten, deutlichen Stimme den Scherz über den Böttcher.

»Gott möge ihnen verzeihen, Wasilij Andrejitsch, ich kümmere mich nicht um diese Sachen. Wenn sie nur meinem Jungen nichts antut, sonst mag sie machen, was sie will.«

»Da hast du recht«, antwortete Wasilij Andrejitsch. »Sag mal, willst du dir im Frühjahr ein Pferd kaufen?« fragte er, das Thema wechselnd.

»Ja, das muß ich wohl«, antwortete Nikita, schlug den Mantelkragen zurück und neigte sich zu seinem Herrn.

Jetzt war die Unterhaltung für Nikita interessant geworden, und er wollte jedes Wort verstehen.

»Der Junge ist jetzt erwachsen und muß selber pflügen, früher haben wir immer einen Pflüger und ein Pferd gemietet«, sagte er.

»Weißt du was? Nehmt doch meinen Kreuzschwachen, ich mache euch einen billigen Preis«, rief Wasilij Andrejitsch; er war in angeregter Stimmung und verfiel deshalb auf seine Lieblingsbeschäftigung, der er seine gesamten Geisteskräfte widmete – auf den Handel.

»Oder Sie können mir ja auch fünfzehn Rubel geben, und ich kaufe mir ein Pferd auf dem Pferdemarkt«, antwortete Nikita; er wußte genau, daß der Kreuzschwache, den Wasilij Andrejitsch ihm aufschwatzen wollte, nur sieben Rubel wert war, aber Wasilij Andrejitsch würde ihm das Pferd mit fünfundzwanzig Rubeln anrechnen, und dann würde er ein halbes Jahr kein Geld zu sehen bekommen.

»Er ist ein gutes Pferd. Ich meine es mit dir genauso gut wie mit mir selbst. Auf Ehr und Gewissen! Brechunow haut niemand übers Ohr. Lieber verliere ich selbst mein Hab und Gut, als daß ich es so mache wie andere Leute. Auf Ehre!«

rief er in dem Ton, in dem er Käufer und Verkäufer zu beschwatzen pflegte. »Es ist wirklich ein gutes Pferd!«

»Freilich«, sagte Nikita seufzend, und da es für ihn keinen Zweck hatte, weiter zuzuhören, ließ er den Kragen los, der ihm sofort wieder das Ohr und das Gesicht bedeckte.

Etwa eine halbe Stunde fuhren sie schweigend weiter. Nikita wurde an der Seite und am Arm, wo der Pelz zerrissen war, tüchtig vom Wind durchgeblasen.

Er krümmte sich zusammen und atmete in den Kragen, der seinen Mund bedeckte, und bald war ihm ein bißchen wärmer.

»Was meinst du, sollen wir über Karamyschewo fahren oder geradeaus?« fragte Wasilij Andrejitsch.

Wenn sie über Karamyschewo fuhren, konnten sie eine vielbefahrene Landstraße benutzen, an der auf beiden Seiten gut sichtbare Merkstangen aufgestellt waren; aber es war weiter, der gerade Weg war näher, aber wenig befahren, und die Merkstangen waren teils nicht mehr vorhanden, teils in so schlechtem Zustand, daß sie nicht mehr aus dem Schnee herausragten.

Nikita überlegte einen Augenblick.

»Über Karamyschewo ist es ja weiter, aber der Weg ist besser«, antwortete er.

»Aber geradeaus brauchen wir nur aufzupassen, daß wir, ohne uns zu verirren, durch den Hohlweg kommen, und der Weg durch den Wald ist gut«, sagte Wasilij Andrejitsch, der gern geradeaus fahren wollte.

»Wie Sie meinen«, antwortete Nikita und ließ den Kragen wieder los.

Wasilij Andrejitsch fuhr geradeaus, und eine halbe Werst weiter bog er bei einem im Wind hin- und herschwankenden Eichenstämmchen, an dem noch einige dürre Blätter hingen, links ab.

Nach dieser Biegung mußten sie gegen den Wind fahren. Das Schneetreiben wurde immer stärker. Wasilij Andrejitsch lenkte das Pferd; er blähte die Backen auf und blies sich den Atem von unten in den Schnurrbart. Nikita war eingenickt.

Ungefähr zehn Minuten fuhren sie schweigend weiter. Plötzlich sagte Wasilij Andrejitsch etwas.

»Was?« fragte Nikita und öffnete die Augen.

Wasilij Andrejitsch gab keine Antwort, er hielt Umschau, nach hinten und an dem Pferd vorbei nach vorn. Das Pferd, das vom Schweiß an den Weichen und am Hals ganz struppig geworden war, ging Schritt.

»Was ist denn?« fragte Nikita noch einmal.

»Ja, was ist denn, was ist denn?« äffte Wasilij Andrejitsch ihn ärgerlich nach. »Die Merkstangen sind nicht zu sehen! Wir haben uns verirrt.«

»Dann halten Sie doch, ich will den Weg suchen«, sagte Nikita. Er sprang behend aus dem Schlitten, zog die Peitsche aus dem Stroh und ging nach links, nach der Seite, auf der er gesessen hatte.

Der Schnee lag in diesem Jahr nicht hoch, so daß man überall gehen konnte, aber an manchen Stellen reichte er doch bis ans Knie und fiel Nikita in den einen Stiefel. Nikita ging hin und her und tastete mit den Füßen und mit der Peitsche, fand aber nirgends einen Weg.

»Na?« fragte Wasilij Andrejitsch, als Nikita wieder zum Schlitten kam.

»Auf dieser Seite ist kein Weg. Ich muß auf der anderen Seite suchen gehen.«

»Da vorne ist etwas Schwarzes, geh doch mal hin«, sagte Wasilij Andrejitsch.

Nikita tat es und näherte sich dem Schwarzen: es war Erde, die von entblößten Wintersaatfeldern weggeweht worden war und den Schnee schwarz gefärbt hatte. Nachdem Nikita auch noch auf der rechten Seite gesucht hatte, ging er zum Schlitten zurück, klopfte sich den Schnee ab, schüttelte ihn auch aus dem Stiefel und setzte sich wieder in den Schlitten.

»Wir müssen nach rechts fahren«, sagte er entschlossen. »Vorher habe ich den Wind in die linke Seite bekommen, und jetzt bläst er mir gerade ins Gesicht. Nach rechts!« sagte er in entschiedenem Ton.

Wasilij Andrejitsch befolgte seinen Rat und hielt nach rechts. Aber sie kamen trotzdem nicht auf einen Weg. Sie fuhren eine Zeitlang weiter. Der Wind hatte nicht nachgelassen, und es schneite immer noch.

»Wir sind anscheinend ganz vom Weg abgekommen, Wasilij Andrejitsch«, sagte Nikita plötzlich mit einer Stimme, die fast vergnügt klang.

»Was ist denn das?« fuhr er fort und zeigte auf schwarzes Kartoffelkraut, das aus dem Schnee hervorlugte.

Wasilij Andrejitsch hielt das Pferd an; es war schweißbedeckt und atmete heftig mit den Flanken.

»Was?« fragte er.

»Ja, wir sind auf dem Feld von Sacharowka. Sieh mal an, wohin wir geraten sind!«

»Quatsch!« erwiderte Wasilij Andrejitsch.

»Das ist kein Quatsch, Wasilij Andrejitsch, sondern richtig«, antwortete Nikita. »Man hört auch am Schlitten, daß wir über einen Kartoffelacker fahren. Und da sind auch Haufen, da haben sie das Kartoffelkraut zusammengeworfen. Das ist das Feld, das zur Brennerei von Sacharowka gehört.«

»Da haben wir uns ja arg verirrt«, sagte Wasilij Andrejitsch. »Was sollen wir jetzt machen?«

»Geradeaus fahren, weiter nichts. Irgendwohin werden wir schon kommen«, antwortete Nikita. »Wenn wir nicht nach Sacharowka kommen, dann kommen wir zu der herrschaftlichen Meierei.«

Wasilij Andrejitsch hörte auf Nikita und ließ das Pferd gehen. So fuhren sie ziemlich lange. Manchmal fuhren sie über entblößte Wintersaat, und der Schlitten polterte über gefrorene Erdklumpen. Manchmal kamen sie auf Stoppelfelder, bald von Wintergetreide, bald von Sommergetreide, wo Wermutsträucher und Strohhalme aus dem Schnee hervorschauten und im Wind schwankten; manchmal kamen sie auch in tiefen, gleichmäßig weißen, eben daliegenden Schnee, aus dessen Oberfläche nichts mehr hervorlugte.

Schnee rieselte von oben herab, und Schnee stiebte von der Erde auf. Das Pferd war offenbar erschöpft, vor Schweiß am ganzen Körper struppig geworden und mit Reif bedeckt: es ging Schritt. Plötzlich sank es ein und blieb stecken – ob in einer vom Wasser ausgespülten Vertiefung oder in einem Graben, war nicht zu erkennen. Wasilij Andrejitsch wollte halten, aber Nikita schrie ihm zu:

»Wozu halten? Wir sind hineingefahren, also müssen wir auch wieder heraus. Hü, mein Freund, hü, hü, mein Lieber!« rief er dem Pferd munter zu, sprang aus dem Schlitten und sank selber ein. Das Pferd zog mit einem Ruck an und arbeitete sich auf einen gefrorenen Damm hinauf. Also war es ein Graben, in den sie geraten waren.

»Wo sind wir denn?« fragte Wasilij Andrejitsch.

»Das werden wir schon sehen!« antwortete Nikita. »Fahren Sie nur zu, wir werden schon irgendwo hinkommen.«

»Das da ist wohl der Wald von Gorjatschkino?« sagte Wasilij Andrejitsch und zeigte auf etwas Schwarzes, das vor ihnen durch das Schneegestöber hindurch sichtbar wurde.

»Wenn wir hinkommen, werden wir schon sehen, was für ein Wald das ist«, antwortete Nikita.

Nikita hatte bemerkt, daß aus der Gegend, wo dieses

Schwarze lag, trockene, längliche Weidenblätter vom Wind herübergetragen wurden, und wußte daher, daß dort kein Wald, sondern eine Siedlung war, wollte es aber nicht sagen. Und wirklich, als sie kaum dreißig Schritte weit von dem Graben entfernt waren, sahen sie dunkle Bäume vor sich und hörten ein neues, eintöniges Geräusch. Nikita hatte richtig vermutet: es war kein Wald, sondern eine Reihe hoher Weidenbäume, an denen noch hier und da dürre Blätter raschelten. Die Weiden standen offenbar an einem Graben, der eine Tenne umgab. Als sie sich den Weiden näherten, die so traurig im Winde rauschten, hob sich das Pferd plötzlich mit den Vorderfüßen über die Höhe des Schlittens hinaus, arbeitete sich dann auch mit den Hinterbeinen hinauf, bog links ein und ging nun nicht mehr bis an die Knie im Schnee. Das war ein Weg.

»Jetzt sind wir ja angekommen«, sagte Nikita, »ich weiß bloß nicht wo.«

Das Pferd schritt dahin, ohne von dem verschneiten Weg abzukommen, und sie waren noch keine hundert Schritte gefahren, als sie einen breiten schwarzen Streifen vor sich sahen; das war das Flechtwerk einer Getreidedarre mit einem verschneiten Dach, von dem unaufhörlich Schnee herunterrieselte. Als sie an der Darre vorbei waren, machte der Weg eine Biegung; sie hatten jetzt den Wind im Rücken und fuhren auf eine Schneewehe zu. Aber vorn sahen sie eine Gasse zwischen zwei Häusern; die Schneewehe lag also offenbar auf dem Weg, und sie mußten hindurchfahren. Und als sie sich durchgearbeitet hatten, kamen sie wirklich in eine Dorfstraße. Auf dem ersten Gehöft flatterte steifgefrorene Wäsche wild im Wind: zwei Hemden, ein rotes und ein weißes, eine Hose, Fußlappen und ein Weiberrock. Das weiße Hemd bewegte sich besonders wild und schlug heftig mit den Ärmeln.

»Na, das muß ein faules Weib sein, wenn sie nicht gerade im Sterben liegt, hat die Wäsche am Feiertag draußen hängen lassen!« sagte Nikita beim Anblick der flatternden Hemden.

3

Am Anfang der Dorfstraße war es noch windig, und der Weg war verschneit, aber in der Mitte des Dorfes wurde es still, warm und angenehm. In einem Gehöft bellte ein Hund, in einem anderen lief eine Frau, die den Rock über den Kopf geschlagen hatte, über den Hof zur Haustür und blieb auf der Schwelle stehen, um die Vorbeifahrenden zu sehen. Aus der Mitte des Dorfes klangen die Lieder der Mädchen herüber.

Wind, Schnee und Kälte, alles schien im Dorf gelinder zu sein. »Das ist ja Grischkino«, sagte Wasilij Andrejitsch.

»Ja, das stimmt«, antwortete Nikita.

Tatsächlich, das war Grischkino. Sie waren also zu weit nach links geraten und ungefähr acht Werst in falscher Richtung gefahren, aber doch ihrem Bestimmungsort näher gekommen. Von Grischkino nach Gorjatschkino waren es noch etwa fünf Werst.

In der Mitte des Dorfes begegneten sie einem hochgewachsenen Mann, der mitten auf der Straße ging.

»Wer kommt denn da gefahren?« schrie der Mann und hielt das Pferd an; als er Wasilij Andrejitsch erkannte, griff er sofort nach der Deichsel, tastete sich mit den Händen daran weiter, gelangte so zum Schlitten und setzte sich auf den Rand.

Der Mann war ein Bekannter von Wasilij Andrejitsch, der Bauer Isaj, der in der ganzen Umgegend als der größte Pferdedieb berüchtigt war.

»Ah, Wasilij Andrejitsch! Wohin geht denn die Reise?«

fragte Isaj und hüllte beim Reden Nikita in eine Wolke von Schnapsgeruch ein.

»Wir wollen nach Gorjatschkino.«

»Warum kommt ihr dann hierher? Da hättet ihr doch über Malachowo fahren müssen!«

»Freilich, aber wir haben den Weg verfehlt«, antwortete Wasilij Andrejitsch und hielt das Pferd an.

»Ein gutes Pferdchen«, bemerkte Isaj, das Pferd musternd, und zog den locker gewordenen Knoten an dem aufgebundenen Schwanz mit geübtem Griff bis zur Rübe hinauf.

»Wollt ihr über Nacht hierbleiben?«

»Nein, mein Lieber, wir müssen unbedingt weiterfahren.«

»Ihr habt es wohl sehr eilig, was? Und wer ist denn das? Ah! Nikita Stepanytsch!«

»Wer denn sonst?« antwortete Nikita. »Aber was sollen wir tun, lieber Freund, damit wir uns nicht noch einmal verirren?«

»Wie könnt ihr euch hier verirren! Wendet um und fahrt auf der Straße zurück, und dann, wenn ihr rauskommt, immer geradeaus. Nicht links. Dann kommt ihr auf die große Landstraße, und dort biegt ihr rechts ab.«

»Wo müssen wir denn abbiegen? Ist es ein Sommerweg oder ein bezeichneter Winterweg?« fragte Nikita.

»Ein Winterweg. Gleich wenn ihr hinkommt, seht ihr ein paar Sträucher, und gegenüber steht eine große eichene Merkstange mit Laub daran: da ist es.«

Wasilij Andrejitsch wendete und fuhr wieder durch das Dorf zurück.

»Bleibt doch lieber hier über Nacht!« rief ihnen Isaj nach.

Aber Wasilij Andrejitsch antwortete nicht und trieb das Pferd an: fünf Werst ebener Weg und davon zwei durch den

Wald, die glaubte er mit Leichtigkeit zurücklegen zu können, zumal der Wind sich anscheinend gelegt und das Schneetreiben nachgelassen hatte.

Sie fuhren wieder auf der glatten Straße zurück, auf der hier und da frischer, dunkler Mist lag, kamen an dem Gehöft mit der Wäsche vorbei, wo das weiße Hemd nur noch an dem einen steifgefrorenen Ärmel hing, fuhren wieder zu den unheimlich rauschenden Weidenbäumen und kamen ins freie Feld. Der Schneesturm hatte nicht nachgelassen, sondern schien noch heftiger zu wüten als vorher. Der ganze Weg war verweht, und nur an den Merkstangen konnte man erkennen, daß man nicht vom Weg abgekommen war. Aber auch die Merkstangen auf der vor ihnen liegenden Wegstrecke konnten sie nur mit Mühe unterscheiden, weil sie gegen den Wind fuhren.

Wasilij Andrejitsch streckte den Kopf vor und hielt mit zusammengekniffenen Augen nach den Stangen Ausschau, verließ sich aber großenteils auf sein Pferd. Und wirklich kam das Pferd nicht vom Wege ab; bald nach links, bald nach rechts biegend, folgte es unbeirrt den Krümmungen des Weges, den es unter den Hufen spürte. So sahen sie die Merkstangen bald zur Rechten, bald zur Linken, obwohl das Schneegestöber und der Wind stärker geworden waren.

Als sie ungefähr zehn Minuten gefahren waren, tauchte plötzlich dicht vor dem Pferd etwas Schwarzes auf, das sich in dem schrägen Netz des vom Wind getriebenen Schnees bewegte. Es waren Leute, die in derselben Richtung fuhren. Der Braune hatte sie bald eingeholt und schlug mit den Hufen gegen die Rücklehne des vor ihnen fahrenden Schlittens.

»Fahr doch vorbei... He!« wurde ihnen aus dem Schlitten zugerufen.

Wasilij Andrejitsch fuhr vorbei. In dem Schlitten saßen

drei Bauern und ein Weib. Offenbar waren sie auf der Heimfahrt von einem Feiertagsbesuch. Einer der Bauern hieb unaufhörlich mit einer Gerte auf das verschneite Hinterteil des kleinen Pferdchens ein. Die beiden anderen fuchtelten mit den Armen und schrien etwas. Die Frau, ganz vermummt und verschneit, saß wie ein Vogel mit gesträubten Federn regungslos im Hinterteil des Schlittens.

»Wo seid ihr her?« schrie Wasilij Andrejitsch. »Aus A... a... a...« war nur zu hören.

»Wo ihr her seid, frage ich.«

»Aus A... a... a...« schrie einer der Bauern aus Leibeskräften, aber man konnte den Namen des Dorfes trotzdem nicht verstehen.

»Los! Laß sie nicht vor!« schrie der andere und schlug mit der Gerte unermüdlich auf das Pferd ein.

»Kommt ihr vom Fest?«

»Vorwärts, vorwärts! Los, Semjon! Überhol sie doch!«

Die Schlitten stießen zusammen, blieben aneinander hängen, kamen aber wieder los, und der Bauernschlitten blieb zurück.

Das zottige, dickbäuchige Pferdchen, das ganz mit Schnee bedeckt war und unter dem niedrigen Krummholz schwer keuchte, schleppte sich unter Aufbietung seiner letzten Kräfte mit den kurzen Beinen, die es ganz unter den Leib zog, durch den tiefen Schnee, vergebens bemüht, den Schlägen der Gerte zu entgehen. Der Kopf des offenbar noch jungen Tieres, mit hochgezogener Unterlippe wie bei einem Fisch, geblähten Nüstern und angstvoll zurückgelegten Ohren, hielt sich einige Sekunden neben Nikitas Schulter und blieb dann zurück.

»Was der Schnaps nicht alles anrichtet«, sagte Nikita. »Halb totgequält haben sie das Pferdchen. Die reinen Asiaten!«

Einige Minuten war noch das Schnaufen des gequälten Pferdes und das Geschrei der betrunkenen Bauern zu hören, dann verstummte das Schnaufen, und die Schreie verhallten. Und wieder hörten sie ringsum nichts weiter als den Wind, der an ihren Ohren vorbeipfiff, und von Zeit zu Zeit das leise Knarren der Kufen, wenn sie über kahlgewehte Stellen fuhren.

Diese Begegnung hatte Wasilij Andrejitsch froher und mutiger gemacht; er trieb das Pferd, auf das er sich verließ, stärker an und achtete nicht besonders auf die Merkzeichen.

Nikita hatte nichts zu tun und döste wie immer bei solchen Gelegenheiten vor sich hin, um den versäumten Schlaf vieler Stunden nachzuholen. Auf einmal blieb das Pferd stehen; Nikita hackte mit der Nase nach vorn und wäre beinahe aus dem Schlitten gefallen.

»Wir fahren ja schon wieder falsch«, sagte Wasilij Andrejitsch.

»Was?«

»Die Merkstangen sind nicht mehr zu sehen. Wir sind wieder vom Weg abgekommen.«

»Wenn wir vom Weg abgekommen sind, müssen wir ihn wieder suchen«, antwortete Nikita kurz, stand auf und begann wieder mit einwärts gedrehten Füßen durch den Schnee zu wandern. Er ging lange hin und her; bald verschwand er aus dem Gesichtskreis, bald tauchte er wieder auf und verschwand von neuem. Endlich kam er zurück.

»Da ist kein Weg; vielleicht weiter vorne«, sagte er und setzte sich auf den Schlitten.

Es fing schon an dunkel zu werden. Das Schneetreiben hatte nicht zugenommen, aber auch nicht nachgelassen.

»Wenn wir wenigstens die Bauern von vorhin hörten«, sagte Wasilij Andrejitsch.

»Die haben uns nicht eingeholt, also müssen wir weit vom Weg abgekommen sein. Aber vielleicht haben sie sich auch selbst verirrt«, bemerkte Nikita.

»Wie sollen wir denn jetzt fahren?« fragte Wasilij Andrejitsch.

»Wir müssen das Pferd laufen lassen«, sagte Nikita, »es wird uns schon irgendwohin bringen. Geben Sie mir die Leine.«

Das tat Wasilij Andrejitsch sehr gern, weil seine Hände trotz der warmen Handschuhe schon erstarrt waren.

Nikita nahm die Leine; er hielt sie nur locker, vermied es, sie zu bewegen, und freute sich über die Klugheit seines Lieblings. Das kluge Pferd legte bald das eine, bald das andere Ohr zurück und machte langsam eine Wendung.

»Nur nicht reden!« murmelte Nikita. »Sehen Sie nur, was er macht. Geh nur, geh nur! So ists brav!«

Sie hatten jetzt den Wind im Rücken, und es wurde wärmer. »Wie klug er ist«, sagte Nikita erfreut. Unser ›Kirgise‹ ist ja stark, aber dumm. Aber der da, sieh mal, was der mit den Ohren macht. Der braucht keinen Telegraphen, eine Werst weit spürt er alles.«

Und es war noch keine halbe Stunde vergangen, als tatsächlich etwas Schwarzes vor ihnen auftauchte, ein Wald oder ein Dorf, und rechts wieder Merkstangen sichtbar wurden. Offenbar waren sie wieder auf einen Weg gekommen.

»Das ist ja wieder Grischkino«, rief Nikita plötzlich.

Wirklich, linker Hand sahen sie die Getreidedarre, von der der Schnee herunterstiebte, dann die Leine mit der steifgefrorenen Wäsche, den Hemden und der Hose, die noch immer wild im Winde flatterten.

Wieder kamen sie auf die Dorfstraße, wieder wurde es still, warm und angenehm, wieder sahen sie den Mist auf dem Weg, wieder hörten sie Stimmen und Lieder, wieder fing der

Hund an zu bellen. Es war schon so dunkel geworden, daß hinter einigen Fenstern Licht brannte.

In der Mitte der Dorfstraße lenkte Wasilij Andrejitsch das Pferd zu einem großen, zweistöckigen Backsteinhaus und hielt vor dem Tor.

Nikita trat an das verschneite, erleuchtete Fenster, in dessen Schein die vorbeiflatternden Schneeflocken glänzten, und klopfte mit dem Peitschenstiel an die Scheiben.

»Wer ist da?« antwortete eine Stimme auf Nikitas Klopfen.

»Aus Krestnyj, lieber Mann, Brechunow und sein Knecht«, antwortete Nikita. »Komm doch mal einen Augenblick heraus.« Der Mann in der Stube trat vom Fenster zurück, und gleich darauf hörte man, wie die Tür zum Hausflur geöffnet wurde und wie dann die Klinke der Außentür klirrte; die Tür wegen des Windes festhaltend, trat ein hochgewachsener alter Bauer mit weißem Bart heraus, einen kurzen Pelz über das weiße Feiertagshemd geworfen; hinter ihm stand ein junger Bursche in rotem Hemd und Lederstiefeln.

»Bist du das, Andrejitsch?« sagte der Alte.

»Wir haben uns verirrt, Bruder«, sagte Wasilij Andrejitsch, »wir wollten nach Gorjatschkino und sind hierhergeraten. Dann sind wir noch einmal losgefahren und haben uns wieder verirrt.«

»Na, da seid ihr ja arg in der Irre gefahren«, sagte der Alte.

»Petruschka, geh und mach das Tor auf«, wandte er sich an den jungen Burschen im roten Hemd.

»Sofort!« rief der Bursche munter und lief in den Hausflur.

»Über Nacht bleiben wollen wir nicht, Bruder«, sagte Wasilij Andrejitsch.

»Wohin wollt ihr denn jetzt noch fahren? Es ist ja schon Nacht. Bleibt doch hier.«

»Das wurde ich gern tun, aber ich muß fahren. Geschäfte, Bruder, es geht nicht anders.«

»Na, dann wärmt euch wenigstens auf, der Samowar ist gerade fertig«, sagte der Alte.

»Ja, das könnte man schon«, antwortete Wasilij Andrejitsch. »Es wird ja nicht dunkler; sobald der Mond aufgeht, wirds sogar heller. Komm, Nikita, wir wollen reingehen und uns aufwärmen.«

»Gut, das können wir ja«, antwortete Nikita, der arg durchgefroren war und nichts so sehr wünschte, als seine erstarrten Glieder am Ofen zu wärmen.

Wasilij Andrejitsch ging mit dem Alten ins Haus, Nikita fuhr durch das Tor, das Petruschka geöffnet hatte, und brachte das Pferd in den Schuppen. Auf dem Boden lag viel Mist, und das hohe Krummholz stieß oben an die Querstange. Die Hühner und der Hahn, die schon auf der Querstange saßen, gackerten unzufrieden und klammerten sich mit den Krallen an die Stange. Die erschrockenen Schafe drängten sich zur Seite, ihre Klauen klapperten laut auf dem gefrorenen Mist. Ein Hund, offenbar ein noch junges Tier, stieß ein verzweifeltes Gewinsel aus und kläffte dann in seinem Schreck den Fremden wütend an.

Nikita redete mit allen: er entschuldigte sich bei den Hühnern und suchte sie mit der Versicherung zu beruhigen, daß er sie nicht länger stören werde, er machte den Schafen Vorwürfe, weil sie sich fürchteten, ohne selbst zu wissen wovor, und redete, während er das Pferd festband, unaufhörlich dem jungen Hund ins Gewissen.

»So, jetzt ist alles in Ordnung«, sagte Nikita und klopfte sich den Schnee ab. »Was du für einen Spektakel machst!« sagte er zu dem Hund. »Hör doch auf! Ruhig, du dummer

Kerl! Du regst dich bloß auf. Es sind ja keine Diebe, sondern gute Bekannte...«

»Das sind, wie man so sagt, die drei häuslichen Ratgeber«, sagte der junge Bursche und schob mit starker Hand den noch draußen stehenden Schlitten unter den Schuppen.

»Was heißt das – Ratgeber!« fragte Nikita.

»Im Paulson steht: ›Schleicht ein Dieb zum Haus, so bellt der Hund; das bedeutet: schlaf nicht, paß auf. Der Hahn kräht; das bedeutet: steh auf. Die Katze wäscht sich; das bedeutet: ein werter Gast kommt, mach dich bereit, ihn zu bewirten‹«, sagte der junge Bursche lächelnd. – Petruschka konnte lesen und schreiben, wußte das einzige Buch, das er besaß, das Lesebuch von Paulson, beinahe auswendig und zitierte gern Denksprüche daraus, besonders wenn er etwas getrunken hatte, wie zum Beispiel an diesem Tage.

»Ja, das stimmt«, sagte Nikita.

»Du bist wohl tüchtig durchgefroren, Onkelchen?« fragte Petruschka.

»Und wie!« antwortete Nikita. Sie gingen über den Hof und durch den Flur in die Stube.

4

Das Gehöft, in dem Wasilij Andrejitsch eingekehrt war, war eins der reichsten im Dorf. Die Familie hatte fünf Landanteile und außerdem noch Pachtäcker. Auf dem Hof waren sechs Pferde, drei Kühe, zwei Kälber und etwa zwanzig Schafe. Die Zahl der Familienmitglieder belief sich auf zweiundzwanzig: vier verheiratete Söhne, sechs Enkel, von denen einer, Petruschka, schon verheiratet war, zwei Urenkel, drei Waisen und vier Schwiegertöchter mit kleinen Kindern. Der Hof gehörte zu den wenigen, die noch ungeteilt waren; aber auch hier war bereits die stille Wühlarbeit der Zwietracht im Gange, die, wie immer, unter den Weibern ihren Anfang genommen hatte und unvermeidlich zur baldigen Teilung führen mußte. Zwei Söhne lebten als Wasserfahrer in Moskau, einer war Soldat. Zu Hause waren jetzt der Alte, seine Frau, der zweite Sohn, der den Hof bewirtschaftete, der älteste Sohn, der aus Moskau zu den Feiertagen auf Besuch gekommen war, Petruschka und alle Weiber und Kinder. Außer den Familienangehörigen war noch ein Gast da, der Nachbar und Gevatter.

Über dem Tisch hing eine Lampe mit einem Schirm; ihr helles Licht fiel auf das darunterstehende Teegeschirr, die Flasche mit Schnaps, die kalten Speisen und auf die Ziegelwände, die im ›roten Winkel‹ mit Heiligenbildern und zu beiden Seiten mit anderen Bildern behängt waren. Wasilij Andrejitsch saß in seinem schwarzen Halbpelz auf dem Ehrenplatz, sog an seinem gefrorenen Schnurrbart und musterte mit seinen vorstehenden Habichtsaugen die anwesenden Leute und die Stube. Außer Wasilij Andrejitsch saß der weißbärtige, kahlköpfige alte Hausherr in weißem, hausgewebtem Hemd am Tisch, neben ihm der aus Moskau gekommene Sohn, mit breitem Rücken und kräftigen Schultern, dann der andere Sohn, ein breitschultriger Bauer, der den Hof bewirtschaftete, und endlich der hagere, rothaarige Nachbar.

Die Bauern, die bereits gegessen und Schnaps getrunken hatten, wollten gerade zum Tee übergehen, und der Samowar, der neben dem Ofen auf dem Fußboden stand, summte schon. Auf den Schlafstellen und auf dem Ofen lagen mehrere Kinder. Auf einer Pritsche saß eine junge Frau, die sich über eine Wiege beugte. Die alte Hausfrau mit runzligen Lippen und einem Gesicht, das von einem Netz feiner Fältchen überzogen war, bediente Wasilij Andrejitsch.

Als Nikita in die Stube kam, hatte sie gerade ein sehr dikkes Glas mit Schnaps gefüllt und reichte es Wasilij Andrejitsch.

»Schlags nicht aus, Wasilij Andrejitsch, dem Feiertag zu Ehren mußt du ein Gläschen trinken«, sagte die Alte.

Der Anblick und der Geruch des Schnapses versetzte Nikita in starke Erregung, besonders jetzt, wo er durchgefroren und müde war. Er zog ein finsteres Gesicht, schüttelte den Schnee von der Mütze und vom Mantel, trat vor die Heiligenbilder und bekreuzigte und verneigte sich dreimal, als ob er die Anwesenden überhaupt nicht bemerkte; dann wandte er sich zu dem alten Hausherrn, verbeugte sich zuerst vor ihm, dann vor allen anderen, die am Tisch saßen, und vor den Weibern, sagte: »Ich wünsche euch Glück zum Feiertag« und begann seinen Mantel auszuziehen, ohne nach dem Tisch zu blicken.

»Na, du bist ja ordentlich bereift, Onkel«, sagte der älteste Sohn mit einem Blick auf Nikitas Gesicht, Augen und Bart, die ganz mit Schnee überpudert waren. Nikita legte den Mantel ab, schüttelte ihn noch einmal aus, hängte ihn an den Ofen und trat an den Tisch. Man bot ihm ebenfalls Schnaps an. Es war ein Augenblick qualvollen Kampfes: beinahe hätte er das Gläschen genommen und die duftende, helle Flüssigkeit hinuntergegossen; aber er sah Wasilij Andrejitsch an, dachte an sein Gelöbnis, an die vertrunkenen Stiefel, an den Böttcher und an seinen Sohn, dem er im Frühjahr ein Pferd zu kaufen versprochen hatte, seufzte und lehnte den Schnaps ab.

»Ich danke ergebenst, ich trinke nicht«, sagte er mit finsterem Gesicht und setzte sich am zweiten Fenster auf die Bank.

»Warum denn nicht?« fragte der älteste Sohn.

»Ich trinke halt nicht«, sagte Nikita, ohne aufzublicken; er schielte nach seinem Schnurrbart und Kinnbart und brachte die Eisstückchen darin zum Schmelzen.

»Es bekommt ihm nicht«, bemerkte Wasilij Andrejitsch, leerte sein Glas und aß einen Kringel.

»Na, dann trinkst du Tee«, sagte die freundliche Alte. »Du bist sicher arg durchgefroren, mein Lieber. Was trödelt ihr denn so lange mit dem Samowar, ihr Weiber?«

»Er ist fertig«, antwortete eine junge Frau, schwenkte ihre Schürze hin und her, um den überkochenden, zugedeckten Samowar etwas abzukühlen, hob ihn hoch und stellte ihn mit einem lauten Stoß auf den Tisch.

Inzwischen hatte Wasilij Andrejitsch erzählt, wie sie den Weg verloren hatten und zweimal zu demselben Dorf gekommen waren, wie sie irregefahren und den Betrunkenen begegnet waren.

Die Leute vom Haus wunderten sich, setzten ihm auseinander, wo und warum sie vom Weg abgekommen und wer die Betrunkenen gewesen seien, und sagten ihm, wie er fahren müsse.

»Jedes Kind kann von hier nach Moltschanowka fahren, man braucht nur auf die Stelle aufzupassen, wo der Weg von der Landstraße abbiegt; da ist ein Gebüsch. Ihr seid einfach nicht bis dahin gekommen!« sagte der Nachbar.

»Bleibt doch über Nacht hier. Die Weiber können euch ein Nachtlager zurechtmachen«, redete ihnen die Alte zu.
»Morgen früh fahrt ihr dann weiter, das wäre das beste«, fügte der Alte bekräftigend hinzu.

»Es geht nicht, Bruder. Die Geschäfte!« antwortete Wasilij Andrejitsch. »Was man in einer Stunde versäumt hat, holt man in einem Jahr nicht mehr ein«, fuhr er fort und dachte an den Wald und an die Händler, die ihm bei diesem Kauf zuvorkommen konnten. »Wir werden doch hinkommen?« fragte er Nikita.

Nikita gab lange keine Antwort und tat, als wäre er mit dem Auftauen seines Bartes beschäftigt. »Wenn wir uns nur nicht wieder verirren«, sagte er mürrisch.

Nikita war mißgestimmt, weil er für sein Leben gern einen Schnaps getrunken hätte; das einzige, was ihm über sein Verlangen hätte hinweghelfen können, war Tee, aber man hatte ihm noch keinen angeboten.

»Wenn wir nur bis zur Wegkreuzung kommen, dann können wir uns nicht mehr verirren. Und von dort aus gehts dann immer durch den Wald«, sagte Wasilij Andrejitsch.

»Sie haben zu bestimmen, Wasilij Andrejitsch, ob wir fahren sollen oder nicht«, sagte Nikita und nahm ein Glas Tee in Empfang.

»Wir wollen ordentlich Tee trinken, und dann vorwärts!«

Nikita schwieg und wiegte nur den Kopf hin und her. Behutsam goß er den Tee in die Untertasse und wärmte seine erstarrten Hände mit den von der harten Arbeit immer geschwollenen Fingern. Dann biß er von einem Stück Zucker eine Ecke ab, verbeugte sich vor den Wirtsleuten, sagte: »Auf euer Wohl!« und begann die wärmende Flüssigkeit zu schlürfen.

»Wenn uns doch jemand bis zu der Abzweigung bringen könnte«, sagte Wasilij Andrejitsch.

»Warum denn nicht?« antwortete der älteste Sohn. »Petruschka kann ja anspannen und euch hinbringen.«

»Na, dann spann an, Bruder, ich bin dir sehr dankbar.«

»Was redest du, mein Lieber!« sagte die freundliche Alte. »Wir tuns doch gern!«

»Petruschka, geh und spann die Stute an«, sagte der älteste Sohn.

»Schön«, antwortete Petruschka lächelnd, nahm die Mütze vom Nagel und lief hinaus.

Während das Pferd angeschirrt wurde, kam das Gespräch wieder auf die Dinge, von denen die Rede gewesen war, als Wasilij Andrejitsch vor dem Fenster gehalten hatte. Der Alte beklagte sich bei seinem Nachbar, dem Dorfschulzen, über seinen dritten Sohn, der ihm zu den Feiertagen nichts geschenkt, aber seiner Frau ein französisches Kopftuch geschickt hatte.

»Das junge Volk ist ganz aufsässig geworden und hört nicht mehr auf die Eltern«, sagte der Alte.

»Ja, es ist nicht mehr zum Aushalten«, antwortete der Nachbar. »Sie sind gar zu klug geworden. Der junge Demotschkin hat seinem Vater bei einem Streit den Arm gebrochen. Das kommt nur von der großen Klugheit.«

Nikita hörte zu, blickte den Redenden ins Gesicht und hätte sich offenbar gern an dem Gespräch beteiligt; aber er war von dem Teetrinken vollständig in Anspruch genommen und nickte nur zustimmend. Er trank ein Glas nach dem andern, und es wurde ihm immer wärmer, immer behaglicher. Im weiteren Verlauf der Unterhaltung war noch lange von den schädlichen Folgen der Wirtschaftsteilung die Rede, und das Gespräch hatte offenbar nicht etwa einen theoretischen Charakter, sondern es handelte sich dabei um die Teilung in diesem Hause, die der zweite Sohn verlangte; er saß mürrisch am Tisch und schwieg. Dieses Thema war anscheinend ein wunder Punkt und für alle Hausgenossen von größtem Interesse, aber aus Anstandsgefühl mochten sie in Gegenwart Fremder ihre Privatangelegenheiten nicht erörtern. Schließlich konnte der Alte nicht länger an sich halten und erklärte mit tränenerstickter Stimme, solange er lebe, würde er nie eine Teilung erlauben; jetzt habe er, Gott sei Dank, noch sein Haus, wenn aber der Hof geteilt würde, dann könnten sie alle betteln gehen.

»Gerade wie die Matwejews«, sagte der Nachbar. »Es war

ein schönes Anwesen, aber da haben sie geteilt, und jetzt hat keiner etwas.«

»Dahin möchtest du es auch bringen«, sagte der Alte zu seinem Sohn. Der Sohn antwortete nicht, und alle schwiegen. Petruschka, der das Pferd angespannt hatte und vor einigen Minuten in die Stube gekommen war, brach das unbehagliche Schweigen. Er hatte dem Gespräch zugehört und dabei fortwährend gelächelt.

»So eine Geschichte steht auch im Paulson«, sagte er. »Ein Vater gab seinen Söhnen ein Rutenbündel zum Zerbrechen. Das Bündel konnten sie nicht zerbrechen, aber die einzelnen Ruten zerbrachen sie ganz leicht. So ists hier auch«, sagte er und lächelte über das ganze Gesicht. »Das Pferd ist angespannt«, fügte er hinzu.

»Na, dann wollen wir fahren«, sagte Wasilij Andrejitsch. »Und was die Teilung betrifft, Großvater, so gib nur nicht nach. Du hast alles erworben, und du bist der Herr im Haus. Mach eine Eingabe an den Friedensrichter, der wird schon Ordnung schaffen.«

»Er krakeelt immerzu«, sagte der Alte mit weinerlicher Stimme, »man kann einfach nicht mehr mit ihm auskommen, er ist der reine Teufel.«

Unterdessen hatte Nikita sein fünftes Glas Tee getrunken, stellte aber sein Glas noch nicht umgekehrt hin, sondern legte es auf die Seite, weil er hoffte, daß man ihm noch einmal eingießen werde. Aber es war kein Wasser mehr im Samowar, und die Hausfrau goß ihm nicht mehr ein; auch begann Wasilij Andrejitsch sich anzuziehen. Also war nichts zu machen. Nikita stand auch auf, legte sein Stück Zucker, von dem er auf allen Seiten abgebissen hatte, in die Zuckerdose zurück, wischte sich mit dem Schoß seiner Pelzjacke das schweißnasse Gesicht ab und ging zum Ofen, um seinen Mantel anzuziehen.

Als er fertig war, seufzte er schwer, bedankte sich bei den Wirtsleuten und verabschiedete sich; dann ging er aus der hellen, warmen Stube in den dunklen, kalten Flur, wo der eindringende Wind heulte und der durch die Türritzen hereingewehte Schnee den Fußboden bedeckte, und trat auf den dunklen Hof hinaus.

Petruschka, im Pelz, stand mitten im Hof neben seinem Pferd und sagte lächelnd einen Vers aus dem Paulson her:

»Der Schneesturm verdunkelt den Himmel schier,
die Flocken wirbeln im Wind;
Bald klingts, als heulte ein wildes Tier,
Und bald, als weinte ein Kind.«

Nikita nickte beifällig und brachte die Lenkseile in Ordnung.

Der Alte, der Wasilij Andrejitsch hinausbegleitete, kam mit der Laterne in den Flur, um ihm zu leuchten, aber die Laterne erlosch sofort. Auf dem Hof spürte man deutlich, daß der Schneesturm noch ärger geworden war als vorher.

›Ist das ein Wetter!‹ dachte Wasilij Andrejitsch. ›Da kommen wir womöglich gar nicht hin. Aber wir müssen – die Geschäfte! Und ich habe mich ja auch schon fertiggemacht, und das Pferd des Wirtes ist auch schon angespannt. Mit Gottes Hilfe werden wir schon hinkommen.‹

Auch der Alte dachte, daß es nicht ratsam sei zu fahren, aber der Gast hatte nicht auf ihn gehört, als er ihn zum Bleiben überreden wollte. ›Vielleicht ist es auch nur mein Alter, was mich so ängstlich macht‹, dachte er. ›Sie werden schon hinkommen, und dann können wir uns wenigstens rechtzeitig schlafen legen und haben keine Umstände mit ihnen.‹

Petruschka aber dachte an keine Gefahr: er kannte den Weg und die ganze Gegend, und außerdem ermutigten ihn die Verse vom Schneesturm, weil sie das, was draußen vorging, so anschaulich schilderten. Nikita hatte nicht die geringste Lust zu fahren, aber er war schon längst daran gewöhnt, keinen eigenen Willen zu haben und anderen zu gehorchen, und so hielt sie denn niemand zurück.

5

Wasilij Andrejitsch ging zu seinem Schlitten, den er in der Dunkelheit nur mit Mühe fand, stieg ein und nahm die Leine. »Fahr vor!« rief er.

Petruschka, der in seinem Schlitten kniete, trieb sein Pferd an. Der Braune, der schon lange gewiehert hatte, da er die Stute vor sich witterte, rannte ihr nach, und sie kamen auf die Dorfstraße. Wieder fuhren sie durch die Ortschaft, an dem Gehöft mit der steifgefrorenen Wäsche vorbei, die jetzt nicht mehr zu sehen war, an der Getreidedarre vorbei, die bereits fast bis zum Dach zugeschneit war und von der unaufhörlich Schnee herunterrieselte, an den düster rauschenden, pfeifenden Weidenbäumen vorbei, die sich im Winde bogen. Dann fuhren sie wieder in das tobende Meer von Schnee hinein. Der Wind kam von der Seite und drückte gegen die Fahrenden wie gegen ein Segel; er war so stark, daß der Schlitten fast umkippte und das Pferd zur Seite gedrängt wurde. Petruschka fuhr mit seiner braven Stute in flottem Trab voran und stieß von Zeit zu Zeit einen ermunternden Schrei aus. Der Braune lief hinter der Stute her.

Als sie etwa zehn Minuten gefahren waren, wandte sich Petruschka um und rief ihnen etwas zu. Weder Wasilij Andrejitsch noch Nikita konnten es bei dem Wind verstehen, aber sie vermuteten, daß sie an der Abzweigung angekommen seien. Und wirklich bog Petruschka rechts ein, der Wind, der bisher von der Seite gekommen war, blies ihnen jetzt wieder entgegen, und rechts tauchte etwas Dunkles im Schnee auf. Das war das Gestrüpp an der Wegkreuzung.

»Nun, fahrt mit Gott weiter!«

»Danke, Petruschka!«

»Der Schneesturm verdunkelt den Himmel schier«, rief Petruschka und verschwand.

»Sieh mal, was das für ein Dichter ist«, sagte Wasilij Andrejitsch und schüttelte die Leine.

»Ja, ein tüchtiger Bursche, ein richtiger Bauer«, sagte Nikita.

Sie fuhren weiter. Nikita hatte sich tief eingemummt und den Kopf eingezogen, so daß sein kleiner Bart ihm den Hals bedeckte; er saß schweigend da, darauf bedacht, die durch den Tee in seinem Körper angesammelte Wärme nicht zu verlieren. Vor sich sah er die geraden Linien der Gabeldeichsel, die den trügerischen Eindruck erweckten, als sei hier ein glattgefahrener Weg, und das hin- und herschwankende Hinterteil des Pferdes mit dem aufgebundenen, nach einer Seite gedrehten Schwanz, und weiter vorn das hohe Krummholz und den nickenden Kopf und den Hals des Pferdes mit der flatternden Mähne. Von Zeit zu Zeit fiel sein Blick auf die Merkstangen – also waren sie noch auf dem Weg, und er hatte jetzt nichts weiter zu tun.

Wasilij Andrejitsch hielt die Zügel, überließ es aber dem Pferd, dafür zu sorgen, daß sie auf dem Weg blieben. Der Braune hatte sich zwar im Dorf ausgeruht, lief aber ungern und schien vom Weg abbiegen zu wollen, so daß Wasilij Andrejitsch ein paarmal die Zügel gebrauchen mußte.

›Da rechts ist eine Merkstange, da die zweite, da die dritte‹, zählte Wasilij Andrejitsch in Gedanken, ›und da vorne ist auch der Wald‹, dachte er, da er etwas Dunkles vor sich sah. Aber was er für einen Wald gehalten hatte, war nur ein Strauch. Sie fuhren an dem Strauch vorbei, sie fuhren noch etwa sechzig Schritt weiter – aber von der vierten Merkstange und von dem Wald war nichts zu sehen.

›Der Wald muß doch gleich kommen‹, dachte Wasilij Andrejitsch, und von Schnaps und Tee angeregt, trieb er unaufhörlich das Pferd mit den Zügeln an; das folgsame, brave Pferd gehorchte und lief bald im Paßgang, bald in kurzem Trab dahin, wohin es gelenkt wurde, obwohl es wußte, daß sein Herr es ganz und gar nicht nach der richtigen Seite lenkte. Zehn Minuten vergingen, doch von dem Wald war immer noch nichts zu sehen.

»Wir haben ja wieder den Weg verloren!« sagte Wasilij Andrejitsch und hielt das Pferd an.

Nikita stieg schweigend aus dem Schlitten; seinen Mantel haltend, den ihm der Wind bald an den Körper preßte, bald fortzureißen drohte, begann er durch den Schnee zu waten. Er ging nach der einen Seite und nach der anderen. Dreimal verschwand er ganz aus der Sicht. Endlich kehrte er zurück und nahm Wasilij Andrejitsch die Leine aus der Hand.

»Nach rechts müssen wir fahren«, sagte er in bestimmtem Ton und wendete das Pferd.

»Na schön, dann fahren wir eben nach rechts«, antwortete Wasilij Andrejitsch, überließ ihm die Leine und steckte seine erstarrten Hände in die Ärmel.

Nikita antwortete nicht.

»Komm, Freundchen, leg dich mal ordentlich ins Zeug!« rief er dem Pferd zu und schüttelte mit der Leine, aber das Pferd ging trotzdem nur Schritt. An manchen Stellen lag der Schnee kniehoch, und der Schlitten kam bei jeder Bewegung des Pferdes nur mit einem Ruck vorwärts.

Nikita nahm die Peitsche, die am Vorderteil des Schlittens hing, und schlug das Pferd. Das gute, nicht an die Peitsche gewöhnte Tier machte einen Satz und fiel in Trab, ging aber gleich wieder in Paßgang und in Schritt über. So fuhren sie ungefähr fünf Minuten. Es war so dunkel, und der Schnee stiebte so dicht von oben und von unten, daß mitunter nicht einmal das Krummholz zu sehen war. Manchmal schien es, als ob der Schlitten stillstände und das Feld nach hinten liefe. Plötzlich stutzte das Pferd und blieb stehen: offenbar witterte es irgend etwas Unheimliches vor sich. Nikita warf die Leine hin und sprang behend aus dem Schlitten, um nachzusehen, warum das Pferd stehengeblieben war; er ging bis zum Kopf des Pferdes und machte noch einen Schritt – da glitt er aus und rutschte einen Abhang hinunter.

»Halt, brr, halt!« rief er sich selber zu, während er den Hang hinunterglitt und einen Halt suchte, aber es gelang ihm nicht eher festen Fuß zu fassen, als bis er mit beiden Beinen in die tiefe Schneeschicht auf dem Grund der Schlucht hineingefahren war.

Eine überhängende Schneewehe hatte sich durch Nikitas Fall vom Rand der Schlucht gelöst, stürzte auf ihn herunter und schüttete ihm Schnee in den Nacken.

»Was soll denn das!« sagte Nikita vorwurfsvoll zu der Schneewehe und zu der Schlucht und schüttelte sich den Schnee aus dem Kragen.

»Nikita! He, Nikita!« schrie Wasilij Andrejitsch von oben. Aber Nikita gab keine Antwort.

Er hatte keine Zeit, er mußte sich den Schnee abschütteln und die Peitsche suchen, die er beim Herunterrutschen verloren hatte. Als er die Peitsche gefunden hatte, wollte er wieder da hinaufklettern, wo er heruntergefallen war, aber das war unmöglich; er rutschte immer wieder zurück und mußte unten weitergehen, um eine geeignete Stelle zum Aufstieg zu suchen. Ungefähr zehn Schritte von der Stelle entfernt, wo er heruntergerutscht war, kroch er mühsam auf allen vieren den Hang hinauf und ging am Rand der Schlucht auf die Stelle zu, wo das Pferd sein mußte. Pferd und Schlitten waren nicht zu sehen; da er aber gegen den Wind ging, hörte er, noch ehe er etwas sah, das Schreien Wasilij Andrejitschs und das Wiehern des Braunen, die ihn riefen.

»Ich komme, ich komme! Was schreist du denn?« murmelte er vor sich hin.

Erst als er ganz dicht beim Schlitten war, sah er das Pferd und daneben Wasilij Andrejitsch, der riesengroß erschien.

»Zum Teufel, wo hast du denn gesteckt? Wir müssen zurückfahren, meinetwegen nach Grischkino«, fuhr Wasilij Andrejitsch seinen Knecht ärgerlich an.

»Zurückfahren möchte ich schon ganz gern, Wasilij Andrejitsch, aber wohin sollen wir denn fahren? Hier ist eine so zerklüftete Gegend, wenn wir da irgendwo mit dem Schlitten hineinfallen, kommen wir nicht mehr heraus. Ich bin da so hinuntergeschnurrt, daß ich kaum wieder heraufgekommen bin.«

»Aber wir können doch nicht hier stehenbleiben, irgendwohin müssen wir doch fahren!« sagte Wasilij Andrejitsch. Nikita gab keine Antwort. Er setzte sich mit dem Rücken gegen den Wind auf den Schlitten, zog die Stiefel aus und schüttete den Schnee heraus; dann nahm er etwas Stroh und verstopfte damit sorgfältig von innen ein Loch im linken Stiefel.

Wasilij Andrejitsch schwieg, als wollte er alles Weitere seinem Knecht überlassen. Nachdem Nikita seine Stiefel angezogen hatte, stieg er in den Schlitten, zog die Fausthandschuhe wieder an, nahm die Leine und lenkte das Pferd an der Schlucht entlang. Aber sie waren noch keine hundert Schritt gefahren, als das Pferd von neuem stutzte. Vor ihnen war wieder eine Schlucht.

Nikita stieg aus und begann wieder durch den Schnee zu waten. Das dauerte ziemlich lange. Endlich kam er zurück, und zwar aus entgegengesetzter Richtung.

»Wasilij Andrejitsch, wo sind Sie?« schrie er.

»Hier!« antwortete Wasilij Andrejitsch. »Na, wie stehts?«

»Man kann nichts unterscheiden. Es ist zu dunkel. Überall Schluchten. Wir müssen wieder gegen den Wind fahren.«

Wieder fuhren sie eine kurze Strecke, wieder watete Nikita durch den Schnee, wieder setzte er sich in den Schlitten, wieder stieg er aus, und schließlich blieb er vor Erschöpfung keuchend am Schlitten stehen.

»Na, was ist?« fragte Wasilij Andrejitsch.

»Was ist? Ich bin ganz matt, und das Pferd kann auch nicht mehr.«

»Was sollen wir denn machen?«

»Warten Sie einen Augenblick.«

Nikita ging noch einmal weg und kam bald zurück.

»Fahren Sie mir nach«, sagte er und ging vor dem Pferd her.

Wasilij Andrejitsch erteilte keine Befehle mehr, sondern tat gehorsam das, was ihm Nikita sagte.

»Hierher, mir nach!« rief Nikita; er wandte sich schnell nach rechts, nahm den Braunen am Zügel und führte ihn in eine Schneewehe hinein.

Das Pferd sträubte sich anfangs, machte aber dann einen Satz und versuchte über die Schneewehe hinwegzuspringen, vermochte es aber nicht und versank bis zum Kummet im Schnee. »Steigen Sie doch aus!« schrie Nikita Wasilij Andrejitsch an, der im Schlitten sitzengeblieben war, packte die eine Deichselstange und versuchte den Schlitten an das Pferd heranzuschieben. »Ja, es geht ein bißchen schwer, Bruder«, sagte er zu dem Braunen, »aber was sollen wir machen? Streng dich mal ein bißchen an. Komm, komm, noch ein bißchen!« schrie er. Das Pferd zog einmal und noch einmal an, konnte sich aber nicht herausarbeiten und blieb stehen, als wollte es überlegen.

»Na, aber, so geht das nicht, mein Lieber!« ermahnte Nikita den Braunen. »Los, noch einmal!«

Wieder zog Nikita auf seiner Seite an der Deichsel, und Wasilij Andrejitsch tat auf der anderen Seite dasselbe. Das Pferd drehte den Kopf hin und her und machte plötzlich einen Satz.

»Nur zu! Du wirst schon nicht ertrinken!« rief Nikita.

Ein Sprung, ein zweiter, ein dritter – endlich hatte sich das Pferd aus der Schneewehe herausgearbeitet und blieb schwer atmend und sich schüttelnd stehen. Nikita wollte es weiterführen, aber Wasilij Andrejitsch war in seinen zwei Pelzen so außer Atem gekommen, daß er nicht mehr gehen konnte und sich in den Schlitten fallen ließ.

»Laß mich erst mal zu Atem kommen«, sagte er und knotete das Tuch auf, das er sich im Dorf um den Kragen seines Pelzes gebunden hatte.

»Hier machts nichts aus, bleiben Sie nur im Schlitten liegen«, sagte Nikita, »ich führe das Pferd.« Und während Wasilij Andrejitsch im Schlitten lag, führte Nikita das Pferd am Zaum etwa zehn Schritte abwärts, dann ein wenig aufwärts und machte halt.

Die Stelle, wo Nikita hielt, lag nicht in einer Mulde, wo sich der Schnee hätte anhäufen können, aber sie war trotzdem durch eine Anhöhe etwas gegen den Wind geschützt. Es gab Augenblicke, in denen man glaubte, der Wind habe sich ein wenig gelegt, aber nach kurzer Zeit brauste der Sturm mit zehnfacher Gewalt, als wollte er diese Ruhepause wieder wettmachen, tobte noch ärger als zuvor und wirbelte dichte Schneemassen auf. Ein solcher Windstoß kam gerade in dem Augenblick, als Wasilij Andrejitsch, der sich wieder erholt hatte, aus dem Schlitten stieg und zu Nikita ging, um mit ihm zu besprechen, was jetzt zu tun sei. Beide duckten sich unwillkürlich und schwiegen, bis der wütende Windstoß vorüber war. Auch der Braune legte unwillig die Ohren an und schüttelte den Kopf. Sobald der Windstoß einigermaßen vorbei war, zog Nikita die Handschuhe aus, steckte sie in seinen Gurt, hauchte in die Hände und begann das Lenkseil von dem Krummholz zu lösen.

»Was machst du denn da?« fragte Wasilij Andrejitsch.

»Ich spanne das Pferd aus; was sollen wir denn noch weiter tun? Meine Kraft ist zu Ende«, antwortete Nikita, als ob er sich entschuldigen wollte.

»Können wir denn nicht irgendwo hinkommen?«

»Nein, wir fahren nur das Pferd zuschanden. Das arme Tier ist ja schon ganz erschöpft«, sagte Nikita und zeigte auf das Pferd, das gehorsam dastand, zu allem bereit, und keuchend die schweißnassen Flanken bewegte. »Wir müssen hier übernachten«, erklärte er in einem Ton, als würde er in einer Herberge über Nacht bleiben, und begann den Kummetriemen aufzubinden. Die beiden Bügel des Kummets sprangen auseinander.

»Werden wir auch nicht erfrieren?« fragte Wasilij Andrejitsch.

»Wenn wir erfrieren, müssen wirs eben hinnehmen«, antwortete Nikita.

6

Wasilij Andrejitsch war es in seinen beiden Pelzen ganz warm, besonders nachdem er sich in der Schneewehe so abgeplagt hatte, aber es lief ihm doch kalt über den Rücken, als er einsah, daß er wirklich hier übernachten mußte. Um sich zu beruhigen, setzte er sich in den Schlitten und holte Zigaretten und Zündhölzer aus der Tasche.

Nikita spannte unterdessen das Pferd aus. Er löste den

Bauchriemen und den Riemen des Rückenpolsters, nahm das Lenkseil und den Krummholzriemen ab und drehte das Krummholz heraus; dabei redete er unaufhörlich mit dem Pferd, um ihm Mut zu machen.

»Na, komm heraus, komm doch heraus«, sagte er, während er es aus der Deichsel führte. »Siehst du, hier werden wir dich anbinden. Ich lege dir auch Stroh unter und zäume dich ab«, sagte er und führte dabei alles aus, was er sagte. »Wenn du erst ein bißchen gefressen hast, wirst du gleich munterer werden.«

Aber der Braune ließ sich durch Nikitas Reden nicht beruhigen und blieb aufgeregt. Er trat von einem Bein aufs andere, drückte sich an den Schlitten, stellte sich mit dem Hinterteil gegen den Wind und rieb seinen Kopf an Nikitas Ärmel.

Anscheinend nur, um Nikita nicht zu kränken, der ihm Stroh unter die Nase gehalten hatte, zog der Braune mit einem Ruck ein Büschel Stroh aus dem Schlitten, sagte sich aber sofort, daß es sich jetzt nicht darum handele, Stroh zu fressen, und ließ es fallen; der Wind riß im selben Augenblick das Stroh auseinander, trug es fort und überschüttete es mit Schnee.

»Jetzt wollen wir uns ein Signal machen«, sagte Nikita, wendete den Schlitten mit dem Vorderteil gegen den Wind, band die Deichselstangen mit den Riemen des Rückenpolsters zusammen, richtete sie auf und befestigte sie am Vorderteil des Schlittens. »So! Wenn wir jetzt eingeschneit werden, dann werden es gute Menschen an den Deichselstangen sehen und uns ausgraben«, bemerkte Nikita, schlug die Fausthandschuhe gegeneinander und zog sie an. »Das habe ich von alten Leuten gelernt.«

Wasilij Andrejitsch hatte unterdessen den Pelz aufgemacht, benutzte seine Schöße als Windschutz und rieb ein

Streichholz nach dem andern an dem stählernen Schächtelchen; aber seine Hände zitterten, und die aufflammenden Streichhölzer erloschen eins nach dem andern im Wind, teils ehe sie recht brannten, teils gerade in dem Augenblick, wo er seine Zigarette anzünden wollte. Endlich brannte ein Zündholz gut und beleuchtete für einen Augenblick die Innenseite seines Pelzes, seine Hand mit dem goldenen Ring an dem nach innen gebogenen Zeigefinger und das verschneite Haferstroh, das unter dem Sack hervorschaute – und die Zigarette brannte. Ein paarmal zog er gierig den Rauch ein, schluckte ihn hinunter, blies ihn durch den Schnurrbart und wollte noch einen Zug tun, doch da wurde der Tabak mitsamt dem Feuer vom Wind weggerissen und nach derselben Seite davongetragen wie vorher das Stroh.

Aber diese wenigen Züge hatten genügt, um Wasilij Andrejitsch in heitere Stimmung zu versetzen.

»Na, wenn wir hier übernachten müssen, dann meinetwegen!« sagte er entschlossen. »Warte mal, Nikita, ich will noch eine Flagge machen«, fuhr er fort und hob das Halstuch auf, das er abgebunden und in den Schlitten geworfen hatte. Er zog die Handschuhe aus, stellte sich vorn in den Schlitten, reckte sich in die Höhe, um hinaufzureichen, und band das Tuch mit einem festen Knoten an der Deichsel fest.

Das Tuch begann sofort wild zu flattern; bald wurde es an die Deichsel gedrückt, bald plötzlich zur Seite geweht und spannte sich und knatterte.

»Sieh nur, wie geschickt ich das gemacht habe«, sagte Wasilij Andrejitsch, wohlgefällig sein Werk betrachtend, und setzte sich wieder in den Schlitten.

»Zusammen hätten wir es wärmer, aber zwei können hier nicht sitzen«, sagte er.

»Ich werde schon einen Platz finden«, antwortete Nikita. »Ich muß nur erst das Pferd zudecken, es trieft vor Schweiß, das gute Tier. Erlauben Sie mal«, fügte er hinzu, trat an den Schlitten heran und zog den Sack unter Wasilij Andrejitsch hervor. Dann nahm er den Umlaufriemen und das Rückenpolster ab, legte den Sack doppelt zusammen und deckte den Braunen damit zu.

»So hast dus doch ein bißchen wärmer, mein Dummerchen«, sagte er und legte dem Pferd über den Sack wieder das Rückenpolster und den schweren Umlaufriemen auf. Als er mit dieser Arbeit fertig war, ging er wieder zum Schlitten und sagte: »Die Packleinwand werden Sie wohl nicht brauchen, und ein bißchen Stroh können Sie mir auch geben.«

Und nachdem er das eine und das andere Wasilij Andrejitsch unter dem Leib weggezogen hatte, ging er hinter den Schlitten, grub sich dort im Schnee eine Grube und legte das Stroh hinein. Dann zog er die Mütze tief ins Gesicht, wikkelte sich in seinen Mantel und in die Packleinwand, setzte sich auf das Stroh und lehnte sich gegen den geflochtenen Schlittenkorb, der ihn gegen Wind und Schnee schützte. Wasilij Andrejisch schüttelte mißbilligend den Kopf zu dem, was Nikita tat, wie er denn überhaupt die Unbildung und Dummheit verachtete, und richtete sich für die Nacht ein.

Er breitete das übriggebliebene Stroh gleichmäßig im Schlitten aus, stopfte es sich unter die Seite, auf der er lag, steckte die Hände in die Ärmel und legte den Kopf in die eine Ecke am Vorderteil des Schlittens, das ihn gegen den Wind schützte.

Er hatte keine Lust zu schlafen. Er lag da und dachte nach; er dachte immer nur an ein und dasselbe, was den einzigen Zweck und Inhalt, die Freude und den Stolz seines Lebens bildete: wieviel Geld er schon hatte und noch erwerben könne, wieviel Geld andere Leute, die er kannte, erworben hatten und besaßen, auf welche Art diese anderen ihr Geld erworben hatten und erwarben und daß auch er noch sehr viel Geld erwerben könne. Der Ankauf des Waldes von Gorjatschkino war für ihn außerordentlich wichtig. Er hoffte an diesem Wald mit einem Schlag vielleicht zehntausend Rubel zu verdienen. Und er begann in Gedanken den Wald abzuschätzen, den er im Herbst gesehen und in dem er auf zwei Deßjatinen alle Bäume gezählt hatte.

›Die Eichen werden gute Schlittenkufen geben. Selbstverständlich auch Balken. Und außerdem habe ich von jeder Deßjatine wohl noch dreißig Klafter Brennholz‹, rechnete er. ›Von jeder Deßjatine kann ich auch im schlimmsten Fall zweihundertfünfundzwanzig Rubel verdienen. Es sind sechsundfünfzig Deßjatinen, also sechsundfünfzig mal hundert und noch einmal sechsundfünfzig mal hundert und sechsundfünfzig mal zehn und noch einmal sechsundfünfzigmal zehn und sechsundfünfzig mal fünf…‹ Er sah, daß über zwölftausend Rubel herauskamen, konnte es aber ohne Rechenbrett nicht genau ausrechnen. ›Aber zehntausend Rubel werde ich ihm trotzdem nicht geben, sondern nur achttausend, und dann ziehe ich noch für die Lichtungen etwas ab. Den Feldmesser werde ich schmieren, er bekommt hundert oder auch hundertfünfzig Rubel, dann wird er mir schon fünf, sechs Deßjatinen Lichtung herausmessen. Für achttausend wird er mir den Wald schon geben, dreitausend zahle ich ihm bar auf den Tisch. Er wird sich schon herumkriegen lassen‹, dachte er und fühlte mit dem Oberarm nach den Banknoten in der Brusttasche. ›Und wie wir uns an der Abzweigung verirren konnten, das mag Gott wissen! Hier müßte doch ein Wald sein und die Hütte des Waldhüters. Wenn doch ein Hund zu hören wäre! Aber gerade wenns nötig ist, dann bellen die verdammten Köter nicht.‹ Er schob den Kragen etwas vom Ohr weg und lauschte; nur das Pfeifen des Windes war zu hören, das Knattern des Tuches an der Deichsel und der wie Peitschenhiebe klingende Ton des

Schnees, der gegen die Bastwand des Schlittens getrieben wurde. Er mummte sich wieder ein.

›Wenn ich das gewußt hätte, wäre ich doch in dem Dorf über Nacht geblieben. Na, egal, dann kommen wir halt morgen hin. Nur daß ich einen Tag verloren habe. Aber bei diesem Wetter werden die anderen auch nicht hinfahren.‹ Und da fiel ihm ein, daß er am nächsten Tag vom Metzger Geld für Hammel zu bekommen hatte. ›Er wollte selbst kommen; jetzt wird er mich nicht zu Hause treffen, und meine Frau kann das Geld nicht in Empfang nehmen, sie ist zu ungebildet. Sie weiß nicht, wie man mit den Leuten umgeht‹, dachte er und erinnerte sich daran, daß sie nicht verstanden hatte, sich dem Polizeihauptmann gegenüber richtig zu benehmen, der gestern am Feiertag zu Besuch gekommen war. ›Es ist ja auch verständlich, sie ist eben ein Frauenzimmer, wo hätte sie denn etwas sehen und lernen sollen? Als meine Eltern noch lebten, wie war es denn da bei uns? Wie überall bei reichen Bauern: eine Graupenmühle und eine Herberge, das war das ganze Vermögen. Und was habe ich in fünfzehn Jahren daraus gemacht? Ich habe einen Laden, zwei Schenken, eine Mühle, eine Getreidehandlung. Und zwei Güter habe ich gepachtet. Mein Haus und mein Speicher haben Blechdächer‹, dachte er voller Stolz. ›Das ist jetzt eine andere Sache als zu Lebzeiten meines Vaters! Wer ist jetzt der angesehenste Mann in der ganzen Gegend? Brechunow!

Und woher kommt das? Weil ich alle meine Gedanken auf das Geschäft richte, weil ich mich anstrenge, weil ich es nicht so mache wie andere, die faulenzen oder sich mit Dummheiten abgeben. Ich gönne mir auch nachts keine Ruhe. Ob Schneesturm oder nicht – ich fahre. Na, und deshalb geht auch das Geschäft nach Wunsch. Die Leute denken, man könnte spielend sein Geld erwerben. Nein, arbeiten muß man und sich den Kopf zerbrechen. Draußen im Feld übernachten und nicht schlafen. Wie ein Kissen drehen sich die Gedanken im Kopf herum‹, dachte er stolz. ›Die glauben, daß alles nur vom Glück abhängt. Der Mironow, der ist jetzt Millionär. Und warum? Gearbeitet hat er, gearbeitet. Dann gibts einem der liebe Gott. Wenn mich Gott nur gesund erhält!‹

Und der Gedanke, daß auch er ein Millionär werden könnte wie Mironow, der mit nichts angefangen hatte, erregte Wasilij Andrejitsch so sehr, daß er das Bedürfnis hatte, mit irgend jemand zu reden. Aber es war niemand da, mit dem er hätte reden können... Wäre er nur nach Gorjatschkino gekommen, dann hätte er sich mit dem Gutsbesitzer unterhalten und ihm ein Licht darüber aufstecken können, was er, Brechunow, für ein bedeutender Mann sei.

›Sieh mal an, wie das bläst! Wir werden noch so eingeschneit, daß wir am Morgen gar nicht herauskommen‹, dachte er, während er auf die heftigen Stöße des Windes lauschte, der den Schnee gegen das Vorderteil des Schlittens peitschte und so stark war, daß die Bastwand sich bog. Er richtete sich auf und sah sich um: in der weißen, wogenden Finsternis war nur der schwarze Kopf des Braunen, sein mit dem flatternden Sack bedeckter Rücken und der dichte, aufgebundene Schweif zu sehen. Und ringsum, auf allen Seiten, vorn und hinten, immer die gleiche eintönige, weiße, wogende Finsternis, die sich von Zeit zu Zeit etwas aufzuhellen schien, aber dann wieder dunkler und dichter wurde.

›Es war ein Fehler, daß ich auf Nikita gehört habe‹, dachte er. ›Wir hätten weiterfahren sollen, wir wären schon irgendwohin gekommen. Wenn wir wenigstens wieder nach Grischkino gekommen wären, dann hätten wir bei Taras übernachten können. Aber nun müssen wir die ganze Nacht hier sitzen. Ja, ich habe doch vorhin an etwas Schönes gedacht, was war es nur? Richtig, daß Gott einem nur für harte Arbeit etwas gibt, aber nicht den Faulenzern, Taugenichtsen und Dummköpfen. Ich muß ein bißchen rauchen.‹ Er setzte sich auf, zog sein Zigarettenetui aus der Tasche, legte sich auf den Bauch und schützte die Flamme mit dem Schoß seines Pelzes gegen den Wind, aber der Wind fand trotzdem seinen Weg und löschte ein Streichholz nach dem andern aus. Endlich gelang es ihm mit besonderer Kunst, eine Zigarette anzuzünden, und daß er das erreicht hatte, freute ihn sehr. Allerdings rauchte weit mehr der Wind als er selbst die Zigarette, aber er konnte doch ein paar Züge tun, und das versetzte ihn in etwas vergnügtere Stimmung. Er streckte sich wieder im Schlitten aus, jetzt mit dem Kopf an der Rücklehne, mummte sich ein, überließ sich erneut seinen Erinnerungen und Träumereien und schlief plötzlich ein.

Aber auf einmal war es ihm, als hätte ihn jemand gestoßen, und er wachte auf. Hatte der Braune ein Büschel Stroh unter ihm hervorgezogen oder hatte ihn seine innere Erregung aus dem Schlaf aufgeschreckt – er erwachte jedenfalls, und sein Herz begann so schnell und heftig zu schlagen, daß er ein Gefühl hatte, als zitterte der Schlitten unter ihm. Er öffnete die Augen. Um ihn herum war alles unverändert, nur schien es heller geworden zu sein. ›Es tagt‹, dachte er, ›es kann nicht mehr lange bis zum Morgen sein.‹ Aber im selben Augenblick fiel ihm ein, daß es nur deshalb so hell war, weil der Mond aufgegangen war. Er richtete sich auf und blickte zuerst nach dem Pferd. Der Braune stand noch immer mit dem Hinterteil gegen den Wind und zitterte am ganzen Leib. Der schneebedeckte Sack war auf der einen Seite umgeschlagen, der Umlaufriemen verrutscht, und der verschneite Kopf mit dem wehenden Haarschopf und der flatternden Mähne war jetzt deutlicher zu sehen. Wasilij Andrejitsch beugte sich über die Rückwand des Schlittens und blickte nach hinten.

Nikita saß noch immer so da, wie er sich hingesetzt hatte. Die Packleinwand, die er über sich gebreitet hatte, und seine Beine waren von einer Schneeschicht bedeckt. ›Wenn der Mensch nur nicht erfriert, seine Kleider sind gar zu schlecht. Dann werde ich noch dafür verantwortlich gemacht. Es ist wirklich ein dummes Volk. Ganz ungebildet‹, dachte Wasilij Andrejitsch und wollte dem Pferd den Sack abnehmen und Nikita damit zudecken; aber es war ihm doch zu kalt, um aufzustehen und hin und her zu gehen, und außerdem fürchtete er, das Pferd könne ihm erfrieren. ›Wozu habe ich ihn überhaupt mitgenommen? Daran ist nur das dumme Weib schuld‹, dachte Wasilij Andrejitsch in Erinnerung an seine ungeliebte Frau und legte sich wieder auf seinen früheren Platz, mit dem Kopf nach dem Vorderteil des Schlittens. ›Mein Onkel hat auch einmal eine ganze Nacht im Schneesturm gesessen‹, fiel ihm ein, ›und es hat ihm nichts geschadet. Aber Sewastjan‹ – er dachte an einen anderen Fall –, ›als der ausgegraben wurde, war er tot, ganz starr, wie ein geschlachtetes Rind, das man hat steif frieren lassen.

Wenn ich in Grischkino über Nacht geblieben wäre, dann wäre das nicht passiert.‹ Und nachdem er sich sorgsam eingewickelt hatte, damit die Wärme des Pelzes nirgends verlorenginge und er es überall, an Hals, Knien und Füßen, warm hätte, schloß er die Augen und versuchte zu schlafen. Aber trotz aller Bemühungen blieb er hellwach und fühlte sich sogar vollkommen frisch und angeregt. Wieder begann er seine Gewinne zu berechnen und wieviel Geld ihm andere Leute schuldeten, wieder prahlte er vor sich selbst und freute sich über seine Persönlichkeit und über sein Ansehen – aber jetzt wurden diese angenehmen Gedanken fortwährend durch die heranschleichende Angst unterbrochen und durch den Ärger darüber, daß er nicht in Grischkino über Nacht geblieben war. ›Da hätte ich schön warm auf der Bank liegen können.‹

Er drehte sich von einer Seite auf die andere, um eine bequemere und besser gegen den Wind geschützte Lage zu finden, aber alles kam ihm unbequem vor. Er richtete sich wieder auf, legte sich anders hin, wickelte seine Beine fest ein, schloß die Augen und verhielt sich ruhig. Aber dann begannen entweder die zusammengekrümmten Beine, die in hohen Filzstiefeln steckten, zu schmerzen, oder es zog irgendwo, und so dachte er denn, nachdem er eine Weile gelegen hatte, voller Ärger über sich selbst daran, daß er jetzt ruhig in der warmen Stube in Grischkino liegen könnte, und richtete sich wieder auf, wälzte sich herum, wickelte sich ein und legte sich wieder anders zurecht.

Einmal kam es ihm vor, als hörte er in der Ferne die Hähne krähen. Er setzte sich erfreut auf, schlug den Kragen seines Pelzes zurück und horchte gespannt; aber wie sehr er auch sein Gehör anstrengte, es war nichts zu hören als der Ton des Windes, der um die Deichsel pfiff und an dem Tuch zerrte, und der Laut des Schnees, der die Bastwand des Schlittens peitschte. Nikita saß immer noch so da, wie er sich am Abend hingesetzt hatte; er hatte sich die ganze Zeit nicht gerührt und Wasilij Andrejitsch, der ihn ein paarmal angerufen hatte, nicht einmal geantwortet. ›Der hat keine Sorgen, der schläft gewiß‹, dachte Wasilij Andrejitsch ärgerlich und blickte über die Rücklehne des Schlittens auf den ganz verschneiten Nikita.

Wasilij Andrejitsch stand ungefähr zwanzigmal auf und legte sich wieder hin. Diese Nacht schien gar kein Ende zu nehmen. ›Jetzt muß es bald Morgen sein‹, dachte er einmal, als er sich aufrichtete und sich umschaute. ›Ich will mal nach der Uhr sehen. Ich werde zwar tüchtig frieren, wenn ich den Pelz aufmache, aber wenn ich sehe, daß es auf den Morgen zugeht, wird mir gleich froher zumute sein. Dann werden wir auch bald anspannen.‹ Im Grunde seines Herzens wußte

Wasilij Andrejitsch, daß es noch nicht Morgen sein konnte, aber seine Angst wuchs immer mehr, und er wollte die Wahrheit feststellen und gleichzeitig sich selbst betrügen. Vorsichtig öffnete er die Haken seiner Pelzjacke, steckte die Hand hinein und wühlte lange, bis er zur Weste gelangte. Mühsam zog er seine silberne, mit emaillierten Blumen verzierte Uhr heraus und versuchte zu sehen, wie spät es war. Aber ohne Licht war nichts zu erkennen. Er legte sich wieder auf Knie und Ellbogen wie vorher, als er sich die Zigarette angezündet hatte, und versuchte ein Zündholz anzustreichen. Diesmal ging er mit größerer Sorgfalt zu Werk: er betastete die Streichhölzer mit den Fingern und suchte das Hölzchen heraus, das die größte Phosphormasse hatte; es gelang ihm gleich beim ersten Mal, es zum Brennen zu bringen. Er hielt das Zifferblatt unter die Flamme, betrachtete es und traute seinen Augen nicht: es war erst zehn Minuten nach zwölf. Die ganze Nacht lag noch vor ihm.

›Ach, ist das eine lange Nacht!‹ dachte Wasilij Andrejitsch und fühlte, wie es ihm kalt über den Rücken lief. Er knöpfte den Pelz zu, mummte sich ein und drückte sich wieder in seine Schlittenecke, bereit, geduldig zu warten. Plötzlich hörte er durch das eintönige Brausen des Windes hindurch einen neuen Ton, den Ton eines Lebewesens. Dieser Ton schwoll gleichmäßig an, war ganz deutlich zu hören und wurde dann allmählich schwächer. Das zwar zweifellos ein Wolf. Die langgezogenen Töne wurden vom Wind herübergetragen, und der Wolf heulte ganz in der Nähe, so daß man sogar hören konnte, wie er durch eine Drehung der Kinnlade den Klang seiner Stimme veränderte. Wasilij Andrejitsch schlug den Mantelkragen zurück und lauschte angestrengt. Auch der Braune spitzte die Ohren und horchte gespannt, und als das Geheul des Wolfes verstummt war, wechselte er die Fußstellung und schnaubte warnend. Nun konnte Wasilij Andrejitsch weder einschlafen noch zur Ruhe kommen. Wie sehr er sich auch bemühte, an seine Geschäfte, seinen Ruhm, sein Ansehen und seinen Reichtum zu denken – eine furchtbare Angst bemächtigte sich seiner immer mehr und drängte alle anderen Gedanken zurück, und in alle Gedanken mischte sich der Gedanke, warum er nicht in Grischkino über Nacht geblieben sei.

›Wozu brauche ich diesen dummen Wald? Meine Geschäfte gehen auch so Gott sei Dank gut! Ach, wenn ich doch irgendwo übernachten könnte!‹ sagte er zu sich selbst. ›Man sagt, daß Betrunkene am leichtesten erfrieren‹, dachte er, ›und ich habe ziemlich viel getrunken.‹ Und als er nun auf seine Empfindungen achtete, fühlte er, daß er zu zittern anfing, ohne zu wissen warum, ob vor Kälte oder vor Angst. Er versuchte sich einzumummen und still zu liegen wie vorher, vermochte es aber nicht mehr. Er konnte nicht ruhig auf einem Fleck bleiben, er mußte aufstehen und irgend etwas unternehmen, um die in ihm aufsteigende Angst zu betäuben, gegen die er sich machtlos fühlte. Er zog wieder die Zigaretten und die Streichhölzer aus der Tasche, aber es waren nur noch drei Streichhölzer übrig, die alle nichts taugten. Bei allen dreien rieb sich die Zündmasse ab, ohne daß sie Feuer fingen.

»Hol dich der Teufel, verfluchtes Ding! Fort mit dir!« schimpfte er, ohne zu wissen auf wen, und warf die zerdrückte Zigarette weg. Auch die Streichholzschachtel wollte er schon wegwerfen, hielt aber inne und steckte sie in die Tasche. Jetzt überkam ihn eine solche Unruhe, daß er nicht länger an seinem Platz bleiben konnte. Er stieg aus dem Schlitten, stellte sich mit dem Rücken gegen den Wind und band sich den Gurt anders um, tief unten und ganz fest.

›Wozu soll ich hier liegen und auf den Tod warten? Ich setze mich auf das Pferd und dann vorwärts!‹ schoß es ihm plötzlich durch den Kopf. ›Mit einem Reiter wirds das Pferd schon schaffen. Nikita kann es ganz gleich sein, ob er stirbt. Was hat er für ein Leben! Um so ein Leben brauchts ihm nicht leid zu tun, aber ich habe, Gott sei Dank, so viel, daß ich mein Leben genießen kann ...‹

Er band das Pferd los, warf ihm die Zügel auf den Hals und wollte aufsitzen, aber Pelz und Stiefel waren so schwer, daß er abglitt. Dann stellte er sich auf den Schlitten und wollte von da auf das Pferd steigen. Aber der Schlitten schwankte unter seinem Gewicht, und er kam wieder nicht hinauf. Beim dritten Mal stellte er das Pferd dicht an den Schlitten, trat vorsichtig auf den Rand des Schlittens, stieß sich ab und kam mit dem Bauch quer auf den Rücken des Pferdes zu liegen. Nachdem er eine Weile still gelegen hatte, schob er sich vorwärts und brachte endlich das Bein über den Rücken des Pferdes; er setzte sich zurecht und stützte sich mit den Füßen auf den langen Umlaufriemen. Ein Stoß des schwankenden Schlittens hatte Nikita aufgeweckt; er richtete sich auf, und es kam Wasilij Andrejitsch so vor, als ob er etwas sagte.

»Soll man vielleicht auf euch Dummköpfe hören? Ich soll wohl hier für nichts und wieder nichts umkommen?« schrie Wasilij Andrejitsch, schob sich die flatternden Schöße seines Pelzes unter die Knie, wendete das Pferd und trieb es vom Schlitten weg in der Richtung, wo nach seiner Meinung der Wald und das Wächterhäuschen sein mußten.

7

Nikita hatte von dem Augenblick an, wo er sich mit der Packleinwand zugedeckt und sich an der Rücklehne des Schlittens hingesetzt hatte, dagesessen, ohne sich zu rühren. Wie alle Menschen, die mit der Natur leben und die Not kennen, war er geduldig und konnte stunden- und tagelang warten, ohne in Unruhe oder Erregung zu geraten. Er hatte gehört, wie sein Herr ihn vorhin ein paarmal angerufen hatte, aber er hatte nicht geantwortet, weil er sich nicht bewegen mochte. Ihm war noch warm, weil er reichlich Tee getrunken hatte und lange durch den Schnee gewatet war, aber er wußte, daß diese Wärme nicht lange vorhalten und er nicht mehr fähig sein werde, sich durch Bewegung zu erwärmen. Er fühlte sich so müde wie ein völlig erschöpftes Pferd, das trotz aller Peitschenhiebe nicht mehr weitergehen kann und erst gefüttert werden muß, bevor es wieder arbeiten kann. Der eine Fuß in dem zerrissenen Stiefel war ganz erstarrt, und er fühlte die große Zehe nicht mehr. Außerdem begann er am ganzen Körper immer heftiger zu frieren. Der Gedanke, daß er in dieser Nacht sterben könnte und wahrscheinlich auch sterben werde, war ihm wohl gekommen, erschien ihm aber weder besonders traurig noch besonders schrecklich. Besonders traurig konnte ihm dieser Gedanke deshalb nicht vorkommen, weil sein ganzes Leben alles andere als ein einziger Feiertag, sondern im Gegenteil ein einziger Frondienst gewesen war, von dem er müde zu werden begann. Auch besonders schrecklich war ihm dieser Gedanke nicht, weil er, abgesehen von den Herren, denen er hier auf Erden diente, sich von dem höchsten Herrn abhängig fühlte, der ihn in dieses Leben gesandt hatte, und weil er wußte, daß er auch im Tode in der Macht dieses Herrn bleibe und daß dieser Herr ihm nichts Übles tun werde. ›Es kann einem ja leid tun, alles zu verlassen, woran man sich gewöhnt hat. Aber was ist da zu machen? Dann muß man sich eben an das Neue gewöhnen.

›Und die Sünden?‹ dachte er und erinnerte sich an seine Trunksucht, an das vertrunkene Geld und wie er seine Frau geschimpft und mißhandelt und die Fasten nicht gehalten hatte und oft nicht zur Kirche gegangen war, und an alles, was ihm der Pope sonst noch in der Beichte vorgehalten hatte. ›Gewiß, das sind Sünden. Aber habe ich sie denn selbst verschuldet? Offenbar hat mich doch Gott so geschaffen. Na ja, es sind halt Sünden, aber was soll ich denn jetzt machen?‹

So dachte er zuerst an das, was ihm in dieser Nacht zustoßen konnte, dann aber kehrte er nicht mehr zu diesen Gedanken zurück, sondern überließ sich allerlei Erinnerungen, die ihm von selbst in den Kopf kamen. Er dachte daran, wie Marfa gekommen war und wie die Knechte sich betrunken hatten und wie er sich geweigert hatte mitzutrinken, und dann wieder an die heutige Fahrt, an die Stube des Bauern Taras, an die Unterhaltung über die Wirtschaftsteilung, an seinen Sohn, an den Braunen, der es jetzt unter der Decke schön warm hatte, und an seinen Herrn, der sich so unruhig umherwälzte, daß der Schlitten knarrte. ›Jetzt tuts ihm wohl selber leid, daß er gefahren ist‹, dachte er. ›Wenn man so ein gutes Leben hat, mag man nicht sterben. Das ist etwas anderes als bei unsereinem.‹ Und all diese Erinnerungen begannen sich in seinem Kopf zu vermengen und ineinanderzuschlingen, und er schlief ein.

Als Wasilij Andrejitsch aufs Pferd stieg, schwankte der Schlitten, und die Rückwand, an die sich Nikita gelehnt hatte, wich zurück. Die Kufe stieß ihn in den Rücken, er wachte auf und mußte seine Lage verändern, ob er das nun wollte oder nicht. Mit Mühe streckte er die Beine gerade, schüttelte sich den Schnee ab und stand auf; im selben Augenblick durchdrang die peinigende Kälte seinen ganzen Körper. Als er begriffen hatte, was vorging, rief er Wasilij Andrejitsch zu, er solle ihm den Sack dalassen, den das Pferd jetzt nicht mehr brauche. Aber Wasilij Andrejitsch hielt nicht an und verschwand im Schneegestöber.

Allein zurückgeblieben, überlegte Nikita einen Augenblick, was er nun tun solle. Wegzugehen und nach einer menschlichen Wohnung zu suchen, dazu fühlte er nicht mehr die Kraft in sich. Auf seinen alten Platz konnte er sich nicht mehr setzen – der war schon ganz zugeweht. Und im Schlitten würde er frieren, weil er nichts zum Zudecken hatte; sein Mantel und sein Pelz wärmten ihn jetzt nicht mehr, und er zitterte vor Kälte, als wäre er im bloßen Hemd. Ihm wurde ganz angst ums Herz. »Herr Gott, Vater im Himmel!« sagte er, und das Bewußtsein, daß er nicht allein war, daß jemand ihn hörte und ihn nicht verlassen würde, beruhigte ihn. Er seufzte tief, stieg, ohne die Packleinwand vom Kopf zu nehmen, in den Schlitten und legte sich auf den Platz seines Herrn.

Aber auch im Schlitten konnte er nicht warm werden. Anfangs zitterte er am ganzen Körper, dann ging das Zittern vorüber, und er verlor allmählich das Bewußtsein. Ob er sterben werde oder nur einschlief – das wußte er nicht, aber er fühlte sich zu dem einen wie zu dem andern bereit.

8

Unterdessen ritt Wasilij Andrejitsch, das Pferd mit den Hakken und den Zügeln antreibend, in der Richtung, wo er den Wald und die Hütte des Waldhüters vermutete. Der Schnee verklebte ihm die Augen, und der Wind schien ihn zurückhalten zu wollen, aber er trieb das Pferd unaufhörlich weiter. Er beugte sich nach vorn, schlug immer wieder seinen Pelz zusammen und schob ihn zwischen seinen Körper und das kalte Rückenpolster, das ihm beim Sitzen hinderlich war. Das Pferd ging mit großer Mühe, aber gehorsam im Paßgang dorthin, wohin er es lenkte.

Er ritt ungefähr fünf Minuten immer geradeaus, wie er meinte, ohne etwas anderes zu sehen als den Kopf des Pferdes und die weiße Wüste, ohne etwas anderes zu hören als den Wind, der um die Ohren des Pferdes und um seinen Mantelkragen pfiff.

Plötzlich tauchte etwas Schwarzes vor ihm auf. Sein Herz begann vor Freude laut zu pochen, und er ritt auf dieses Schwarze zu, in dem er bereits die Mauern von Bauernhäusern zu erkennen glaubte. Aber dieses Dunkle war nicht unbeweglich, sondern schwankte hin und her, und war kein Dorf, sondern ein Grenzrain, der mit hohen, aus dem Schnee herausragenden Beifußstauden bewachsen war; sie warfen sich verzweifelt in dem pfeifenden Wind hin und her, der sie immer nach einer Seite bog. Beim Anblick dieser vom Wind so unbarmherzig mißhandelten Beifußstauden zuckte Wasilij Andrejitsch erschrocken zusammen, ohne eigentlich zu wissen, warum; er trieb eilig das Pferd weiter, ohne zu beachten, daß er die frühere Richtung vollständig geändert hatte, als er an die Beifußstauden herangeritten war, und jetzt das Pferd nach einer ganz anderen Seite lenkte, immer noch in der Vorstellung, daß er nach der Seite ritte, wo die Wächterhütte sein müsse. Aber das Pferd strebte immer nach rechts, und deshalb lenkte er es die ganze Zeit mehr nach links.

Wieder tauchte etwas Schwarzes vor ihm auf. Er freute sich, überzeugt, daß es diesmal sicher ein Dorf sei. Aber es war wieder ein mit Beifuß bewachsener Rain. Und wieder schwankten die Stauden wild hin und her und flößten Wasilij Andrejitsch eine unerklärliche Angst ein. An den Beifußstauden führte eine vom Wind fast verwehte Pferdespur vorbei. Wasilij Andrejitsch hielt an, beugte sich hinunter und blickte scharf hin: die Spur war nur leicht mit Schnee überdeckt und konnte von keinem anderen Pferd herrühren als von seinem eigenen. Er war offenbar im Kreis herumgeritten, und zwar auf einem kleinen Raum. ›So gehe ich zugrunde!‹ dachte er, trieb aber das Pferd noch heftiger an, um seine Angst zu überwinden, und starrte in den weißen Schneenebel, in dem er leuchtende Punkte zu sehen meinte, die plötzlich aufschimmerten und sofort wieder verschwanden. Einmal glaubte er Hundegebell oder Wolfsgeheul zu hören, aber diese Laute waren so schwach und unbestimmt, daß er nicht wußte, ob er wirklich etwas hörte oder ob er es sich nur einbildete. Er hielt das Pferd an und horchte gespannt.

Plötzlich ertönte in nächster Nähe ein furchtbares, ohrenbetäubendes Schreien, und alles erzitterte und erbebte unter Wasilij Andrejitsch. Er klammerte sich an den Hals des Pferdes, aber auch dieser Hals zitterte, und das furchtbare Geschrei klang noch schrecklicher. Einige Sekunden war Wasilij Andrejitsch wie benommen und konnte nicht begreifen, was eigentlich war. Aber es war nichts weiter geschehen, als daß der Braune, vielleicht um sich Mut zu machen oder um jemand zu Hilfe zu rufen, laut und schallend gewiehert hatte.

»Teufel noch mal! Hast du mich erschreckt, verdammtes Vieh!« sagte Wasilij Andrejitsch. Jetzt hatte er zwar die Ursache seiner Angst erkannt, aber er konnte sich dennoch von dieser Angst nicht mehr freimachen.

›Ich muß mich sammeln, meine Gedanken zusammennehmen‹, sagte er sich, konnte sich aber doch nicht zur Ruhe zwingen und trieb das Pferd unermüdlich an, ohne zu merken, daß er jetzt mit dem Wind ritt und nicht mehr gegen den Wind. Er keuchte, sein frierender Körper schmerzte, besonders zwischen den Beinen am Schritt, wo er ungeschützt war und das Rückenpolster berührte, und seine Arme und Beine zitterten. Er sah, daß er in dieser entsetzlichen Schneewüste zugrunde gehen würde und daß es keine Rettung für ihn gab.

Plötzlich sank das Pferd unter ihm weg; es war in eine

Schneewehe geraten und begann um sich zu schlagen, fiel aber auf die Seite. Wasilij Andrejitsch sprang ab, wobei er den Umlaufriemen, auf dem er sich mit dem Fuß stützte, verschob und das Rückenpolster, an dem er sich beim Abspringen hielt, schief zog. Sobald Wasilij Andrejitsch heruntergesprungen war, kam das Pferd wieder auf die Beine, machte einen Sprung, dann noch einen, wieherte und verschwand aus der Sicht, den auf dem Boden schleifenden Sack und Umlaufriemen hinter sich herziehend. Wasilij Andrejitsch blieb allein in der Schneewehe zurück. Er lief dem Pferd nach, aber der Schnee war so tief, und die beiden Pelze waren so schwer, daß er bei jedem Schritt bis übers Knie einsank und nach zwanzig Schritten atemlos stehenblieb.

›Der Wald, die Hammel, die Pachtgüter, der Laden, die Schenken, das Haus mit dem Blechdach und die Scheune, der Erbe‹, dachte er, ›was wird nun aus alldem werden? Was geschieht denn hier mit mir? Das kann doch nicht sein!‹ fuhr es ihm durch den Kopf. Und nun fielen ihm die vom Wind gepeitschten Beifußstauden ein, an denen er zweimal vorbeigeritten war, und es packte ihn ein solches Grauen, daß er an die Wirklichkeit dessen, was mit ihm vorging, gar nicht zu glauben vermochte. Er dachte: ›Vielleicht ist alles nur ein Traum‹, und wollte aufwachen, aber das war kein Schlaf, aus dem er hätte erwachen können, das war wirklicher Schnee, der sein Gesicht peitschte und seine rechte Hand bedeckte, von der er den Handschuh verloren hatte, und das war eine wirkliche Einöde, in der er jetzt so allein war wie jene Beifußstauden und dem unvermeidlichen, baldigen, sinnlosen Tod entgegensah.

›Königin des Himmels, wundertätiger Nikolaus, Lehrer der Enthaltsamkeit‹, dachte er und erinnerte sich an die gestrigen Gebete in der Kirche und an das Heiligenbild mit dem schwarzen Antlitz und dem goldenen Beschlag und an die Kerzen, die vor diesem Heiligenbild angezündet wurden. Er verkaufte diese Kerzen, die ihm sofort wieder zurückgebracht wurden, und er verwahrte sie wieder in seinem Kasten, nachdem sie kaum angebrannt waren. Und nun betete er zu diesem wundertätigen Nikolaus um Rettung und gelobte ihm einen Dankgottesdienst und Kerzen. Aber zugleich war er sich klar bewußt, daß dieses Heiligenbild und sein Rahmen, die Kerzen, der Priester und die Gebete, daß das alles zwar dort in der Kirche sehr wichtig und nötig sei, ihm aber hier nicht helfen konnte und daß zwischen diesen Kerzen und Gebeten und seiner jetzigen jammervollen Lage keinerlei Zusammenhang bestand und auch nicht bestehen konnte. ›Ich darf nicht den Mut verlieren‹, sagte er sich.

›Ich muß den Spuren des Pferdes folgen, sonst werden auch die noch verweht‹, fuhr es ihm durch den Kopf. ›Das Pferd wird mich auf den Weg führen, vielleicht kann ich es auch noch einfangen. Nur nicht zu hastig, sonst komme ich außer Atem, und dann bin ich endgültig verloren.‹ Aber er begann trotzdem zu laufen, fiel immer wieder hin, stand auf und fiel von neuem. An Stellen, wo der Schnee nicht tief lag, war die Spur des Pferdes kaum noch zu erkennen. ›Es ist um mich geschehen‹, dachte Wasilij Andrejitsch, ›jetzt verliere ich auch diese Spur noch und kann das Pferd nicht mehr einholen.‹

Aber im selben Augenblick sah er etwas Schwarzes vor sich. Das war der Braune, und nicht nur der Braune, sondern auch der Schlitten mit der aufgerichteten Deichsel und dem Tuch. Der Braune stand jetzt nicht mehr auf seinem früheren Platz, sondern näher an der Deichsel; das Rückenpolster und der Umlaufriemen waren ganz schief gerutscht, und er schlug mit dem Kopf, den ihm der Zügel, auf den er getreten war, nach unten zog. Es stellte sich heraus, daß Wasilij Andrejitsch in derselben Vertiefung steckengeblieben war wie vorher zusammen mit Nikita; das Pferd hatte ihn zum Schlitten zurückgebracht, und die Stelle, wo er vom Pferd gesprungen war, war nicht mehr als fünfzig Schritte von dem Schlitten entfernt.

9

Wasilij Andrejitsch schleppte sich zu dem Schlitten, hielt sich daran fest und stand lange da, ohne sich zu rühren, bemüht, sich zu beruhigen und wieder zu Atem zu kommen. Nikita war nicht mehr an seinem früheren Platz, aber im Schlitten lag etwas tief Verschneites, und Wasilij Andrejitsch erriet, daß das Nikita war. Wasilij Andrejitschs Furcht war jetzt vollkommen verschwunden, und wenn er etwas fürchtete, so war es nur jener entsetzliche Angstzustand, den er auf dem Pferd und besonders in dem Augenblick empfunden hatte, als er allein in der Schneegrube zurückgeblieben war. Von dieser Angst mußte er sich um jeden Preis frei halten, und deshalb mußte er irgend etwas tun, sich irgendwie ablenken. Er stellte sich mit dem Rücken zum Wind und machte seinen Pelz auf. Dann, sobald er ein wenig zu Atem gekommen war, schüttelte er den Schnee aus den Stiefeln und aus dem linken Handschuh. Der rechte war rettungslos verloren und steckte wohl schon irgendwo zwei Spannen tief unter dem Schnee. Hierauf band er sich den Gurt tief unten um den Pelz, so, wie er sich zu gürten pflegte, wenn er aus seinem Laden trat, um das von den Bauern gebrachte Getreide vom Wagen zu kaufen. Dann machte er sich ans Werk. Das erste, was ihm nötig schien, war, das Bein des Pferdes frei zu machen. Er zog den Zügel unter dem Huf des Pferdes hervor, band den Braunen wieder an die eiserne Krampe am Vorderteil des Schlittens und trat dann von hinten an ihn heran, um den Umlaufriemen, das Rückenpolster und den Sack in Ordnung zu bringen. Aber in diesem Augenblick sah er, daß sich im Schlitten etwas bewegte, und Nikitas Kopf hob sich aus der Schneedecke. Er war schon ganz erstarrt und brachte es offenbar nur mit großer Anstrengung fertig, sich aufzurichten und hinzusetzen; darauf machte er mit der Hand ganz seltsame Bewegungen vor seiner Nase, wie wenn er Fliegen wegjagen wollte, und sagte etwas. Wasilij Andrejitsch war es, als riefe ihn Nikita an. Er ließ den Sack, wie er war, und trat zum Schlitten.

»Was willst du?« fragte er. »Was sagst du?«

»Ich... ich sterbe, das ists«, sagte Nikita mühsam. »Meinen Lohn geben Sie meinem Jungen oder meiner Frau, ganz gleich.«

»Was hast du denn? Sind dir die Glieder erfroren?« fragte Wasilij Andrejitsch.

»Der Tod kommt, ich fühle es... verzeih mir, um Christi willen«, sagte Nikita mit weinerlicher Stimme und fuchtelte unaufhörlich mit den Händen vor seinem Gesicht umher, als wollte er Fliegen verscheuchen.

Wasilij Andrejitsch stand etwa eine halbe Minute stumm und unbeweglich da; dann trat er plötzlich mit derselben Entschlossenheit, mit der er bei einem vorteilhaften Kauf einzuschlagen pflegte, einen Schritt zurück, streifte die Ärmel seines Pelzes auf und begann mit beiden Händen den Schnee von Nikita und aus dem Schlitten wegzuscharren. Dann löste er hastig seinen Gurt, schlug den Pelz auseinander, drückte Nikita nieder, legte sich auf ihn und bedeckte ihn nicht nur mit seinem Pelz, sondern auch mit seinem ganzen warmen, erhitzten Körper. Mit den Händen stopfte er die Schöße seines Pelzes zwischen die Bastwand des Schlittens und Nikitas Leib, hielt den Saum des Pelzes mit den Knien fest und blieb ruhig auf dem Bauch liegen, den Kopf an die

Wand des Vorderteils gelehnt. Jetzt hörte er weder die Bewegungen des Pferdes noch das Pfeifen des Sturms, er horchte auf Nikitas Atmen. Nikita lag lange unbeweglich da, dann seufzte er laut und begann sich zu rühren.

»Na, siehst du wohl! Und da redest du vom Sterben! Lieg ganz still und wärme dich, so machen wirs...« sagte Wasilij Andrejitsch.

Aber zu seiner großen Verwunderung konnte er nicht weitersprechen, weil ihm Tränen in die Augen traten und sein Unterkiefer zuckte. Er hörte auf zu sprechen und schluckte nur das, was ihm in die Kehle kam, hinunter. ›Das hat mich ja gehörig mitgenommen, ich bin ganz schwach geworden‹, dachte er. Aber diese Schwäche war ihm nicht unangenehm, im Gegenteil, sie erweckte ein so freudiges Gefühl in ihm, wie er es noch nie empfunden hatte.

›So machen wirs‹, sagte er zu sich selbst und empfand dabei eine seltsam feierliche Rührung. Er lag ziemlich lange schweigend da, wischte sich die Augen an dem Pelz ab und stopfte den rechten Schoß seines Pelzes, den der Wind immer wieder zurückschlug, unter sein Knie.

Aber er hatte ein leidenschaftliches Verlangen, mit irgend jemand über seinen freudigen Gemütszustand zu sprechen.

»Nikita!« rief er.

»Mir ist wohl und ganz warm«, klang es von unten.

»Ja, Bruder, beinahe wäre ich umgekommen. Du wärst erfroren und ich wäre...«

Aber hier begannen seine Kinnbacken wieder zu zittern, und seine Augen füllten sich erneut mit Tränen, und er konnte nicht weiterreden.

›Na, das macht nichts‹, dachte er, ›ich weiß ja selbst, was ich weiß.‹

Und er verstummte und lag lange schweigend da.

Es war ihm warm, von unten her durch Nikita, von oben

her durch den Pelz. Nur die Hände, mit denen er die Schöße des Pelzes rechts und links von Nikitas Körper festhielt, und die Füße, von denen der Wind fortwährend den Pelz zurückschlug, begannen zu erstarren. Die rechte Hand ohne Handschuh fror ganz besonders. Aber er dachte weder an seine Beine noch an seine Arme, sondern nur daran, wie er den unter ihm liegenden Knecht warmhalten könne.

Einige Male warf er einen Blick auf das Pferd und sah, daß sein Rücken unbedeckt war und daß der Sack und der Umlaufriemen im Schnee lagen; er hätte aufstehen und das Pferd zudecken müssen, aber er konnte sich nicht entschließen, Nikita auch nur für einen Augenblick allein zu lassen und den freudigen Gemütszustand, in dem er sich befand, zu stören. Jetzt empfand er nicht mehr die leiseste Angst. Er war davon überzeugt, daß es ihm gelingen werde, Nikita warm zu halten, und sagte sich mit derselben Ruhmredigkeit, mit der er von seinen Käufen und Verkäufen zu erzählen pflegte: ›Keine Bange, das werden wir schon hinkriegen!‹

So lag Wasilij Andrejitsch eine Stunde, eine zweite, eine dritte, aber er merkte nicht, wie die Zeit verging. Anfangs stürmten Gedanken an die Dinge auf ihn ein, die vor seinen Augen flimmerten: an den Schneesturm, an die Deichselstange, an das Pferd unter dem Krummholz und an Nikita, der unter ihm lag. Dann mischten sich Erinnerungen an den Feiertag hinein, an seine Frau, an den Polizeihauptmann, an den Kerzenkasten und wieder an Nikita, der nun unter diesem Kasten lag. Dann sah er Bauern vor sich, die kauften und verkauften, und weiße Wände und Häuser mit Blechdächern, und unter den Häusern lag Nikita. Dann verwirrte sich das alles, eins ging ins andere über, und wie die Farben des Regenbogens sich zu einem einheitlichen weißen Licht verbinden, so flossen alle diese Eindrücke in ein einziges Nichts zusammen, und er schlief ein. Lange Zeit lag er in tiefem, traumlosem Schlaf, aber gegen Morgen begann er wieder zu träumen. Es war ihm, als stände er bei seinem Kerzenkasten, und die Frau des Bauern Tichon verlangte zum Feiertag eine Kerze für fünf Kopeken; er will die Kerze herausnehmen und sie ihr geben, aber er kann die Hände nicht heben; die stecken zusammengeballt in den Taschen. Er will um den Kasten herumgehen, aber seine Beine bewegen sich nicht, und die neuen, sauberen Überschuhe sind an den steinernen Fußboden angewachsen, und er kann sie nicht heben und auch nicht die Füße herausziehen. Und auf einmal ist der Kerzenkasten kein Kerzenkasten mehr, sondern ein Bett, und Wasilij Andrejitsch sieht sich mit dem Bauch auf dem Kerzenkasten liegen, das heißt: auf seinem Bett in seinem Haus. Er liegt auf dem Bett und kann nicht aufstehen, aber er muß doch aufstehen, denn gleich wird ihn der Polizeihauptmann Iwan Matwejitsch abholen, und er muß mit Iwan Matwejitsch weggehen, entweder um mit dem Gutsbesitzer um den Wald zu handeln oder um den Umlaufriemen an dem Braunen in Ordnung zu bringen. Und er fragt seine Frau: ›Mikolawna, ist der Polizeihauptmann noch nicht da?‹ –

›Nein‹, antwortet sie, ›er ist noch nicht gekommen.‹ Und er hört, wie jemand an der Haustür vorfährt. Das muß er sein! Nein, er fährt vorbei. ›Mikolawna, he, Mikolawna, kommt er denn immer noch nicht?‹ – ›Nein.‹ Und er liegt auf dem Bett und kann nicht aufstehen, er wartet, und dieses Warten ist bedrückend und stimmt ihn gleichzeitig froh. Und plötzlich eine große Freude: der, auf den er gewartet hat, kommt, und es ist gar nicht Iwan Matwejitsch, sondern ein anderer, aber doch gerade der, auf den er wartet. Er kommt und ruft ihn bei seinem Namen, und der, der ihn ruft, ist derselbe, der ihn vorhin angerufen und ihn geheißen hat, sich auf Nikita zu legen. Und Wasilij Andrejitsch freut sich, daß dieser Jemand gekommen ist, um ihn abzuholen.

›Ich komme!‹ ruft er freudig, und dieser Ausruf weckt ihn auf. Er erwacht, aber er ist ein ganz anderer als der, der er beim Einschlafen gewesen war. Er will aufstehen und kann es nicht, er will den Arm bewegen und kann es nicht, das Bein, auch das kann er nicht. Er will den Kopf wenden – auch das kann er nicht. Er ist darüber erstaunt, aber in keiner Weise betrübt. Er begreift, daß das der Tod ist, aber auch darüber grämt er sich nicht im geringsten. Er erinnert sich daran, daß Nikita unter ihm liegt und warm geworden ist und lebt, und es kommt ihm vor, als wäre er Nikita und Nikita er selbst und als sei sein Leben nicht in ihm selbst, sondern in Nikita. Er lauscht gespannt und hört Nikitas Atmen, sogar ein schwaches Schnarchen. ›Nikita lebt, also lebe ich auch‹, sagt er sich triumphierend.

Er denkt an sein Geld, an seinen Laden, an sein Haus, seine Einkäufe und Verkäufe und an Mironows Millionen, und es fällt ihm schwer zu begreifen, warum dieser Mensch, der Wasilij Brechunow hieß, sich mit all diesen Dingen beschäftigt hat. ›Nun, er hat eben nicht gewußt, worauf es ankommt‹, denkt er von diesem Wasilij Brechunow. ›Ich habe es nicht gewußt, aber jetzt weiß ich es. Jetzt weiß ich es ganz sicher, jetzt weiß ich es.‹ Und wieder hört er den Ruf dessen, der ihn schon einmal gerufen hat. ›Ich komme, ich komme!‹ antwortet sein ganzes Wesen freudig und gerührt. Und er fühlt, daß er frei ist, daß ihn nichts mehr zurückhält.

Und Wasilij Andrejitsch sah und hörte und fühlte nichts mehr in dieser Welt.

Ringsum tobte noch immer der Schneesturm. Unverändert wirbelte der Schnee und bedeckte den Pelz des toten Wasilij Andrejitsch und den am ganzen Körper zitternden Braunen und den kaum noch sichtbaren Schlitten und den warmgewordenen Nikita, der tief unten im Schlitten unter seinem toten Herrn lag.

Gegen Morgen erwachte Nikita. Die Kälte, die ihm wieder in den Rücken zu dringen begann, weckte ihn auf. Er hatte geträumt, er komme mit einer Fuhre Mehl von der Mühle, verfehle die Brücke über den Bach und bleibe mit der Fuhre stecken. Er kriecht unter die Fuhre und versucht sie zu heben, indem er den Rücken dagegen stemmt. Aber seltsam! Die Fuhre bewegt sich nicht und haftet fest an seinem Rükken, und er kann die Fuhre nicht heben und auch nicht wieder herauskriechen. Sie hat ihm das ganze Rückgrat zerquetscht, und sie ist eiskalt. Aber er muß herauskriechen. ›Na, jetzt ists genug‹, sagte er zu dem, der ihm die Fuhre auf den Rücken preßt, ›nimm die Säcke herunter!‹ Aber die Fuhre wird immer kälter und drückt ihn immer schlimmer, und plötzlich hört er ein sonderbares Klopfen, kommt zu sich und erinnert sich an alles Geschehene. Die kalte Fuhre, das war sein erfrorener, toter Herr, der auf ihm liegt. Und geklopft hatte der Braune, der zweimal mit den Hufen gegen den Schlitten geschlagen hatte.

»Andrejitsch, he, Andrejitsch!« ruft Nikita, der schon die Wahrheit ahnt, vorsichtig seinen Herrn an und krümmt den Rücken, um in die Höhe zu kommen.

Aber Andrejitsch antwortet nicht, und sein Bauch und seine Beine sind steif und kalt, schwer wie Bleigewichte.

›Er ist wohl gestorben. Gott gebe ihm die ewige Seligkeit!‹ denkt Nikita.

Er dreht den Kopf ein paarmal hin und her, gräbt sich mit der Hand durch den Schnee und öffnet die Augen. Es ist schon hell. Der Wind pfeift immer noch um die Deichselstangen, es schneit immer noch, nur mit dem Unterschied, daß der Schnee jetzt nicht mehr gegen die Bastwand des Schlittens peitscht, sondern lautlos Schlitten und Pferd immer höher und höher bedeckt und keine Bewegung und kein Atmen des Pferdes mehr zu hören ist. ›Der Braune ist wohl auch erfroren‹, denkt Nikita. Und wirklich, die Hufschläge, die Nikita aufgeweckt hatten, waren die letzten Anstrengungen des schon ganz erstarrten Braunen gewesen, sich auf den Beinen zu halten.

›Vater im Himmel, jetzt rufst du auch mich‹, denkt Nikita.

›Dein heiliger Wille geschehe. Aber mir ist doch bange. Nun, zweimal braucht man nicht zu sterben, und daß man einmal stirbt, ist unvermeidlich. Wenns nur schnell geht...‹ Und er steckt seine Hand wieder unter den Mantel, schließt die Augen und verliert das Bewußtsein, völlig überzeugt, daß er jetzt sicher sterben werde.

Es war schon Mittag, als Bauern mit Schaufeln Wasilij Andrejitsch und Nikita ausgruben, achtzig Schritt von der Landstraße und eine halbe Werst vom Dorf entfernt.

Der Schnee lag höher, als der Schlitten war, aber die Deichselstangen und das Tuch daran waren noch zu sehen. Der Braune stand bis an den Bauch im Schnee, der Umlaufriemen und der Sack waren ihm vom Rücken heruntergerutscht, er war ganz weiß und hielt den toten Kopf gegen den erstarrten Kehlkopf gedrückt. In den Nüstern steckten Eisstücke, die Augen waren bereift und wie mit gefrorenen Tränen überzogen. Das Pferd war in der einen Nacht so abgemagert, daß nur noch Haut und Knochen übriggeblieben waren. Wasilij Andrejitschs Körper war starr wie der eines geschlachteten, gefrorenen Rindes, und in derselben Haltung, in der er im Schlitten gelegen hatte – mit gespreizten Beinen –, wurde er von Nikita herabgewälzt. Die vorstehenden Habichtsaugen waren fest gefroren, der offene Mund unter dem kurzgeschnittenen Schnurrbart war mit Schnee vollgestopft. Nikita hingegen war zwar völlig erstarrt, aber noch am Leben. Als man ihn aufweckte, war er überzeugt, daß er bereits gestorben sei und daß alles, was jetzt mit ihm geschah, nicht mehr in dieser, sondern in jener Welt vorgehe. Als er das Geschrei der Bauern hörte, die ihn ausgruben und Wasilij Andrejitschs Leichnam von ihm herunterwälzten, war er zuerst darüber erstaunt, daß in jener Welt die Bauern genauso schrien und daß er denselben Körper habe wie auf Erden, aber als er begriffen hatte, daß er noch hier in dieser Welt sei, war er eher traurig als froh darüber, zumal er fühlte, daß ihm an beiden Füßen die Zehen erfroren waren.

Nikita lag zwei Monate im Krankenhaus. Drei Zehen wurden ihm abgenommen, aber die übrigen heilten, so daß er wieder arbeiten konnte. Er lebte noch zwanzig Jahre, zuerst als Knecht, dann in höherem Alter als Wächter. Gestorben ist er erst in diesem Jahr, in seinem Haus, wie er es sich gewünscht hatte, unter den Heiligenbildern und mit einer brennenden Kerze in der Hand. Vor seinem Tode bat er seine Frau um Verzeihung und verzieh ihr den Böttcher, nahm Abschied von seinem Sohn und seinen Enkeln und starb, aufrichtig erfreut darüber, daß er durch seinen Tod seinen Sohn und seine Schwiegertochter von der Last eines überflüssigen Essers befreie und daß er aus diesem Leben, das er satt hatte, nun wirklich in jenes andere Leben übergehe, das ihm von Jahr zu Jahr und von Stunde zu Stunde immer verständlicher und lockender geworden war. Ob es ihm dort, wo er nach diesem wirklichen Tod erwacht ist, besser oder schlechter geht, ob er sich enttäuscht gesehen oder das gefunden hat, was er zu finden erwartete – das werden wir alle bald erfahren.

Leinwandmesser

Immer höher und höher hob sich der Himmel, immer weiter breitete sich das Morgenrot aus, immer weißer wurde der matte Silberschimmer des Taus, immer blasser die Mondsichel, immer vernehmlicher das leise Rauschen des Waldes. Die Menschen standen von ihrem Lager auf, und im herrschaftlichen Gestüt hörte man die Pferde immer öfter schnauben und im Stroh stampfen. Sie wieherten kreischend und zornig, drängten sich zusammen und schienen um etwas zu streiten. »Na, na! Nur ruhig! Ihr habt wohl Hunger, was?« sagte der alte Pferdehüter und öffnete das knarrende Tor. »Wohin?« schrie er und jagte eine Stute zurück, die sich durch das Tor drängen wollte.

Der Pferdehüter Nestor trug einen Kosakenrock und einen rotgestickten Ledergurt; die Peitsche hatte er um die Schulter geschlungen, an seinem Gürtel hing ein Beutel mit Brot, in den Händen hielt er einen Sattel und einen Zaum.

Die Pferde waren über den spöttischen Ton des Pferdehüters weder erschrocken noch gekränkt, sie schienen sich nichts daraus zu machen und gingen ruhig von dem Tor weg. Nur eine alte dunkelbraune Stute mit dichter Mähne legte das eine Ohr an und drehte sich schnell auf der Hinterhand herum. Eine junge Stute, die ganz hinten stand und die das alles nichts anging, wieherte schrill und schlug nach dem ersten besten Pferd in ihrer Nähe aus.

»Na, na!« schrie der Pferdehüter noch lauter und drohender und ging in eine Ecke des Hofes.

Von allen Pferden auf dem Hof – es mochten etwa hundert

sein – zeigte die geringste Ungeduld ein scheckiger Wallach. Er stand allein in der Ecke eines offenen Schuppens und leckte mit zusammengekniffenen Augen an einem Eichenpfosten. Es war schwer zu sagen, ob der Wallach einen besonderen Genuß davon hatte – jedenfalls machte er eine ernste, nachdenkliche Miene.

»Hör auf, du Narr!« rief ihm der Pferdehüter in demselben Ton zu, ging auf ihn zu und legte den Sattel und die fettglänzende Schweißdecke neben ihn auf einen Düngerhaufen. Der scheckige Wallach hörte auf zu lecken, blieb regungslos stehen und sah den Pferdehüter lange an. Er lachte nicht, er wurde nicht zornig, er machte keine finstere Miene, er schüttelte nur den ganzen Leib und wandte sich mit einem tiefen Seufzer ab. Der Pferdehüter faßte ihn um den Hals und legte ihm den Zaum an.

»Was seufzst du denn?« fragte Nestor.

Der Wallach wedelte mit dem Schweif, als wollte er sagen: ›Nur so, Nestor, es ist nichts weiter.‹ Nestor legte ihm die Schweißdecke und den Sattel auf, wobei der Wallach die Ohren zurücklegte, wohl um sein Mißvergnügen auszudrücken, aber er wurde dafür nur »Aas!« geschimpft, und der Gurt wurde festgezogen. Der Wallach blies sich auf, aber Nestor steckte ihm einen Finger ins Maul und stieß ihn mit dem Knie gegen den Bauch, so daß er ausatmen mußte. Als Nestor dann den Gurt mit den Zähnen anzog, legte der Wallach wieder die Ohren zurück und sah sich sogar um. Er wußte zwar, daß ihm das nichts half, hielt es aber doch für nötig zu zeigen, daß ihm das unangenehm sei und daß er das immer zeigen werde. Als er gesattelt war, setzte er den geschwollenen rechten Vorderfuß seitwärts und begann am Gebiß zu kauen, auch wieder mit irgendeinem besonderen Hintergedanken, denn er mußte schon längst wissen, daß das Gebiß keinen Geschmack hat.

Nestor stieg mittels des kurzen Steigbügels auf den Wallach, wickelte die Peitsche los, zog seinen Rockschoß unter dem Knie hervor, setzte sich in der besonderen Art der Kutscher, Jäger und Pferdehüter im Sattel zurecht und zog die Zügel an. Der Wallach hob den Kopf und bekundete damit seine Bereitwilligkeit zu gehen, wohin man ihm befehlen würde, rührte sich aber nicht vom Fleck. Er wußte, daß sein Reiter noch ein großes Geschrei machen und dem anderen Pferdehüter Waska und den Pferden noch allerlei Befehle erteilen würde, ehe es losging. Tatsächlich begann Nestor zu schreien: »Waska, he, Waska! Hast du die Mutterstuten herausgelassen? Wohin, du Waldschrat? He! Du schläfst wohl? Mach das Tor auf, laß die Mutterstuten vorausgehen ...«

Das Tor knarrte. Ein Pferd am Zügel haltend, stand Waska verdrossen und schläfrig am Pfosten und ließ die Pferde hinaus. Die Pferde gingen behutsam durch das Stroh, schnupperten daran, und nacheinander kamen heraus junge Stuten, Jährlinge mit kurzgeschnittener Mähne, Fohlen und schwerfällige Mutterstuten, die ihre Leiber vorsichtig durch das Tor trugen. Die jungen Stuten drängten sich bisweilen zu zweien und dreien zusammen, legten einander den Kopf auf den Rücken und fielen am Tor in einen leichten Trab, wofür sie jedesmal von den Pferdehütern beschimpft wurden. Die Fohlen liefen manchmal zu den Beinen fremder Mutterstuten und antworteten mit hellem Wiehern auf den kurzen Lockruf ihrer Mütter.

Dicht vor dem Tor bog eine junge übermütige Stute den Kopf nach unten und zur Seite, schlug aus und kreischte auf, aber sie wagte doch nicht, die alte graue Fliegenschimmelstute Schuldyba zu überholen, die mit ruhigem, schwerfälligem Schritt und schaukelndem Bauch würdevoll wie immer vor den anderen Pferden herging.

Nach einigen Minuten lag der vorher so belebte Hof traurig und verlassen da. Trübselig ragten die Pfosten unter dem leeren Schuppen auf, und überall war nur zertretenes, mit Mist vermengtes Stroh zu sehen. Diese Leere war für den scheckigen Wallach zwar ein altgewohntes Bild, schien ihn aber doch traurig zu stimmen. Langsam, als wollte er Verbeugungen machen, senkte und hob er den Kopf, seufzte, soweit es ihm der fest angezogene Sattelgurt erlaubte, und hinkte, den alten Nestor auf dem knochigen Rücken, mit seinen krummen Beinen mühsam hinter der Herde her.

›Ich weiß schon: sobald wir auf die Landstraße kommen, wird er Feuer schlagen und sein hölzernes Pfeifchen mit dem Messingbeschlag und dem Kettchen anzünden‹, dachte der Wallach. ›Das freut mich, denn frühmorgens, wenn alles mit Tau bedeckt ist, habe ich diesen Geruch sehr gern, und er weckt auch viele angenehme Erinnerungen. Ärgerlich ist nur, daß der Alte sich Gott weiß was einbildet, sobald er seine Pfeife zwischen den Zähnen hat; dann kommt er sich vor wie ein Held und muß unbedingt schief im Sattel sitzen. Und gerade auf *der* Seite, wo es mir weh tut. Nun, meinetwegen, es ist mir nichts Neues, daß ich leiden muß, damit andere ihr Vergnügen haben. Ich finde sogar schon eine Art Pferdevergnügen daran. Mag er ruhig großtun, der arme Kerl! Er spielt ja nur den Helden, wenn ihn keiner sieht. Meinetwegen kann er auch schief sitzen‹, dachte der Wallach und trottete vorsichtig auf seinen krummen Beinen in der Mitte der Straße dahin.

2

Als Nestor die Herde zum Fluß getrieben hatte, wo sie weiden sollte, saß er ab und nahm den Sattel herunter. Unterdessen begann sich die Herde langsam über die noch nicht zertretene Weide zu verteilen, die mit dem Tau und dem

Dunst bedeckt war, die von der Wiese und vom Fluß aufstiegen.

Nestor nahm dem Schecken den Zaum ab und kraulte ihn am Hals, worauf der Wallach zum Zeichen seiner Dankbarkeit und Zufriedenheit die Augen schloß. »Das hat er gern, der alte Hund!« sagte Nestor. Aber der Wallach hatte dieses Kraulen gar nicht gern, er tat nur aus Zartgefühl so, als sei es ihm angenehm, und schüttelte den Kopf, um sein Einverständnis auszudrücken. Aber plötzlich stieß Nestor den Kopf des Wallachs ohne jeden Grund und ohne jede Vorbereitung zurück – er dachte vielleicht, eine allzugroße Familiarität könnte bei dem Schecken falsche Vorstellungen von seinem eigenen Wert erwecken –, holte mit dem Zügel aus und schlug den Wallach sehr schmerzhaft mit der Schnalle ans Bein. Dann ging er, ohne ein Wort zu sagen, die Anhöhe hinauf zu dem Baumstumpf, neben dem er sich gewöhnlich niederließ.

Diese Behandlung kränkte den Schecken, aber er ließ es sich nicht anmerken. Er schwenkte langsam den fast kahlen Schweif, schnupperte hier und da, rupfte ein wenig Gras ab, um sich zu zerstreuen, und ging zum Fluß. Er kümmerte sich nicht im geringsten darum, was die jungen Stuten, die jährigen Hengste und die Fohlen in ihrer Freude über den schönen Morgen anstellten, und da er wußte, daß es, namentlich in seinem Alter, das gesündeste war, zuerst auf nüchternen Magen einen ordentlichen Schluck zu trinken und dann erst zu fressen, suchte er sich am Ufer eine leicht abschüssige freie Stelle, ging so weit in den Fluß, daß Hufe und Kötenhaare naß wurden, steckte das Maul ins Wasser und begann mit seinen zerrissenen Lippen zu trinken. Dabei bewegte er die Flanken, die allmählich voller wurden, und wedelte mit der kahlen Rübe seines dünnen, scheckigen Schweifes.

Eine mutwillige braune Stute, die den Alten immer hänselte und ihm allerlei Schabernack spielte, kam auf ihn zu und tat, als wollte sie trinken, doch trübte sie ihm nur das Wasser vor der Nase. Aber der Schecke hatte sich schon satt getrunken und schien die Absicht der braunen Stute gar nicht zu bemerken; er zog seine Beine, die tief in den weichen Boden eingesunken waren, ruhig eins nach dem andern heraus, schüttelte den Kopf, ging ein Stück weit von der Jugend weg und begann zu fressen. Er spreizte die Beine bald auf diese, bald auf jene Weise, um nicht unnötig viel Gras zu zertreten, und fraß volle drei Stunden lang, fast ohne den Kopf zu heben. Als er sich so vollgefressen hatte, daß ihm der Bauch wie ein Sack von den mageren, derben Rippen herunterhing, stellte er sich gleichmäßig auf alle vier kranken Beine, um möglichst wenig Schmerzen zu spüren, besonders im rechten Vorderbein, das am schwächsten war. Dann nickte er ein.

Es gibt ein würdevolles Greisenalter, es gibt ein häßliches und ein klägliches. Manchmal ist das Greisenalter auch häßlich und würdevoll zugleich. Von dieser Art war das Greisenalter des scheckigen Wallachs.

Der Wallach war von hohem Wuchs, nicht weniger als zwei Arschin drei Werschok. Früher war er schwarzscheckig gewesen, aber jetzt hatten die schwarzen Flecken eine schmutzigbraune Färbung angenommen. Er hatte drei dunkle Flecke: einen am Kopf mit einer schiefen Blesse auf der Nase, der bis zur Mitte des Halses reichte. Die lange Mähne – ganz voll Kletten – war an manchen Stellen weiß, an anderen braun. Der zweite Fleck zog sich an der rechten Seite bis zur Mitte des Bauches hin, der dritte Fleck war auf der Kruppe und reichte bis zum oberen Teil des Schwanzes und bis zur Mitte der Schenkel. Der übrige Teil des Schwanzes war weißlichbunt. Der große, knochige Kopf mit den eingefallenen Stellen über den Augen und der herabhängenden, eingerissenen schwarzen Unterlippe hing schwer und tief an dem vor Magerkeit krummen Hals herunter, der aussah, als wäre er aus Holz. Hinter der hängenden Unterlippe sah man die seitlich zwischen die Zähne geklemmte schwärzliche Zunge und die gelben Stummel der abgekauten Unterzähne. Die Ohren, deren eines zerrissen war, hingen tief herunter und bewegten sich nur von Zeit zu Zeit lässig, um die zudringlichen Fliegen zu verscheuchen. Hinter dem einen Ohr hing ein langes Büschel Schopfhaar herab, die fast kahle Stirn war eingesunken und rauh, an den breiten Unterkiefern hing die Haut wie ein Sack herunter. An Hals und Kopf waren die Adern zu Knoten verflochten, die bei jeder Berührung durch eine Fliege zuckten und zitterten. Das ernste Gesicht hatte einen geduldigen, tiefnachdenklichen, gequälten Ausdruck. Die Vorderbeine des Wallachs waren an den Knien bogenförmig gekrümmt, an beiden Hufen waren Geschwülste, und an dem einen, bis zur Mitte schwarzbraunen Vorderbein saß eine faustgroße Beule dicht am Knie. Die Hinterbeine waren weniger schwach, aber an den Schenkeln, wo kein Haar mehr nachwuchs, schon seit langer Zeit abgescheuert. Die Beine wirkten bei der Magerkeit des Rumpfes unverhältnismäßig lang. Die Rippen waren zwar kräftig und derb, zeichneten sich aber so deutlich unter dem Fell ab, daß es aussah, als wäre die Haut in den Vertiefungen dazwischen angetrocknet. Widerrist und Rücken waren mit Spuren alter Hiebe übersät, und hinten war eine frische Schramme, die geschwollen war und eiterte; die fast kahle schwarze Schweifrübe mit den deutlich erkennbaren Wirbeln stand von der Kruppe ab. Auf der braunen Hinterhand, nicht weit vom Schwanz, war eine mit weißen Haaren bewachsene handgroße Wunde, die anscheinend von einem Biß herrührte, und am Schulterblatt sah man eine zweite, schon vernarbte Wunde. Hinterbeine und Schweif waren infolge steter Magenverstimmung unsauber, das kurze, struppige Haar des Fells stand am ganzen Körper in die Höhe. Aber trotz seines abstoßenden, greisenhaften Aussehens wurde man unwillkürlich nachdenklich, wenn man dieses Pferd näher betrachtete, und ein Kenner hätte sofort gesagt, das müsse seinerzeit ein auffallend schönes Pferd gewesen sein.

Ein Kenner hätte sogar gesagt, daß es in Rußland nur *eine* Pferderasse gebe, die ein so breites Knochengerüst habe, diese gewaltigen Schenkelknochen, diese Hufe, diese schlanken Beine und diesen fein gebogenen Hals, und vor allem diese Kopfform, diese großen, schwarzen, leuchtenden Augen, die rassigen Aderklümpchen an Kopf und Hals und ein so feines, dichtes Fell. In der Tat, es lag etwas Würdevolles in der Gestalt des Pferdes, an dem alle Merkmale der Gebrechlichkeit, durch das gescheckte Fell noch betont, sich in erschreckender Weise mit einem Ausdruck von Selbstvertrauen und dem ruhigen Bewußtsein der eigenen Schönheit vereinigten.

Wie eine lebende Ruine stand das Pferd einsam mitten auf der taunassen Wiese, und in seiner Nähe lärmte es vom Stampfen, Schnauben und dem jugendfrohen Wiehern und Kreischen der weit zerstreuten Herde.

3

Die Sonne stand schon über dem Wald und blitzte hell auf dem Gras und auf den Windungen des Flusses. Der Tau trocknete und sammelte sich in Tropfen, wie leichter Rauch zerrann der letzte Morgennebel. Krause Wölkchen erschienen am Himmel, aber es ging noch kein Wind. Jenseits des Flusses stand dichter grüner Roggen, der bereits Ähren ansetzte, und es roch nach frischem Grün und Blumen. Aus dem Wald rief der Kuckuck, und Nestor, der lang auf dem Rücken lag, zählte, wie viele Jahre er noch leben werde. Die Lerchen stiegen über dem Roggenfeld und über der Wiese empor. Ein verspäteter Hase, der zwischen die Pferde geraten war, rettete sich in großen Sprüngen, setzte sich neben einen Busch und lauschte. Waska schlief, den Kopf ins Gras gedrückt, die um ihn weidenden jungen Stuten entfernten sich langsam von ihm und zerstreuten sich in der Niederung. Auch die älteren Stuten schritten weiter, leise schnaubend und eine helle Spur im Tau hinter sich lassend, und wählten immer solche Stellen aus, wo niemand sie stören konnte; aber sie weideten nicht mehr, sondern fraßen nur noch manchmal ein paar schmackhafte Halme. Die ganze Herde bewegte sich unmerklich in einer Richtung. Wieder schritt die alte Schuldyba den anderen würdevoll voran und machte ihnen auf diese Weise klar, daß man weiter weggehen konnte. Die junge Rappstute Muschka, die zum ersten Mal gefohlt hatte, wieherte ununterbrochen, hob den Schweif und schnaubte ihrem lilafarbenen Füllen zu, das mit zitternden Knien unbeholfen seine Mutter umkreiste. Die junge braune Lastotschka mit dem glatten, wie Atlas glänzenden Fell senkte den Kopf so tief, daß der schwarze seidige Haarschopf ihr in Stirn und Augen fiel, spielte mit dem Gras, indem sie Hälmchen ausriß und wieder fallen ließ, und stampfte mit dem taufeuchten Fuß, an dem das Kötenhaar einen dichten Büschel bildete. Eines der älteren Fohlen hatte sich wohl ein neues Spiel ausgedacht: den kurzen, krausen Schweif wie einen Helmbusch aufgerichtet, jagte es schon zum sechsundzwanzigsten Mal um seine Mutter im Kreise herum, die die Manieren ihres Sohnes genau zu kennen schien, ruhig das Gras abrupfte und nur von Zeit zu Zeit mit dem großen schwarzen Auge nach dem Fohlen schielte. Eins der kleinsten Saugfohlen, ein schwarzes dickköpfiges Tierchen mit einem wie verwundert zwischen den Ohren gesträubten Haarschopf und kurzem Schwänzchen, das sich noch nach der Seite krümmte, nach der es im Mutterleib gekrümmt gewesen war, stand wie angewurzelt da, spitzte die Ohren und starrte mit stumpfem Blick ein anderes Fohlen an, das immer einen Sprung machte und dann rückwärts ging; es blieb unklar, ob das zuschauende Fohlen neidisch war oder sich überlegte, warum sich das andere wohl so benehme. Einige Fohlen schoben die Mäuler unter den Leib ihrer Mütter und saugten, andere liefen trotz aller Lockrufe der Muttertiere aus unerfindlichen Gründen in kurzem, ungeschicktem Trab davon, blieben dann unvermittelt stehen und stießen ein lautes, verzweifeltes Gewieher aus; andere lagen dicht nebeneinander auf der Seite, andere lernten Gras fressen, andere kratzten sich mit dem Hinterfuß hinter dem Ohr. Zwei trächtige Stuten hatten sich ein wenig von der Herde entfernt, gingen langsam weiter und fraßen immer noch. Man sah, daß ihr Zustand von den anderen respektiert wurde und keins von den jüngeren Pferden heranzukommen und sie zu stören wagte. Und wenn eine übermütige Stute doch auf den Einfall kam, sich ihnen zu nähern, genügte eine Bewegung des Ohrs und des Schweifs, um ihr die Unziemlichkeit ihres Betragens klarzumachen.

Die Jährlinge taten, als wären sie schon erwachsene, gesetzte Pferde, und erlaubten sich nur selten, ein paar Sprünge zu machen und sich einer lustigen Gesellschaft anzuschließen. Sie bogen ihre Schwanenhälse mit den geschorenen Mähnen, fraßen mit Anstand ihr Gras und schwenkten ihre kurzen Schwänzchen, als ob sie auch schon Schweife hätten. Ganz wie die Großen legten sich manche hin, wälzten sich oder kratzten einander. Die lustigste Gesellschaft bildeten die zwei- und dreijährigen Stuten. Sie gingen fast alle in einer gesonderten Gruppe und waren wie eine Schar fröhlicher junger Mädchen. Man hörte sie stampfen, kreischen, wiehern und schnauben. Sie drängten sich zusammen, legten einander die Köpfe auf die Schultern, beschnupperten sich, sprangen mit allen vieren in die Höhe und liefen manchmal mit erhobenem Schweif halb im Trab, halb im Paßgang stolz und kokett vor ihren Gefährtinnen her. Die schönste und zugleich die Anführerin dieser ganzen Jugend war eine mutwillige braune Stute. Die anderen machten ihre Streiche nach, und der ganze Haufen der Schönen lief hinter ihr her. Die übermütige Stute war an diesem Morgen ganz besonders zum Spielen aufgelegt und ganz besonders lustig, wie es ja auch bei Menschen vorkommt. Schon an der Tränke hatte sie den alten Schecken geneckt; dann lief sie am Wasser entlang, tat, als wäre sie vor irgend etwas erschrocken, prustete und rannte ins Feld hinaus, so daß Waska ihr und den anderen, die hinter ihr herliefen, nachgaloppieren mußte. Dann fraß sie ein bißchen und fing an, sich zu wälzen; darauf foppte sie die alten Stuten dadurch, daß sie dicht vor ihnen herging, dann trieb sie ein Füllen weg und lief ihm nach, als ob sie es beißen wollte. Die Mutter erschrak und hörte auf zu fressen; das Fohlen schrie mit kläglicher Stimme, aber die übermütige Stute rührte es überhaupt nicht an, sie hatte es nur erschrekken und ihren Freundinnen, die ihre Schelmenstreiche mit großem Interesse verfolgten, ein Schauspiel geben wollen. Dann kam sie auf den Einfall, einem kleinen Grauschimmel den Kopf zu verdrehen; der Graue stapfte weit drüben über dem Fluß an einem Roggenfeld entlang, auf seinem Rücken saß ein Bauer, und der Pflug schleifte hinterher. Sie wandte sich leicht zur Seite, blieb in stolzer Haltung stehen, hob den Kopf, schüttelte sich und ließ ein süßes, zärtliches, langgedehntes Wiehern hören. Mutwille, tiefe Empfindung und leise Trauer klangen aus diesem Wiehern, aber auch Sehnsucht, Liebesverheißung und Liebesweh.

Dort im dichten Schilf lief ein Wachtelkönig hin und her und rief mit leidenschaftlichem Schrei seine Gefährtin zu sich, Kuckuck und Wachtel ließen ihren Liebesruf erklingen, und die Blumen sandten mit dem Wind einander ihren duftenden Blütenstaub zu.

›Auch ich bin jung und schön und stark‹, sagte das Wiehern der übermütigen Stute, ›aber bisher war es mir nie vergönnt, die Süße jenes Gefühls zu kosten, mich hat noch nie ein Liebhaber gesehen, wahrhaftig noch kein einziger.‹

Und das vielsagende Gewieher klang voll jugendlicher Sehnsucht über Niederung und Feld und drang bis zu dem grauen Pferdchen in der Ferne. Es spitzte die Ohren und blieb stehen. Der Bauer stieß ihm den Bastschuh in die Flanke, aber der Grauschimmel war wie verzaubert von dem silberhellen Klang des fernen Wieherns und wieherte zur Antwort. Der Bauer wurde zornig, riß an den Zügeln und stieß ihm die Bastschuhe so heftig in die Weichen, daß er aufhörte zu wiehern und weiterging. Aber dem Grauschimmel war ganz weh und traurig ums Herz, und noch lange drangen von den fernen Roggenfeldern die Töne eines leidenschaftlichen Wieherns und die zornige Stimme des Bauern zu der Pferdeherde herüber.

Wenn der Grauschimmel von dem bloßen Klang dieser Stimme schon so hingerissen war, daß er seine Pflicht vergaß, was wäre dann erst mit ihm geschehen, wenn er die mutwillige Schöne in ihrer ganzen Gestalt gesehen hätte, wie sie die Ohren spitzte, mit geblähten Nüstern die Luft einzog und an dem ganzen jungen, schönen Leibe zitternd nach ihm rief?

Aber die übermütige Stute dachte nicht lange über den Eindruck nach, den sie hervorgerufen hatte. Als die Stimme des Grauschimmels verstummt war, wieherte sie noch einmal spöttisch, neigte den Kopf, scharrte mit dem Fuß in der Erde und lief dann zu dem scheckigen Wallach, um ihn aufzuwecken und zu foppen. Der Schecke wurde stets von diesen jungen Tieren gepeinigt und gehänselt und hatte von ihnen mehr zu leiden als von den Menschen. Er selbst tat weder den einen noch den anderen Böses. Die Menschen brauchten ihn und mißhandelten ihn, aber warum quälten ihn die jungen Pferde?

4

Er war alt, sie waren jung; er war mager, sie waren wohlgenährt; er war traurig, sie waren vergnügt. Folglich war er ein ganz fremdes, andersartiges Wesen, und sie konnten kein Mitleid mit ihm haben. Die Pferde haben nur mit sich selbst Mitleid und manchmal auch mit denen, in deren Haut sie sich hineinversetzen können. Aber der scheckige Wallach war doch nicht selber daran schuld, daß er alt und dürr und häßlich war. Man möchte meinen, daß es nicht seine eigene Schuld war, aber nach Ansicht der Pferde war er doch schuld daran, und nach dieser Ansicht waren immer nur die im Recht, die stark, jung und glücklich waren, die noch das ganze Leben vor sich hatten, die vor übermütiger Anstrengung mit jedem Muskel zitterten und den Schweif steil in die Höhe hoben. Der scheckige Wallach sah das vielleicht ein und gab in ruhigen Augenblicken zu, daß es seine eigene Schuld war, daß er sein Leben schon hinter sich hatte und nun dafür büßen mußte; aber er war trotz allem doch ein Pferd und konnte sich oft eines Gefühls von Kränkung, Kummer und Unwillen nicht erwehren, wenn er diese jungen Tiere ansah, die ihn für das bestraften, was am Ende ihres Lebens sie alle erwartete. Ein weiterer Grund für die Unbarmherzigkeit der Pferde war ein gewisses aristokratisches Gefühl. Jedes von ihnen führte seinen Stammbaum väterlicherseits oder mütterlicherseits auf die berühmte Smetanka zurück, während niemand wußte, wo der Schecke herstammte. Er war ein hergelaufener Gaul, vor drei Jahren für achtzig Papierrubel auf dem Jahrmarkt gekauft.

Die braune Stute tat, als ginge sie spazieren, lief ganz dicht an der Nase des alten Wallachs vorbei und versetzte ihm einen Stoß. Er wußte schon, wie das gemeint war, und legte, ohne die Augen zu öffnen, die Ohren zurück und fletschte die Zähne. Die Stute drehte ihm ihr Hinterteil zu und tat, als wollte sie nach ihm ausschlagen. Er öffnete die Augen und ging zu einer anderen Stelle. Er hatte keine Lust mehr zu schlafen und begann zu fressen. Wieder lief die übermütige braune Stute mit ihren Freundinnen auf den Wallach zu. Eine zweijährige Stute mit einer Blesse, ein sehr dummes Pferd, das der Braunen alles nachmachte, näherte sich mit ihr zusammen dem alten Schecken und versuchte die Braune noch zu überbieten, wie alle Nachahmer es tun. Die braune Stute ging stets auf den Wallach zu, als ob sie nur mit sich selbst beschäftigt wäre, und lief dann dicht an seiner Nase vorbei, ohne ihn anzusehen, so daß er wirklich nicht wußte, ob er sich ärgern sollte oder nicht, und das wirkte dann in der Tat höchst komisch. So machte es die Braune auch jetzt, aber die Blesse, die ihr folgte und besonders ausgelassen war, versetzte dem Wallach einen Stoß mit der Brust. Er fletschte wieder die Zähne, kreischte auf, stürzte mit einer Geschwindigkeit, die man ihm gar nicht zugetraut hätte, hinter ihr her und biß sie in den Oberschenkel. Die Blesse schlug mit beiden Hinterfüßen aus und traf den Alten schwer auf die mageren, vorstehenden Rippen. Der Alte ächzte vor Schmerz, wollte sich noch einmal auf sie stürzen, überlegte sichs aber anders, seufzte tief und ging zur Seite. Das ganze junge Volk der Herde schien die Frechheit, die sich der Schecke der Blesse gegenüber herausgenommen hatte, als persönliche Beleidigung aufzufassen; sie ließen ihn den ganzen Tag nicht mehr fressen und gönnten ihm keinen Augenblick Ruhe, so daß der Pferdehüter mehrmals einschreiten mußte und gar nicht begreifen konnte, was plötzlich in sie gefahren war. Der Wallach war so niedergeschlagen, daß er von selbst zu Nestor ging, als der Alte die Herde wieder nach Hause treiben mußte, und er fühlte sich glücklicher und ruhiger, als Nestor ihn sattelte und aufsaß.

Gott weiß, worüber der alte Wallach nachdachte, als er Nestor auf seinem Rücken nach Hause trug, ob er voller Bitterkeit an das freche, grausame junge Volk dachte oder mit dem verächtlichen, schweigsamen Stolz des Alters seinen Beleidigern verzieh – jedenfalls ließ er sich seine Gedanken nicht anmerken, bis sie zu Hause waren.

An diesem Abend hatte Nestor Besuch von seinen Verwandten bekommen, und als er die Herde an den Hütten der Gutsleute vorbeitrieb, sah er einen Wagen mit einem Pferd, das an der Vortreppe seines Hauses angebunden war. Als er die Herde eingetrieben hatte, hatte er es so eilig, daß er den Wallach mit dem Sattel auf dem Rücken im Hof stehen ließ, Waska zurief, er solle absatteln, das Tor zumachte und zu seinem Besuch lief. Ob es nun daher kam, daß der Schecke, dieses ›schäbige Subjekt‹, das auf dem Pferdemarkt gekauft war und weder Vater noch Mutter kannte, die Blesse, eine Urenkelin der berühmten Smetanka, beleidigt und dadurch das aristokratische Empfinden des ganzen Gestüts verletzt hatte, oder daher, daß der Wallach mit dem hohen Sattel ohne Reiter den Pferden ein seltsamer, phantastischer Anblick war – jedenfalls ereignete sich in dieser Nacht etwas Ungewöhnliches auf dem Pferdehof. Alle Pferde, junge und alte, liefen zähnefletschend hinter dem Wallach her, jagten ihn im Hof herum, und man hörte, wie sie ihn dröhnend gegen die Flanken schlugen und wie er ächzte. Der Wallach konnte das nicht mehr ertragen, konnte den Hufschlägen nicht mehr ausweichen. Er blieb mitten im Hof stehen, sein Gesicht drückte zuerst die abstoßende, ohnmächtige Wut des kraftlosen Greisenalters und dann tiefe Verzweiflung aus. Er legte die Ohren zurück, und plötzlich geschah etwas so Seltsames, daß alle Pferde ganz still wurden. Wjasopuricha, die älteste Stute, ging auf den Wallach zu, beschnupperte ihn und seufzte. Auch der Wallach seufzte.

. . . .

5

In der Mitte des monderhellten Hofes stand die hohe, hagere Gestalt des Wallachs mit dem hohen Sattel und dem Knopf am Sattelbogen. Regungslos und in tiefem Schweigen standen die Pferde um ihn herum, als ob sie etwas Neues, Ungewöhnliches von ihm erfahren sollten. Und sie erfuhren auch wirklich etwas Neues, Unerwartetes von ihm.

Was sie von ihm hörten, war folgendes

. . . .

Die erste Nacht

»Ja, ich bin ein Sohn von Ljubesnyj I. und Baba. Mein Name ist nach dem Stammbaum Muschik I. Nach dem Stammbaum heiße ich also Muschik I., im gewöhnlichen Leben aber Leinwandmesser. Diesen Beinamen haben mir die Leute wegen meines langen, weitausholenden Schritts gegeben, der in Rußland nicht seinesgleichen hatte. Was Abstammung angeht, gibt es auf der ganzen Welt kein Pferd, das edleren Geblüts wäre. Ich hätte euch das nie gesagt. Wozu auch? Ihr hättet mich ja doch nie erkannt, wie auch Wjasopuricha, die doch mit mir zusammen in Chrenowo war, mich erst jetzt wiedererkannt hat. Auch jetzt würdet ihr mir nicht glauben, wenn Wjasopuricha nicht mein Zeuge wäre. Ich hätte euch das niemals gesagt. Ich brauche kein Mitleid von den Pferden. Aber ihr habt es gewollt. Ja, ich bin jener Leinwandmesser, nach dessen Verbleib die Pferdekenner vergeblich forschen, jener Leinwandmesser, den der Graf selbst gekannt, aber aus seinem Gestüt verbannt hat, weil ich seinen Liebling Lebed überholt hatte.

. . . .

Als ich geboren wurde, wußte ich nicht, was ein Schecke ist, ich dachte, ich sein ein Pferd. Die erste Bemerkung, die über mein Fell gemacht wurde, erstaunte mich und meine Mutter sehr, wie ich mich noch genau erinnere. Ich wurde wahrscheinlich in der Nacht geboren; am Morgen stand ich, von meiner Mutter saubergeleckt, bereits auf den Füßen. Ich entsinne mich, daß ich immer ein Verlangen nach etwas spürte und daß mir alles höchst wunderlich und zugleich ganz selbstverständlich vorkam. Unsere Boxen lagen an einem langen, warmen Korridor und hatten Gittertüren, durch die man alles sehen konnte. Meine Mutter hielt mir das Euter hin, aber ich war noch so unerfahren, daß ich mit der Nase bald unter die Vorderbeine meiner Mutter, bald unter die Krippe stieß. Plötzlich wandte sich meine Mutter nach der Gittertür um, trat mit einem Bein über mich weg und ging zur Seite. Ein Stallknecht sah durch das Gitter in unsere Box herein.

›Ei, sieh mal an, Baba hat gefohlt!‹ sagte er und schob den Riegel zurück. Er kam herein, ging über das frische Stroh auf mich zu und umfaßte mich mit beiden Armen. ›Sieh mal, Taras‹, rief er, ›ein Schecke, die reinste Elster!‹

Ich riß mich los und fiel auf die Knie.

›So ein kleiner Teufel!‹ sagte er.

Meine Mutter wurde unruhig, machte aber keine Anstalten, mich zu schützen; sie seufzte nur schwer, ganz schwer und trat ein wenig zur Seite. Die Stallknechte kamen und betrachteten mich. Der eine lief den Stallmeister holen. Alle lachten, als sie mein scheckiges Fell sahen, und gaben mir allerlei sonderbare Namen. Der Sinn dieser Worte war nicht nur mir, sondern auch meiner Mutter unverständlich. Bisher war unter uns und allen meinen Verwandten kein einziger Schecke gewesen. Wir glaubten nicht, daß etwas Schlimmes dabei sei, denn meine Kraft und mein Körperbau wurden schon damals von allen gelobt.

›So ein flinkes Kerlchen!‹ sagte der Stallknecht. ›Man kann ihn kaum halten.‹

Nach einiger Zeit kam der Stallmeister; auch er wunderte sich über meine Farbe und schien sich sogar darüber zu ärgern.

›Von wem das kleine Scheusal das nur hat?‹ sagte er. ›Der General wird ihn sicher nicht im Gestüt behalten wollen. Ach, Baba, du hast mich schön angeführt‹, sagte er zu meiner Mutter. ›Wenn du wenigstens einen Bleß zur Welt gebracht hättest! Aber einen Schecken – nein!

Meine Mutter antwortete nicht und seufzte nur wieder, wie immer in ähnlichen Fällen.

›Zum Teufel, von wem er das nur hat? Wie ein Bauer sieht er aus‹, fuhr er fort. ›Im Gestüt können wir ihn nicht behalten, es ist eine wahre Schande! Aber er ist ein sehr gutes Pferd!‹ sagte er, und das sagten alle, die mich sahen. Nach ein paar Tagen kam auch der General selbst, um mich zu betrachten, und wieder waren alle ganz entsetzt und schimpften auf mich und auf meine Mutter wegen meines gescheckten Fells. ›Aber er ist ein sehr gutes Pferd!‹ sagte jeder, der mich sah.

Bis zum Frühjahr wohnte jedes Füllen bei seiner Mutter

im Stall der Mutterstuten, und erst als der Schnee auf den Dächern der Stallungen in der Sonne zu schmelzen begann, wurden wir manchmal mit unseren Müttern auf den großen, mit frischem Stroh belegten Hof hinausgelassen. Dort lernte ich zum ersten Mal alle meine Verwandten kennen, nähere und entferntere. Dort sah ich alle berühmten Stuten der damaligen Zeit mit ihren Füllen aus verschiedenen Türen herauskommen. Da war die alte Golandka, dann Muschka, eine Tochter von Smetanka, Krasnucha, das Reitpferd Dobrochoticha, lauter Berühmtheiten jener Zeit; alle versammelten sich mit ihren Fohlen auf dem Hof, gingen in der Sonne spazieren, wälzten sich auf dem frischen Stroh und beschnupperten einander wie ganz gewöhnliche Pferde. Den Anblick dieses Hofes, wo man die schönsten Stuten jener Zeit sah, habe ich bis auf den heutigen Tag nicht vergessen können. Es wird euch sonderbar vorkommen, daß auch ich einmal jung und feurig war, und doch war es so. Wjasopuricha, die ihr hier seht, war damals noch ein Jährling mit geschorener Mähne, ein reizendes, munteres, mutwilliges Pferdchen, aber – ich sage das nicht etwa, um sie zu kränken – sie gehörte damals zu den geringsten Pferden dieser Zucht, obwohl sie jetzt unter euch ihres edlen Blutes wegen für eine Seltenheit gilt.

Meine Buntscheckigkeit, die allen Menschen so sehr mißfiel, gefiel allen Pferden außerordentlich gut: alle umringten mich, bewunderten mich und spielten mit mir. Ich begann schon zu vergessen, was die Menschen über mein scheckiges Fell gesagt hatten, und fühlte mich sehr glücklich. Aber bald lernte ich den ersten Kummer meines Lebens kennen, und seine Ursache war meine Mutter. Als es zu tauen anfing, als die Spatzen unter den Dächern zwitscherten und als der Frühling immer stärker in der Luft zu spüren war, begann meine Mutter ihr Benehmen mir gegenüber zu ändern. Ihr ganzes Wesen war wie umgewandelt; bald begann sie plötzlich ohne jeden Anlaß zu spielen und im Hof umherzutollen, was zu ihrem gesetzten Alter ganz und gar nicht paßte, bald war sie tief in Gedanken und wieherte laut, bald biß und schlug sie die anderen Stuten, bald beschnupperte sie mich und schnaubte unzufrieden, bald legte sie, wenn wir draußen in der Sonne waren, ihren Kopf auf die Schulter ihrer Cousine Kuptschicha, rieb ihr lange nachdenklich den Rücken und stieß mich von ihrem Euter weg. Eines Tages kam der Stallmeister und ließ ihr ein Halfter anlegen, und dann wurde sie aus der Box hinausgeführt. Sie wieherte, ich antwortete und wollte ihr nachlaufen, aber sie sah sich nicht einmal nach mir um. In dem Augenblick, als sich die Tür hinter meiner Mutter schloß, packte mich der Stallknecht Taras mit beiden Händen und hielt mich fest. Ich riß mich los und warf den Stallknecht ins Stroh, aber die Tür war verschlossen, und ich hörte nur das Wiehern meiner Mutter, das sich immer weiter entfernte. Und in diesem Wiehern hörte ich keinen Ruf mehr, der mir galt, sondern etwas ganz anderes. Auf ihre Stimme antwortete weit in der Ferne eine mächtige Stimme, die Stimme Dobryjs I., wie ich später erfuhr, der von zwei Stallknechten zum Stelldichein mit meiner Mutter geführt wurde. Ich erinnere mich nicht mehr, wie Taras aus meiner Box hinauskam, denn ich war ganz traurig. Ich fühlte, daß ich die Liebe meiner Mutter für immer verloren hatte. ›Und alles nur, weil ich ein Schecke bin‹, dachte ich in Erinnerung an die Worte, die die Menschen über mein Fell gesagt hatten, und dann packte mich eine solche Wut, daß ich mit Kopf und Knien gegen die Wände der Box stieß – so lange, bis ich in Schweiß gebadet und völlig erschöpft war.

Nach einiger Zeit kehrte meine Mutter zu mir zurück. Ich hörte, wie sie in einem Trab, der ganz anders klang als sonst, durch den Korridor zu unserer Box gelaufen kam. Man öffnete ihr die Tür, und ich erkannte sie gar nicht wieder, so viel jünger und schöner war sie geworden. Sie beschnupperte mich, schnaubte und stieß ein lachendes Gewieher aus. Ich sah an ihrem ganzen Gebaren, daß sie mich nicht mehr liebte. Sie erzählte mir von Dobryjs Schönheit und von ihrer Liebe zu ihm. Diese Zusammenkünfte dauerten fort, und das Verhältnis zwischen mir und meiner Mutter wurde immer kälter.

Bald danach wurden wir auf die Weide gelassen. Von dieser Zeit an lernte ich neue Freuden kennen, die mir den Verlust der Liebe meiner Mutter ersetzten. Ich hatte Freundinnen und Kameraden, wir lernten zusammen Gras fressen, ebenso wiehern wie die Großen und mit erhobenem Schweif um unsere Mütter herumgaloppieren. Das war eine glückliche Zeit. Alles war mir erlaubt, alle liebten mich, bewunderten mich und betrachteten alles, was ich tat, mit wohlwollender Nachsicht. Aber das dauerte nicht lange. Nach kurzer Zeit widerfuhr mir etwas Entsetzliches.« Der Wallach seufzte schwer, ganz schwer, und ging von den anderen Pferden weg.

Das Morgenrot glühte schon längst am Himmel. Das Tor knarrte, Nestor kam herein. Die Pferde gingen auseinander. Der Pferdehüter rückte den Sattel des Wallachs zurecht und trieb die Herde hinaus.

6
Die zweite Nacht

Sobald die Pferde am Abend eingetrieben waren, drängten sie sich wieder um den Schecken.

»Im August wurde ich von meiner Mutter getrennt«, fuhr der Schecke fort, »und ich war darüber nicht sonderlich bekümmert. Ich sah, daß meine Mutter schon einen jüngeren

Bruder trug, den berühmten Usan, und ich war nicht mehr derselbe wie früher. Ich war nicht eifersüchtig, aber ich fühlte, daß ich kühler gegen sie wurde. Außerdem wußte ich, daß ich nach der Trennung von meiner Mutter in die allgemeine Fohlenabteilung kommen würde, wo wir zu zweit und zu dritt zusammenstanden und täglich ins Freie gelassen wurden. Ich stand in einer Box mit Milyj. Milyj ist ein Reitpferd geworden, später hat ihn der Kaiser geritten, und er ist auf Bildern und als Statue dargestellt worden. Damals war er noch ein einfaches Füllen, mit zartem, glänzendem Fell, einem Schwanenhals und schnurgeraden, schlanken Beinen. Er war immer vergnügt, gutmütig und freundlich, immer bereit, zu spielen, die anderen Pferde zu lecken und mit ihnen oder mit den Menschen seine Späße zu treiben. Wir freundeten uns an, da wir zusammen lebten, und diese Freundschaft hat während unserer ganzen Jugend fortgedauert. Er war lustig und leichtsinnig. Er fing schon damals an zu lieben, schäkerte mit den Stuten und lachte über meine Unschuld. Und zu meinem Unglück begann ich es ihm aus Ehrgeiz nachzumachen und war sehr bald schrecklich verliebt. Und diese meine erste Neigung war die Ursache der größten Veränderung in meinem Leben, weil ich mich von der Liebe hinreißen ließ.

Wjasopuricha war ein Jahr älter als ich, und wir waren eng befreundet. Aber gegen Ende des Herbstes merkte ich, daß sie mir auszuweichen begann... Aber ich will nicht diese ganze unglückliche Geschichte meiner ersten Liebe erzählen; Wjasopuricha selbst wird sich an meine wahnwitzige Leidenschaft erinnern, die mit der wichtigsten Veränderung in meinem Leben endete. Die Pferdehüter kamen gerannt, jagten sie weg und schlugen mich. Am Abend wurde ich in eine besondere Box gebracht; ich wieherte die ganze Nacht, als hätte ich die Ereignisse des kommenden Tags vorausgeahnt.

Am Morgen kam der General, der Stallmeister, ein paar Stallknechte und Pferdehüter in den Korridor vor meiner Box, und dann erhob sich ein furchtbarer Lärm. Der General schrie den Stallmeister an, der Stallmeister verteidigte sich und sagte, er hätte verboten, mich hinauszulassen, und die Stallknechte hätten es eigenmächtig getan. Der General sagte, er würde sie allesamt durchpeitschen lassen, junge Hengste seien eben nicht zu halten. Der Stallmeister versprach alles auszuführen. Dann schwiegen sie und gingen fort. Ich hatte nichts von alldem begriffen, aber ich sah, daß sie etwas Schlimmes mit mir vorhatten.

. . . .

Tags darauf hörte ich für immer auf zu wiehern, ich wurde so, wie ich jetzt bin. Die ganze Welt hatte sich in meinen Augen verändert. Nichts machte mir Freude, ich zog mich ganz in mich selbst zurück und begann zu grübeln. Anfangs war mir alles zuwider. Ich hörte sogar auf zu trinken, zu fressen, zu gehen und dachte überhaupt nicht mehr ans Spielen. Manchmal kam mir noch der Einfall auszuschlagen, zu galoppieren, zu wiehern, aber gleichzeitig tauchte auch die furchtbare Frage auf: warum? wozu? Und meine letzte Kraft schwand dahin.

Einmal wurde ich abends im Hof umhergeführt, gerade um die Zeit, als die Herde von der Weide heimkam. Schon von weitem sah ich die Staubwolke mit den noch unklaren, mir so vertrauten Umrissen aller unserer Mutterstuten. Ich hörte das lustige Wiehern und Getrappel. Ich blieb stehen, obgleich der Strick des Halfters, an dem der Stallknecht zerrte, mich in den Nacken schnitt, und schaute auf die näher kommende Herde, wie man auf ein für immer verlorenes, unwiederbringliches Glück schaut. Als sie herankamen, konnte ich jedes einzelne Pferd unterscheiden, alle die schönen, prächtigen, gesunden, wohlgenährten Gestalten, die mir so vertraut waren. Einige von ihnen blickten mich an. Ich fühlte keinen Schmerz mehr, als der Stallknecht an meinem Halfter riß. Ich vergaß mich und begann in Erinnerung an frühere Zeiten zu wiehern und Trab zu laufen; aber mein Wiehern klang traurig, lächerlich und albern. In der Herde wurde nicht gelacht, aber ich merkte, daß viele Pferde sich aus Anstandsgefühl von mir abwandten. Ich machte offenbar einen widerwärtigen, kläglichen, peinlichen und vor allem lächerlichen Eindruck auf die anderen. Mein dünner, kraftloser Hals, mein großer Kopf (ich war damals sehr abgemagert), meine langen, plumpen Beine und mein ungeschickter, kurzer Trab, in dem ich nach alter Gewohnheit im Kreis um den Stallknecht lief – das alles kam ihnen lächerlich vor. Niemand antwortete auf mein Gewieher, alle wandten sich von mir ab. Ich begriff plötzlich alles, ich begriff, wie fern ich ihnen allen für immer stand, und ich erinnere mich nicht mehr, wie ich damals mit dem Stallknecht nach Hause gekommen bin.

Ich hatte auch früher schon einen Hang zum Ernst und zum Grübeln, aber jetzt ging eine tiefgreifende Umwandlung in meinem Innern vor. Meine Buntscheckigkeit, die bei den Menschen eine sonderbare Verachtung erweckte, das furchtbare Unglück, das unerwartet über mich hereingebrochen war, meine eigentümliche Stellung im Gestüt, die ich zwar empfand, mir aber einfach nicht erklären konnte, das alles bewirkte, daß ich mich ganz in mich selbst zurückzog. Ich dachte über die Ungerechtigkeit der Menschen nach, die mich dafür verdammten, daß ich ein Schecke war, ich dachte über die Unbeständigkeit der Mutterliebe und der weiblichen Liebe überhaupt nach und über ihre Abhängigkeit von physischen Bedingungen. Ganz besonders aber grübelte ich über die Eigenheiten jener sonderbaren Gattung von Lebewesen nach, mit der wir so eng verbunden sind und die wir

Menschen nennen – Eigenheiten, deren Folge meine besondere Stellung im Gestüt war, die ich wohl empfand, aber nicht begreifen konnte. Was es mit dieser Besonderheit und mit den menschlichen Eigenheiten, auf denen sie beruhte, für eine Bewandtnis hatte, das entdeckte ich bei folgender Gelegenheit.

Es war im Winter, in der Festzeit. Einen ganzen Tag lang wurde ich weder gefüttert noch getränkt. Wie ich später erfuhr, kam das daher, daß unser Stallknecht betrunken war. Am selben Tag kam der Stallmeister zu mir herein, sah, daß ich nichts zu fressen hatte, und schimpfte mit sehr gemeinen Worten auf den Stallknecht, der gerade nicht da war. Dann ging er wieder weg. Am nächsten Tag kam der Stallknecht mit seinem Kameraden in unsere Box, um uns Heu zu geben. Ich bemerkte, daß er auffallend blaß und sehr traurig war und daß die Art, in der er seinen langen Rücken bewegte, etwas Eigentümliches und Mitleiderregendes hatte. Wütend warf er das Heu hinter die Raufe; ich wollte meinen Kopf über seine Schulter schieben, aber er schlug mich mit der Faust so schmerzhaft aufs Maul, daß ich zur Seite sprang. Dann trat er mich noch mit dem Stiefel in den Bauch.

›Wenn dieses verdammte Aas nicht wäre‹, sagte er, ›dann wäre nichts passiert.‹

›Was ist denn passiert?‹ fragte der andere Stallknecht.

›Ja, um die Pferde des Grafen kümmert er sich nicht, aber bei ‚seinem' schaut er zweimal am Tag nach.‹

›Hat ihm der Graf denn den Schecken geschenkt?‹ fragte der andere.

›Ob verkauft oder geschenkt, das weiß der Teufel. Dem Grafen seine Pferde können alle vor Hunger krepieren, das ist ihm ganz egal, aber wehe, wenn man ‚seinem' Füllen kein Futter gibt! ‚Leg dich hin!' sagt er. ‚Und nun haut ordentlich zu!' Er hat kein Christentum in sich. Ein Vieh tut ihm mehr leid als ein Mensch. Man merkt gleich, daß er kein Kreuz auf der Brust trägt. Er hat selbst die Hiebe gezählt, der Barbar! Sogar der General hat mich noch nie so verprügeln lassen. Mein ganzer Rücken ist voll Striemen. Man sieht, daß der Kerl kein christliches Herz im Leib hat.‹

Was sie vom Durchpeitschen und vom Christentum sagten, das verstand ich gut; aber vollständig dunkel war mir damals noch, was der Ausdruck ›sein Füllen‹ bedeutete, an dem ich sah, daß es nach Ansicht der Menschen irgendeine Beziehung zwischen mir und dem Stallmeister gab. Worin diese Beziehung bestand, konnte ich damals durchaus nicht begreifen. Erst viel später, als man mich von den anderen Pferden getrennt hatte, verstand ich, was das bedeutete. Damals aber konnte ich gar nicht begreifen, was das eigentlich hieß, daß sie mich das Eigentum eines Menschen nannten. Der Ausdruck ›mein Pferd‹ bezog sich auf mich, ein lebendiges Pferd, und kam mir ebenso seltsam vor wie die Worte: ›mein Land, meine Luft, mein Wasser‹.

Aber diese Worte machten einen großen Eindruck auf mich, und ich dachte unablässig darüber nach. Doch viel später erst, nachdem ich die mannigfaltigsten Erfahrungen mit den Menschen gemacht hatte, begriff ich endlich, welche Bedeutung die Menschen diesen sonderbaren Worten beilegen. Diese Bedeutung ist folgende: Für das Leben der Menschen sind nicht Taten das Bestimmende, sondern Worte. Es kommt ihnen weniger auf die Möglichkeit an, etwas zu tun oder nicht zu tun, als auf die Möglichkeit, gewisse konventionelle Worte zu gebrauchen, die sie auf allerlei Gegenstände anwenden. Solche Worte, die sie für sehr wichtig halten, sind: ›mein, meine, meins‹; sie beziehen sich auf die verschiedenartigsten Dinge, auf Lebewesen und Gegenstände, sogar auf die Erde, auf Menschen und Pferde. Die Menschen sind übereingekommen, daß immer nur einer von ihnen ein und dasselbe Ding ›mein‹ nennen darf. Und wer bei diesem Spiel, das sie miteinander vereinbart haben, die größte Anzahl von Dingen ›mein‹ nennt, den halten sie für den Glücklichsten. Warum das so ist, weiß ich nicht, aber es ist so. Früher habe ich mir das so zu erklären versucht, daß irgendein unmittelbarer Vorteil damit verbunden sein müßte, aber das erwies sich als unzutreffend.

Zum Beispiel: viele von den Menschen, die mich ihr Pferd nannten, ritten gar nicht auf mir, sondern ich wurde von ganz anderen Leuten geritten. Ich wurde auch nicht von ihnen gefüttert, sondern von anderen. Gutes taten mir nicht die Leute, die mich ›ihr Pferd‹ nannten, sondern Kutscher, Roßärzte und überhaupt fremde Menschen. Als ich dann später den Kreis meiner Beobachtungen erweiterte, überzeugte ich mich, daß der Begriff ›mein‹ nicht nur in bezug auf uns Pferde, sondern auch ganz allgemein lediglich auf einem niedrigen, animalischen Instinkt der Menschen beruht, den sie Eigentumssinn oder Eigentumsrecht nennen. Der Mensch sagt: ›mein Haus‹, obgleich er nie darin wohnt, sondern sich nur um die Erbauung und Erhaltung des Hauses kümmert. Der Kaufmann sagt: ›mein Laden‹, zum Beispiel ›mein Tuchladen‹ und läßt sich trotzdem nicht seine Kleider aus dem besten Tuch machen, das in seinem Laden ist. Es gibt Menschen, die ein Stück Land ihr eigen nennen und dieses Stück Land nie gesehen und es mit keinem Fuß betreten haben. Es gibt Menschen, die von anderen Menschen ›mein‹ sagen, und doch haben sie diese Menschen nie gesehen, und ihre ganze Beziehung zu diesen Menschen besteht darin, daß sie ihnen Böses tun. Es gibt Menschen, die Frauen als ›ihre Frauen‹ bezeichnen, aber diese Frauen leben mit anderen Männern. Und die Menschen streben im Leben nicht danach, das zu tun, was sie für gut und recht halten, sondern danach, möglichst viele Dinge ihr Eigentum zu nennen. Ich bin jetzt der Überzeugung, daß gerade darin der Hauptunterschied zwischen den Menschen und uns besteht. Und schon darum – von unseren anderen Vorzügen vor den Menschen gar nicht zu reden – können wir mit Recht sagen, daß wir auf der Stufenleiter der Lebewesen höher stehen als die Menschen: das Handeln der Menschen, wenigstens all derer, mit denen ich zu tun hatte, wird von Worten bestimmt, das unsere von Taten. Der Stallmeister hatte also das Recht erhalten, mich ›sein‹ Pferd zu nennen, und darum ließ er den Stallknecht auspeitschen. Diese Entdeckung, die mich sehr betroffen machte, und die Gedanken und Urteile, die mein gescheckte Fell bei den Menschen hervorrief, und endlich die Grübeleien, zu denen mich der Verrat meiner Mutter veranlaßte, haben mich zu dem ernsten, tiefsinnigen Wallach werden lassen, der ich bin.

Ich war dreifach unglücklich: ich war ein Schecke, ich war ein Wallach, und die Menschen meinten, daß ich nicht Gott und mir selbst angehörte, was doch jedem lebenden Wesen zusteht, sondern daß ich dem Stallmeister gehörte.

Daß die Menschen das von mir dachten, hatte mehrere Folgen. Die erste war, daß man mich abgesondert hielt, besser fütterte, häufiger an der Longe laufen ließ und mich früher einspannte. Zum ersten Mal wurde ich in meinem dritten Lebensjahr eingespannt. Ich erinnere mich, wie damals der Stallmeister selbst, der sich einbildete, daß ich ihm gehörte, mich mit Hilfe einer ganzen Schar von Stallknechten einspannte, da er Wildheit und Widersetzlichkeit von mir erwartete. Sie banden mich mit Stricken und führten mich in die Gabeldeichsel; auf den Rücken hatten sie mir ein breites Kreuz aus Riemen gelegt und banden es an der Deichsel fest, damit ich nicht ausschlagen konnte; ich aber hatte nur auf eine Gelegenheit gewartet, meine Lust und Liebe zur Arbeit zu zeigen.

Sie wunderten sich, daß ich wie ein altes Pferd in der Deichsel ging. Ich wurde eingefahren und übte mich im Traben. Mit jedem Tag machte ich größere Fortschritte, so daß nach drei Monaten der General selbst und viele andere Leute meinen Gang lobten. Aber merkwürdig: gerade deshalb, weil sie die Vorstellung hatten, daß ich nicht mir selber, sondern dem Stallmeister gehörte, erhielt mein Gang für sie eine ganz andere Bedeutung.

Die Hengste, meine Brüder, wurden zum Rennen eingefahren; man maß ihr Tempo, die Leute kamen, um ihnen zuzusehen, man spannte sie vor Wagen mit vergoldeten Beschlägen und legte ihnen teure Decken auf. Ich fuhr mit dem einfachen Wagen des Stallmeisters nach Tschesmenka und den anderen Vorwerken, wenn er dort zu tun hatte. Das alles kam daher, daß ich ein Schecke war, und hauptsächlich daher, daß ich nach Meinung der Leute nicht dem Grafen, sondern dem Stallmeister gehörte.

Wenn wir morgen noch leben, will ich euch erzählen, welche wichtige Folge dieses Eigentumsrecht, das sich der Stallmeister einbildete, für mich hatte.«

Diesen ganzen Tag über behandelten die Pferde den alten Leinwandmesser sehr respektvoll, aber Nestors Benehmen war so grob wie immer. Der kleine Grauschimmel des Bauern wieherte, als er in die Nähe der Herde kam, und die braune Stute kokettierte wieder mit ihm.

7
Die dritte Nacht

Der Mond war im Zunehmen, und seine schmale Sichel beleuchtete die Gestalt Leinwandmessers, der mitten im Hof stand. Die Pferde umringten ihn.

»Die wichtigste, erstaunlichste Folge des Umstands, daß ich nicht dem Grafen, nicht Gott, sondern dem Stallmeister gehörte«, fuhr der Schecke fort, »bestand für mich darin, daß gerade das, was unser Hauptverdienst ist – nämlich der flotte Gang –, die Ursache zu meiner Verbannung wurde. Lebed wurde in der Bahn eingefahren; da kam der Stallmeister mit mir aus Tschesmenka zurück und hielt an der Bahn. Lebed lief an uns vorüber. Er ging gut, aber er stolzierte und wußte seine Kräfte nicht so gut zu nutzen wie ich – sobald nämlich ein Fußpaar die Erde berührt, muß sich das andere sofort heben, damit nicht die geringste Kraft sinnlos vergeudet wird, sondern jede Anstrengung zur Vorwärtsbewegung mitwirkt. Lebed kam also an uns vorüber. Ich drängte zur Fahrbahn, und der Stallmeister hielt mich nicht zurück. ›Na, wollen wir mal den Lebed mit meinem Schecken um die Wette laufen lassen?‹ rief er, und als Lebed zum zweiten Mal vorüberkam, ließ er mich laufen. Der andere hatte schon seine volle Geschwindigkeit, und deshalb blieb ich in der ersten Runde zurück; aber in der zweiten rückte ich auf, holte ihn ein, überholte ihn – und blieb vorne. Dann wurde ein zweiter Versuch gemacht – wieder dasselbe. Ich war der Schnellere. Und das versetzte alle in Schrecken. Sie beschlossen mich so bald wie möglich weit weg zu verkaufen, damit sie von mir nichts mehr zu sehen und zu hören bekämen. ›Wenn es der Graf erfährt, dann gibt es ein Unglück!‹ sagten sie. So wurde ich denn als Deichselpferd an einen Pferdehändler verkauft. Bei dem Pferdehändler blieb ich nicht lange: ein Husar, der Remonten einkaufte, erwarb mich. Alles, was mir in der letzten Zeit widerfahren war, war so ungerecht und grausam gewesen, daß ich mich freute, als man mich aus Chrenowo fortführte und für immer von allem trennte, was mir lieb und vertraut gewesen war. Ich hatte mich unter den anderen Pferden gar zu bedrückt gefühlt. Ihnen stand Liebe, Ehre, Freiheit bevor, mir nur Arbeit und Erniedrigung, Erniedrigung und Arbeit bis an mein Lebensende! Und warum? Weil ich ein Schecke war und deshalb das Pferd irgendeines Menschen werden mußte.«

Leinwandmesser konnte an diesem Abend nicht weitererzählen. Auf dem Pferdehof geschah etwas, das alle Pferde sehr erschreckte. Kuptschicha, eine trächtige Stute, die zuerst der Erzählung zugehört hatte, wandte sich plötzlich um und ging langsam in den Schuppen und begann dort so laut zu ächzen, daß alle Pferde auf sie aufmerksam wurden; dann legte sie sich nieder, stand wieder auf und legte sich von neuem hin. Die alten Mutterstuten wußten, was mit ihr vorging, aber die jüngeren Pferde gerieten in große Aufregung, ließen den Wallach stehen und umringten die Kranke. Am Morgen war ein neues Fohlen da, das sich nur schwankend auf den Beinen hielt. Nestor rief den Stallmeister, und die Stute und das Fohlen wurden in eine besondere Box gebracht, die anderen Pferde auf die Weide getrieben.

8
Die vierte Nacht

Am Abend, als das Tor geschlossen und alles still war, erzählte der Schecke weiter:

»Während ich aus einer Hand in die andere überging, konnte ich viele Beobachtungen über Menschen und Pferde machen. Am längsten war ich bei zwei Besitzern in Moskau: bei dem Husarenoffizier, der ein Fürst war, und bei einer alten Frau, die nicht weit von der Kirche ›Zum Wunderbild des heiligen Nikolaus‹ wohnte.

Bei dem Husarenoffizier verbrachte ich die beste Zeit meines Lebens.

Er war die Ursache zu meinem Verderben, er hat niemand und nichts geliebt, und gerade deswegen liebte und liebe ich ihn. Mir gefiel an ihm gerade das, daß er schön, reich und glücklich war und darum keinen Menschen liebte. Ihr habt Verständnis für diese erhabene Empfindung, die nur uns Pferden eigen ist! Seine Kälte, seine Grausamkeit und meine Abhängigkeit von ihm verliehen meiner Liebe eine besondere Kraft. ›Schlag mich tot, jag mich zuschanden‹, dachte ich oft in unseren besten Zeiten, ›das macht mich nur noch glücklicher.‹

Er kaufte mich von dem Pferdehändler, dem mich der Stallmeister für achthundert Rubel verkauft hatte. Er kaufte mich deshalb, weil sich kein Mensch scheckige Pferde hielt. Das war meine beste Zeit. Er hatte eine Geliebte. Ich wußte das, weil ich ihn jeden Tag zu ihr brachte und sie auch manchmal beide spazierenfuhr. Seine Geliebte war eine Schönheit, und er war ein schöner Mann, und sein Kutscher auch. Deswegen hatte ich sie alle sehr gern, und ich hatte ein gutes Leben. Mein Tag verlief folgendermaßen: am Morgen kam der Stallknecht, um mich zu putzen, nicht der Kutscher selbst, sondern der Stallknecht. Er war ein junger Mensch, ein Bauernbursche vom Gut meines Herrn. Er öffnete die Tür, ließ den Stalldunst hinaus, mistete, nahm mir die Decke ab und begann meinen Körper mit Bürste und Striegel zu bearbeiten; wenn er den Striegel ausklopfte, blieben weißliche Streifen von Hautschuppen auf dem Bohlenbelag des Fußbodens zurück. Ich biß ihn scherzend in den Ärmel und stieß ihn sachte mit dem Fuß. Dann führte er uns einen nach dem anderen zu einem Kübel mit kaltem Wasser und bewunderte mein scheckiges Fell, das dank seiner Bemühungen spiegelglatt war, die kerzengeraden Beine mit den breiten Hufen und die glänzende Kruppe und den Rücken, so breit und straff, daß man darauf hätte schlafen können. Er legte

Heu in die hohen Raufen und schüttete Hafer in die eichenen Krippen. Dann kam Feofan, der Kutscher.

Der Herr und der Kutscher waren einander sehr ähnlich. Der eine wie der andere fürchtete sich vor nichts und liebte nur sich selbst, und darum hatten alle Menschen sie besonders gern. Feofan trug ein rotes Hemd, Plüschhosen und eine ärmellose Jacke. Ich freute mich, wenn er feiertags in seiner Jacke und schön pomadisiert in den Stall kam und schrie: ›Na, du Vieh, hast du mich denn ganz vergessen!‹ und mich mit dem Stiel der Mistgabel in die Seite stieß, aber nie schmerzhaft, sondern nur zum Spaß. Ich verstand den Spaß sofort, legte ein Ohr zurück und klappte mit den Zähnen.

Wir hatten einen Rapphengst, der zu einem gleichfarbigen Paar gehörte. Nachts wurde ich manchmal mit ihm zusammen angespannt. Dieser Zentaur verstand keinen Spaß und war der reinste Teufel. Ich stand in der Box neben ihm, und er hat mich manchmal arg gebissen. Feofan fürchtete sich nicht vor ihm, er ging auf ihn los und schrie ihn an; es sah aus, als wollte er ihn totschlagen, aber der Schlag ging daneben, und Feofan zog ihm das Halfter an. Als ich einmal mit ihm zusammen angespannt war, fuhren wir im Galopp den Kusnezkij-Most hinunter. Weder der Herr noch der Kutscher hatten Angst, sie lachten, schrien das Volk an, hielten uns zurück und bogen um die Ecke – niemand war auch nur gequetscht worden.

In ihrem Dienst verlor ich meine besten Eigenschaften und mein halbes Leben, denn sie haben mich zuschanden gefahren und mich zur Unzeit getränkt. Aber trotzdem war es die beste Zeit meines Lebens. Um zwölf Uhr kam der Stallknecht, schirrte mich an, schmierte mir die Hufe, feuchtete mir Schopf und Mähne an und führte mich in die Deichsel.

Der Schlitten war aus Rohr geflochten und mit Samt ausgeschlagen, das Geschirr hatte kleine silberne Schnallen; manchmal trug ich auch ein Filetnetz. Das Geschirr war so breit und reich, daß man, wenn alle Lenkseile und Riemen festgeschnallt waren, nicht unterscheiden konnte, wo das Geschirr aufhörte und wo das Pferd anfing. Angespannt wurde im Schuppen, dann kam Feofan, mit einem Hinterteil breiter als die Schultern, einen breiten roten Gurt um den Leib, musterte den Anspann, setzte sich, strich seine Rockschöße zurecht, stellte den Fuß auf den Tritt, rief mir immer ein Scherzwort zu, nahm nur der Ordnung halber die Peitsche mit, die er fast nie gebrauchte, und sagte: ›Los!‹ Und bei jedem Schritt tänzelnd, trabe ich zum Tor hinaus, und die Köchin, die herausgekommen ist, um Spüllicht auszugießen, bleibt auf der Schwelle stehen, und die Bauern, die Holz gebracht haben, reißen vor Staunen die Augen auf. Wir fahren ein Stück weit und halten. Diener kommen aus dem Hause, andere Kutscher kommen gefahren, und sie alle unterhalten sich miteinander. Alle warten, manchmal stehen wir drei Stunden vor der Auffahrt, und von Zeit zu Zeit fahren wir ein Stück weit weg, wenden und halten wieder.

Endlich wird es laut im Hausflur, Tichon mit dem grauen Kopf und dem dicken Bauch kommt im Frack herausgelaufen und ruft: ›Vorfahren!‹ Damals herrschte noch nicht die dumme Mode, ›Vorwärts!‹ zu sagen, als ob ich nicht selbst wüßte, daß man nicht rückwärts, sondern vorwärts fährt. Feofan schnalzt mit der Zunge, fährt vor, und der Fürst kommt aus dem Hause, eilig, achtlos, als ob weder an dem Schlitten noch an dem Pferd noch an dem Kutscher etwas Bemerkenswertes wäre; dabei bog Feofan immer den Rükken ganz weit nach hinten und streckte die Arme in einer Weise aus, wie man sie wohl kaum lange halten kann. Der Fürst kommt also heraus, den Tschako auf dem Kopf und in einem Mantel mit grauem Biberkragen, der sein hübsches

Gesicht mit den roten Wangen und den schwarzen Augenbrauen verbirgt, obwohl es sich sehr wohl sehen lassen konnte. Mit dem Säbel, den Sporen und den kupfernen Absätzen der Überschuhe klappernd, schreitet er eilig über den Teppich und schenkt weder mir noch Feofan die geringste Beachtung. Alle Leute betrachten und bewundern uns, nur er nicht. Feofan schnalzt wieder mit der Zunge, ich lege mich ins Geschirr, wir fahren respektvoll im Schritt vor und halten; ich schiele nach dem Fürsten und schüttle meinen rassigen Kopf mit dem feinen Haarschopf. Wenn der Fürst guter Laune ist, scherzt er mit Feofan, und Feofan wendet nur ganz leicht den schönen Kopf und antwortet. Ohne die Arme sinken zu lassen, macht er eine kaum merkliche, aber mir verständliche Bewegung mit den Zügeln, und an jedem Muskel zitternd, trabe ich los, eins, zwei, eins, zwei; ich mache immer längere Schritte und schleudere Schnee und Schmutz unter das Vorderteil des Schlittens. Damals herrschte noch nicht die dumme Mode, ›Oh!‹ zu schreien, als ob dem Kutscher etwas weh täte, damals hieß es: ›Heda, Vorsicht!‹ Und Feofan schreit ›Heda, Vorsicht!‹, und die Leute treten zur Seite, bleiben stehen, recken die Hälse und schauen dem schönen Wallach, dem schönen Kutscher und dem schönen Herrn nach.

Damals machte es mir besonders viel Vergnügen, einen Traber zu überholen. Manchmal, wenn Feofan und ich von weitem ein Gefährt vor uns sahen, das unserer Anstrengung würdig war, flogen wir wie ein Wirbelwind dahin. Wir kommen näher, immer näher, schon schleudere ich den Schmutz gegen die Rückenlehne des Schlittens, schon bin ich auf gleicher Höhe mit dem Fahrgast und schnaube über seinem Kopf, erreiche das Rückenpolster des Pferdes, das Krummholz, und schon sehe ich Pferd und Schlitten nicht mehr und höre nur noch ein immer ferneres Geräusch hinter mir. Aber der Fürst, Feofan und ich – wir schweigen und tun, als ob wir nur mit unseren eigenen Angelegenheiten beschäftigt wären, als ob wir die mit schlechten Pferden bespannten Gefährte, die wir unterwegs treffen, überhaupt nicht beachteten. Ja, es machte mir Vergnügen, andere Pferde zu überholen, aber ich freute mich auch, wenn ich einem guten Traber begegnete. Ein Laut, ein Blick – und im Nu jagten wir wieder allein weiter, jeder in seiner Richtung.«

Das Tor knarrte, man hörte Nestors und Waskas Stimmen.

Die fünfte Nacht

Das Wetter war umgeschlagen. Es war trüb; und am Morgen war kein Tau gefallen, aber es war warm, und die Mücken waren zudringlich. Sobald die Herde am Abend eingetrieben war, sammelten sich die Pferde um den Schecken, und er erzählte seine Geschichte zu Ende.

»Die glücklichste Zeit meines Lebens war bald vorbei, sie dauerte nur zwei Jahre. Am Ende des zweiten Winters geschah das freudigste Ereignis meines Lebens und gleich darauf mein größtes Unglück. Es war in der Butterwoche, und ich fuhr den Fürsten zum Trabrennen. An diesem Rennen nahmen die Traber Atlasnyj und Bytschok teil. Ich weiß nicht, was mein Herr dort im Pavillon machte, ich weiß nur, daß er herauskam und seinem Feofan befahl, auf die Rennbahn zu fahren. Ich erinnere mich, wie ich auf die Bahn gelenkt und zusammen mit Atlasnyj aufgestellt wurde. Atlasnyj lief mit einem Nebenreiter, ich aber so, wie ich war, mit dem Stadtschlitten. In der Kurve ließ ich ihn hinter mir und wurde mit lautem Lachen und begeistertem Geschrei begrüßt.

Als ich umhergeführt wurde, ging ein ganzer Menschenschwarm hinter mir her, und ein halbes Dutzend Leute boten dem Fürsten Tausende von Rubeln für mich. Aber er lachte nur und zeigte seine weißen Zähne.

›Nein‹, sagte er, ›dieses Pferd ist mein bester Freund, ich gebe es nicht her, und wenn Sie mir ganze Berge von Gold dafür bieten. Auf Wiedersehen, meine Herren!‹ Und er knöpfte den Schlittenkorb auf und stieg ein.

›Nach der Stoschinka!‹ – Dort wohnte seine Geliebte, und wir flogen dorthin. Das war unser letzter glücklicher Tag.

Wir kamen bei seiner Geliebten an. Er hatte sie immer die Seine genannt, aber sie hatte sich in einen anderen verliebt und war mit ihm durchgegangen. Das erfuhr er jetzt in ihrer Wohnung. Es war fünf Uhr, und ohne mich ausspannen zu lassen, fuhr er ihr nach. Ich sollte Galopp laufen und wurde mit der Peitsche geschlagen, was noch nie geschehen war. Zum ersten Mal in meinem Leben kam ich mit der Gangart nicht gleich zurecht, ich schämte mich und wollte meinen Fehler wiedergutmachen; aber auf einmal hörte ich, wie der Fürst mit ganz entstellter Stimme schrie: ›Hau zu!‹ Und die Peitsche pfiff, und ich fühlte einen brennenden Hieb; ich galoppierte so schnell, daß ich mit dem Huf gegen das Eisen am Vorderteil des Schlittens schlug. Nach fünfundzwanzig Werst holten wir die Geliebte des Fürsten ein. Ich hatte ihn zu seinem Ziel gebracht, aber ich zitterte die ganze Nacht und konnte nichts fressen. Am Morgen gab man mir Wasser. Ich trank und hörte für immer auf, das Pferd zu sein, das ich gewesen war. Ich wurde krank, man quälte mich und machte mich zum Krüppel – ›kurieren‹ nennen das die Menschen. Die Hufe gingen mir ab, ich litt an Venenerweiterung, meine Beine wurden krumm, die Brust versagte, ich wurde matt und schwach. Man verkaufte mich an einen Pferdehändler. Er fütterte mich mit Mohrrüben und noch etwas anderem und machte ein Ding aus mir, das keinerlei Ähnlichkeit mehr mit mir hatte, aber einen Nichtkenner täuschen konnte. Meine Kraft und mein schwungvoller Gang waren dahin. Außerdem quälte mich der Pferdehändler auch dadurch, daß er, sobald Käufer erschienen, in meinen Stand kam, mich mit der Peitsche schlug und so ängstigte, daß ich wie rasend wurde. Dann wischte er die Striemen auf meinem Fell weg und führte mich vor.

Von dem Pferdehändler kaufte mich eine alte Dame. Sie fuhr immer zur Kirche des heiligen Nikolaus und ließ ihren Kutscher sehr oft durchpeitschen. Der Kutscher weinte in meinem Stand, und so lernte ich, daß Tränen einen angenehmen, salzigen Geschmack haben. Dann starb die alte Dame. Ihr Gutsverwalter nahm mich mit aufs Land und verkaufte mich an einen Krämer; da überfraß ich mich an grünem Weizen und wurde noch kränker. Der Krämer verkaufte mich an einen Bauern. Bei dem mußte ich den Pflug ziehen, bekam fast nichts zu fressen, und er brachte mir mit der Pflugschar eine schlimme Wunde am Fuß bei. Ich wurde wieder krank. Ein Zigeuner tauschte mich ein. Er quälte mich furchtbar und verkaufte mich schließlich an den hiesigen Gutsverwalter. So bin ich hierhergekommen.«

Alle schwiegen. Es begann leise zu regnen.

9

Als die Herde am folgenden Abend zurückkehrte, traf sie am Tor den Herrn mit einem Gast. Schuldyba, die vorausging, schielte nach den beiden Männern: der mit dem Strohhut auf dem Kopf war der junge Gutsherr, der andere war ein hochgewachsener, dicker Offizier mit aufgedunsenem Gesicht. Die alte Stute warf den beiden einen schrägen Blick zu, drängte den Offizier gegen den Pfosten und lief an ihm vorüber; die jüngeren Pferde wurden unruhig und scheuten, besonders als der Herr mit seinem Gast mitten zwischen die Herde trat und sich mit ihm über seine Pferde unterhielt.

»Den grauen Apfelschimmel da habe ich von Wojejkow gekauft«, sagte der Gutsherr.

»Und die junge Rappstute mit den weißen Fesseln – wo hast du die her? Ein schönes Pferd!« sagte der Gast. Sie musterten noch viele Pferde, indem sie ihnen entgegenliefen und sie zum Stehen brachten. Auch die braune Stute fand besondere Beachtung.

»Die stammt von den Reitpferden in Chrenowo ab«, sagte der Gutsherr.

Sie hatten nicht alle vorüberkommenden Pferde betrachten können und gingen deshalb noch in den Hof. Der Gutsherr rief Nestor zu, und der Alte kam eilig im Trab angeritten, wobei er dem Schecken die Absätze heftig in die Flanken stieß. Der Schecke hinkte, da er immer mit einem Bein einknickte, aber seinem eifrigen Gang war anzusehen, daß er sich niemals auflehnen würde, und wenn man ihm befehlen würde, unter Aufbietung aller Kräfte bis ans Ende der Welt zu laufen. Er war sogar bereit, Galopp zu laufen, und setzte mit dem rechten Fuß dazu an.

»Ein besseres Pferd als diese Stute – das kann ich ohne Übertreibung sagen – gibt es in ganz Rußland nicht«, sagte der Gutsbesitzer und zeigte auf eine der Stuten. Auch der Gast lobte die Stute. Der Gutsherr lief aufgeregt hin und her, zeigte dem Gast die einzelnen Pferde und erzählte ihm ihre Geschichte.

Das Gerede des Gutsherrn schien den Gast zu langweilen, er sagte zerstreut: »Ja, ja, ja« und zwang sich, ein paar Fragen zu stellen, um sich den Anschein zu geben, als interessiere ihn das alles.

»Sieh mal«, sagte der Gutsherr, ohne auf die letzte Frage zu antworten, »diese Beine... Diese Stute hat mich eine Menge Geld gekostet, aber ich habe schon einen Dreijährigen von ihr, der im Wagen geht.«

»Geht er gut?« fragte der Gast.

So musterten sie fast alle Pferde, und schließlich gab es nichts mehr zu zeigen. Beide verstummten.

»Nun, wollen wir gehen?«

»Ja, gut.« Sie verließen den Pferdehof. Der Gast freute sich, daß die Besichtigung der Pferde vorbei war und daß er nun ins Gutshaus gehen konnte, wo es etwas zu essen, zu trinken und zu rauchen gab; er wurde sichtlich heiterer. Als er an Nestor vorbeikam, der, weiterer Befehle gewärtig, auf dem Schecken saß, klopfte er dem Schecken mit seiner großen, fleischigen Hand auf die Kruppe.

»Der ist ja so bunt wie eine Elster!« sagte er. »So einen Schecken habe ich auch einmal gehabt. Ich habe dir davon erzählt, erinnerst du dich?«

Als der Gutsherr merkte, daß nicht mehr von seinen eigenen Pferden gesprochen wurde, hörte er nicht weiter zu, wandte sich um und betrachtete noch einmal seine Herde.

Plötzlich hörte er dicht neben seinem Ohr ein törichtes, schwaches, greisenhaftes Wiehern. Das war der Schecke. Sein Gewieher klang verlegen und brach jäh ab. Weder der Gast noch der Gutsherr achteten auf dieses Wiehern und gingen zum Gutshaus. Leinwandmesser hatte in dem alt aussehenden Mann mit dem aufgedunsenen Gesicht seinen geliebten Herrn wiedererkannt, den einst so glänzenden, reichen, schönen Fürsten Serpuchowskoj.

. . . .

Der feine Regen hatte noch nicht aufgehört. Auf dem Pferdehof sah es trüb und düster aus, ganz anders als im Gutshaus In dem prunkvollen Salon war der Tisch zu einem üppigen Abendtee gedeckt. Am Teetisch saßen der Herr und die Dame des Hauses und der heute angekommene Gast.

Die Dame des Hauses, die neben dem Samowar saß, war in anderen Umständen, was an ihrem gewölbten Leib, der geraden Haltung ihres leicht nach hinten gebogenen Rückens, an ihrer Körperfülle und besonders an ihren großen, sanft und würdevoll nach innen blickenden Augen deutlich zu merken war.

Der Gastgeber hielt ein Kistchen besonders guter, zehn Jahre alter Zigarren in der Hand – Zigarren, die seiner Behauptung nach sonst niemand besaß – und prahlte damit vor dem Gast. Der Gastgeber war ein schöner Mann von etwa fünfundzwanzig Jahren, frisch, gepflegt und sorgfältig frisiert. Im Hause trug er einen neuen, bequemen, in London angefertigten Anzug aus dickem Stoff, an seiner Uhrkette hingen große, wertvolle Berloques. Seine Hemdknöpfe waren aus massivem Gold und mit Türkisen besetzt. Den Bart trug er à la Napoléon III., und die Spitzen seines Schnurrbarts waren so schön pomadisiert und hochgezwirbelt, wie man es sonst nur in Paris sah. Die Dame des Hauses trug ein Kleid aus Seidenmusselin mit großen bunten Blumenbuketts und auffallend große goldene Spangen in dem dichten rötlichen Haar, das zwar nicht ganz ihr eigenes, aber doch sehr schön war. An Armen und Fingern trug sie viele teure Armbänder und Ringe. Der Samowar war aus Silber, das Teegeschirr aus dünnem Porzellan. Ein vornehmer Lakai in Frack, weißer Weste und Halsbinde stand wie eine Bildsäule an der

Tür und harrte der Befehle seiner Herrschaft. Die reichgeschwungenen Möbel waren hell, die großgeblümten Tapeten dunkel. Neben dem Tisch klingelte ein außerordentlich schlankes Windspiel mit seinem silbernen Halsband; der Hund führte einen überaus schwierigen englischen Namen, den sie beide falsch aussprachen, weil sie kein Englisch konnten. In einer Ecke stand zwischen blühenden Gewächsen ein Klavier mit Intarsien. Die ganze Einrichtung wirkte neu, luxuriös und elegant. Alles war sehr schön, trug aber den besonderen Stempel des Übertriebenen, des Reichtums und verriet Mangel an geistigen Interessen.

Der Hausherr, ein kräftiger Sanguiniker, war ein großer Freund des Trabersports; er gehörte zu der nie aussterbenden Gattung von Leuten, die in Zobelpelzen ausfahren, den Schauspielerinnen teure Buketts zuwerfen, in den teuersten Restaurants den teuersten Wein trinken, der gerade Mode ist, bei Pferderennen Preise mit ihrem Namen stiften und sich die teuerste Geliebte halten.

Der Gast, Nikita Serpuchowskoj, war ein Mann von ungefähr vierzig Jahren, hochgewachsen, dick, kahlköpfig, mit großem Schnurrbart und Backenbart. Er mußte einmal ein sehr schöner Mann gewesen sein. Jetzt war er physisch, moralisch und pekuniär offenbar arg heruntergekommen.

Er hatte so viele Schulden, daß er in den Staatsdienst treten mußte, um nicht ins Schuldgefängnis zu kommen. Er reiste jetzt in die Gouvernementshauptstadt, wo er eine Stelle als Gestütsdirektor übernehmen sollte, die ihm hochgestellte Verwandte verschafft hatten. Er trug eine Litewka und blaue Hosen, wie man sie nur an reichen Leuten sieht, seine Wäsche war fein, seine Uhr englisches Fabrikat. Seine Stiefel hatten wunderliche fingerdicke Sohlen.

Nikita Serpuchowskoj hatte in seinem Leben ein Vermögen von zwei Millionen Rubel durchgebracht und außerdem hundertzwanzigtausend Rubel Schulden gemacht. Von einem solchen Kapital bleibt immer noch eine Nachwirkung zurück, die dem Betreffenden Kredit verschafft und ihm die Möglichkeit gibt, noch zehn Jahre fast luxuriös weiterzuleben. Diese zehn Jahre waren nun vorüber, die Nachwirkung hatte aufgehört, und nun begann ein trauriges Leben für Nikita. Er fing an zu trinken, das heißt sich zu berauschen, was früher nicht seine Art gewesen war. Zu trinken hatte er eigentlich nie angefangen und nie aufgehört. Am deutlichsten aber war sein Niedergang an seinem unruhigen Blick zu erkennen – er ließ seine Augen unstet umherwandern –, an seiner unsicheren Sprechweise und an seinen Bewegungen. Diese Unruhe fiel deswegen auf, weil man merkte, daß sie offenbar erst vor kurzem über ihn gekommen war, denn man sah ihm an, daß er sein ganzes Leben lang gewohnt gewesen war, niemanden und nichts zu fürchten, und daß schweres Leid ihn erst jetzt, erst vor kurzer Zeit, so ängstlich gemacht hatte, was seiner Natur gar nicht entsprach.

Die Gastgeber bemerkten das und wechselten einen verständnisvollen Blick miteinander; anscheinend wollten sie eine nähere Erörterung dieses Themas bis zum Schlafengehen verschieben. Sie ertrugen den armen Nikita mit Geduld und behandelten ihn sogar sehr liebenswürdig. Der Anblick des glücklichen jungen Gutsherrn hatte etwas Demütigendes für Nikita; denn dieses Glück erinnerte ihn an seine eigene unwiederbringliche Vergangenheit und erweckte ein schmerzliches Gefühl des Neides in ihm.

»Wird Sie die Zigarre auch nicht belästigen, Marie?« fragte er die Dame des Hauses in jenem besonderen Ton, den man sich nur durch lange Erfahrung aneignen kann, in jenem höflichen, freundschaftlichen, aber etwas geringschätzigen Ton, in dem die Herren der Gesellschaft mit ausgehaltenen Damen im Unterschied zu Ehefrauen sprechen. Nicht daß er

Marie hätte kränken wollen, im Gegenteil, er wollte sich jetzt bei ihr und bei dem Hausherrn einschmeicheln, obwohl er sich das selbst um keinen Preis eingestanden hätte. Aber er war nun einmal gewohnt, mit solchen Frauen so zu sprechen. Er wußte, daß sie vielleicht erstaunt und vielleicht gar beleidigt gewesen wäre, wenn er sie wie eine Dame behandelt hätte. Außerdem mußte er ja für die wirkliche Frau seines Standesgenossen einen gewissen ehrerbietigen Ton in Reserve halten. Damen wie die anwesende behandelte er stets respektvoll, nicht etwa deshalb, weil er die sogenannten ›Überzeugungen‹ geteilt hätte, die in den Zeitungen über die Achtung vor der Persönlichkeit, über die Bedeutungslosigkeit der Ehe und so weiter gepredigt werden – dieses dumme Zeug las er überhaupt nicht –, sondern weil sich alle anständigen Leute so benehmen und er ein anständiger Mensch war, wenn auch etwas heruntergekommen.

Er nahm eine Zigarre. Aber der Hausherr faßte mit einer ungeschickten Handbewegung eine ganze Handvoll Zigarren und bot sie dem Gast an.

»Hier nimm! Du wirst sehen, wie gut sie sind.«

Nikita lehnte die Zigarren mit einer Handbewegung ab, und seine Augen blitzten kaum merklich auf, als ob er sich gekränkt fühlte und sich schämte. »Danke.« Er zog seine Zigarrentasche heraus. »Versuch doch einmal meine.«

Die Wirtin hatte ein feines Gefühl. Sie hatte seine Verstimmung bemerkt und beeilte sich, ein Gespräch mit ihm zu beginnen.

»Ich mag Zigarren sehr gern. Ich würde selbst rauchen, wenn nicht schon meine ganze Umgebung rauchte.«

Sie lächelte ihm freundlich und gutmütig zu, und er antwortete mit einem unsicheren Lächeln. Ihm fehlten zwei Zähne.

»Nein, nimm lieber diese Zigarre«, fuhr der wenig feinfühlige Hausherr fort. »Die anderen sind leichter. Fritz, bringen Sie noch einen Kasten«, sagte er auf deutsch zu dem Diener, »dort sind zwei.«

Der deutsche Diener brachte noch eine Kiste Zigarren.

»Was rauchst du am liebsten? Starke? Die da sind sehr gut. Nimm sie doch alle«, fuhr er fort und schob sie ihm hin. Er war offenbar froh, daß er jemand hatte, vor dem er mit seinen Kostbarkeiten prahlen konnte, und merkte nichts. Serpuchowskoj zündete sich eine Zigarre an und beeilte sich, das vorher begonnene Gespräch fortzusetzen.

»Ja, wieviel hat dich Atlasnyj gekostet?« fragte er.

»Eine ganze Masse, nicht weniger als fünftausend, aber dafür habe ich schon eine gute Sicherheit. Das ist eine Nachkommenschaft, sage ich dir!«

»Laufen sie im Rennen?« fragte Serpuchowskoj.

»Ja, ausgezeichnet! Ein Sohn von Atlasnyj hat neulich drei Preise gewonnen, in Tula, in Moskau und in Petersburg. Er ist mit Wojejkows Rappen Woron gelaufen.«

»Der ist etwas feucht. Stark holländisch, kann ich dir sagen«, bemerkte Serpuchowskoj.

»Na, und was ich für die Mutterstuten bezahlt habe! Morgen werde ich sie dir zeigen. Für Dobrynja habe ich dreitausend bezahlt und für Laskowaja zweitausend.«

Und wieder begann der Hausherr seine Reichtümer aufzuzählen. Die Dame sah, daß das dem Gast unangenehm war und daß er nur so tat, als hörte er zu.

»Trinken Sie noch eine Tasse Tee?« fragte sie den Hausherrn.

»Nein«, antwortete er und erzählte weiter. Sie erhob sich, er hielt sie zurück, umarmte und küßte sie.

Serpuchowskoj sah die beiden an und verzog sein Gesicht zu einem unnatürlichen Lächeln; aber als der Hausherr aufstand, die Dame umschlang und so mit ihr bis zur Portiere ging, veränderte sich Nikitas Miene, und sein aufgedunsenes Gesicht drückte plötzlich Verzweiflung und Wut aus.

II

Der Hausherr kam zurück und setzte sich lächelnd Nikita gegenüber. Sie schwiegen eine Weile.

»Ja, du sagtest, du hättest von Wojejkow Pferde gekauft«, sagte Serpuchowskoj in lässigem Ton.

»Ja, Atlasnyj habe ich von ihm. Ich hätte gern Stuten von Dubowitzkij gekauft, aber es war nur noch Schund übrig.«

»Der ist verkracht«, sagte Serpuchowskoj, stockte plötzlich und sah sich um. Es war ihm eingefallen, daß er diesem Bankrotteur zwanzigtausend Rubel schuldete. Und wenn man jemanden ›verkracht‹ nennen wollte, dann traf diese Bezeichnung vor allem auf ihn selber zu.

Wieder schwiegen sie eine ganze Weile. Der Hausherr ging im Geist seine Besitztümer durch, um noch etwas zu finden, womit er vor seinem Gast prahlen konnte; Serpuchowskoj überlegte, womit er wohl zeigen könnte, daß er sich nicht für verkracht hielt. Aber bei beiden arbeitete der Denkapparat sehr langsam, obwohl sie sich durch Zigarren aufzumuntern suchten. ›Wann wird es denn etwas zu trinken geben?‹ dachte Serpuchowskoj. – ›Wir müssen unbedingt etwas trinken, in seiner Gesellschaft stirbt man ja vor Langeweile‹, dachte der Hausherr.

»Bleibst du längere Zeit hier?« fragte Serpuchowskoj.

»Ungefähr noch einen Monat. Wollen wir jetzt zu Abend essen? – Fritz, ist alles bereit?«

Sie gingen ins Eßzimmer. Auf dem Tisch unter der Lampe standen Kerzen und allerlei ungewöhnliche Dinge: Siphons, mit Püppchen gezierte Pfropfen, auserlesener Wein in Karaffen, auserlesene kalte Speisen und Schnäpse. Sie tranken, aßen, tranken und aßen wieder, und das Gespräch kam langsam in Gang. Serpuchowskoj war ganz rot im Gesicht und redete nun ganz unbefangen.

Sie sprachen von den Frauen, die sie sich gehalten hatten, von einer Zigeunerin, einer Tänzerin und einer Französin.

»Na, hast du die Mathieu sitzenlassen?« fragte der Hausherr. Das war die Geliebte, die Serpuchowskoj ruiniert hatte.

»Nein, umgekehrt, sie mich. Ach, Bruder, wenn ich daran denke, wieviel Geld ich in meinem Leben verschwendet habe! Jetzt bin ich froh, wenn ich tausend Rubel auftreibe und wenn ich von allen Menschen weit weg bin. Ich kann einfach nicht mehr in Moskau leben. Ach, wozu noch davon reden!«

Dem Hausherrn war es langweilig, Serpuchowskoj zuzuhören. Er wollte von sich sprechen und prahlen. Aber auch Serpuchowskoj wollte von sich sprechen, von seiner glänzenden Vergangenheit. Der Hausherr schenkte ihm Wein ein und wartete darauf, daß der andere zu reden aufhörte; er wollte erzählen, daß er sein Gestüt so gut eingerichtet habe wie nie jemand zuvor und daß seine Marie ihn nicht nur um des Geldes willen, sondern wirklich von Herzen liebe.

»Ich wollte dir noch sagen, daß in meinem Gestüt...« begann er. Aber Serpuchowskoj unterbrach ihn.

»Es gab eine Zeit, kann ich dir sagen«, begann er, »wo ich gern lebte und zu leben verstand. Du hast vorhin von Trabrennen gesprochen. Welches ist denn dein schnellstes Pferd?« Der Hausherr freute sich, daß er nun einen Anlaß hatte, von seinem Gestüt weiterzuerzählen, und wollte schon damit anfangen; aber Serpuchowskoj unterbrach ihn wieder.

»Ja, ja«, sagte er, »ihr Gestütsbesitzer tut ja alles nur aus

Eitelkeit, nicht aber zu eurem Vergnügen oder für das praktische Leben. Bei mir war das anders. Ich habe dir ja schon gesagt, daß ich ein Pferd hatte, einen Schecken, genauso einen wie der, den dein Pferdehüter reitet. Ach, war das ein Pferd! Du hast es nicht gekannt, denn das war im Jahr 42, als ich gerade nach Moskau gekommen war. Ich ging zu einem Pferdehändler und sah einen scheckigen Wallach. Schön proportioniert. Er gefiel mir. Preis? Tausend Rubel. Ja, er gefiel mir, und ich nahm ihn. Das war das beste Pferd, das ich je besaß. So eins hast du nicht, und so ein Pferd wird es nie wieder geben. Ich habe nie ein besseres Pferd gesehen, sein Gang, seine Kraft und seine Schönheit waren unübertrefflich. Du warst damals noch ein kleiner Junge und kannst es nicht gekannt haben, aber du hast sicher von ihm gehört. Ganz Moskau kannte mein Pferd.«

»Ja, ich habe von ihm gehört«, sagte der Hausherr mißmutig. »Aber ich wollte dir von meinen …«

»Du hast also von ihm gehört. Ich hatte den Wallach ohne Stammbaum und ohne Zeugnisse gekauft und erfuhr erst später, woher er stammte. Wojejkow und ich haben es herausgebracht. Er war ein Sohn von Ljubesnyj I. und hieß Leinwandmesser, weil er so lief, wie wenn man Leinwand mißt. Weil er ein Schecke war, hatte man ihn in dem Gestüt von Chrenowo dem Stallmeister geschenkt, und der hatte ihn kastrieren lassen und an den Pferdehändler verkauft. Solche Pferde gibt es jetzt gar nicht mehr, lieber Freund. Ach, das waren noch Zeiten! Ach, goldne Jugendzeit!« sang er aus einem bekannten Zigeunerlied. Er war schon ziemlich angeheitert. »Ja, das war eine schöne Zeit! Ich war fünfundzwanzig Jahre alt, hatte achtzigtausend Rubel im Jahr, noch kein einziges graues Haar und Zähne wie Perlen. Ich hatte in allem Glück … Und jetzt ist alles vorbei.«

»Aber Pferde mit solchem Feuer gab es damals nicht«,

sagte der Hausherr, der sich die Gesprächspause zunutze machen wollte. »Ich sage dir, meine ersten Pferde gingen ohne...«

»Ach was, deine Pferde! Damals gab es feurigere...«

»Das kann ich mir gar nicht vorstellen.«

»Doch, doch. Ich erinnere mich, als ob es heute gewesen wäre, wie ich in Moskau einmal mit meinem Schecken zu einem Trabrennen fuhr. Eigene Pferde von mir liefen nicht. Ich liebte Traber nicht, ich hielt mir Vollblüter – General, Cholet und Mahomet. Ich fuhr also mit dem Schecken. Mein Kutscher war ein prächtiger Bursche, ich hatte ihn sehr gern. Er hat sich auch dem Trunk ergeben. Ich kam also an. ›Serpuchowskoj‹, sagten ein paar Bekannte zu mir, ›wann wirst du dir denn Traber anschaffen?‹ – ›Ach, ihr mit euren Bauerngäulen!‹ antwortete ich. ›Die mag der Teufel holen! Der Schecke, den ich vor meinem Schlitten habe, überholt sie alle.‹ – ›Nie im Leben!‹ – ›Ich wette um tausend Rubel.‹ Sie schlugen ein, und wir ließen die Pferde laufen. In fünf Sekunden war meiner weit voran, und ich hatte tausend Rubel gewonnen. Aber das war noch gar nichts. Ich bin mit Vollblutpferden vor der Troika hundert Werst in drei Stunden gefahren. Ganz Moskau weiß es.«

Und Serpuchowskoj flunkerte weiter und redete unaufhörlich, so daß der Hausherr nicht zu Worte kam und ihm mit trübseligem Gesicht gegenübersaß; er konnte sich nur damit zerstreuen, daß er sich und ihm Wein einschenkte.

Es begann schon hell zu werden, aber sie saßen immer noch da. Der Hausherr langweilte sich schrecklich. Er stand auf. »Na, wenn wir schlafen gehen wollen – meinetwegen!« sagte Serpuchowskoj, erhob sich und ging schwankend und schwer atmend nach dem ihm angewiesenen Zimmer.

Der Hausherr lag bei seiner Geliebten.

»Nein, er ist wirklich unmöglich. Betrinkt sich und flunkert in einem fort.«

»Und mir macht er den Hof.«

»Ich fürchte, er wird mich anpumpen wollen.«

Serpuchowskoj lag in den Kleidern auf seinem Bett und keuchte.

›Ich glaube, ich habe viel geflunkert‹, dachte er. ›Na, egal! Der Wein war gut, aber der Kerl ist ein Schwein. Eine Krämerseele. Und ich bin auch ein Schwein‹, sagte er zu sich selbst und lachte auf. ›Früher habe ich Weiber ausgehalten, und jetzt halten sie mich aus. Ja, die Winkler hält mich aus, ich nehme Geld von ihr. Und das ist auch ganz in Ordnung. Aber ich muß mich ausziehen. Die Stiefel kriege ich nicht aus.‹

»Heda! Heda!« rief er, aber der ihm zugewiesene Diener war schon längst schlafen gegangen.

Er setzte sich, zog die Litewka und die Weste aus und trat sich mit einiger Mühe die Hosen von den Beinen herunter, aber die Stiefel konnte er lange nicht ausziehen, weil ihm sein weicher Bauch im Weg war. Mit Mühe und Not zerrte er den einen Stiefel vom Fuß, mit dem anderen quälte er sich vergebens ab; schließlich war er ganz erschöpft und außer Atem. So warf er sich denn, mit dem einen Fuß noch im Stiefelschaft, aufs Bett, begann zu schnarchen und erfüllte das ganze Zimmer mit dem Geruch von Tabak, Wein und greisenhafter Unsauberkeit.

12

Wenn Leinwandmesser in dieser Nacht wieder seinen Erinnerungen nachhängen wollte, so riß ihn Waska aus seinen

Gedanken heraus. Er warf ihm eine Decke über, saß auf und galoppierte davon. Bis zum Morgen ließ er ihn vor der Tür der Schenke neben einem Bauernpferd stehen. Sie beleckten sich. Am Morgen kam Leinwandmesser wieder zur Herde und kratzte sich unaufhörlich.

›Da juckt es mich ganz schrecklich‹, dachte er.

So vergingen fünf Tage. Der Roßarzt wurde gerufen. Er sagte höchst vergnügt:

»Das ist Räude. Verkaufen Sie ihn an die Zigeuner!«

»Wozu? Dann wollen wir ihn lieber abstechen, damit er uns aus den Augen kommt.«

Es war ein stiller, klarer Morgen. Die Herde war auf der Weide, Leinwandmesser war zu Hause geblieben. Da kam ein sonderbarer Mann, hager, schwarzhaarig, schmutzig, in einem langen Rock, der ganz mit etwas Schwarzem bespritzt war. Das war der Abdecker. Ohne Leinwandmesser anzusehen, nahm er ihn am Halfter und führte ihn weg. Leinwandmesser ging ruhig mit, ohne sich umzusehen; wie immer schleppte er die Beine nach und blieb mit den Hinterfüßen im Stroh hängen. Als er aus dem Tor kam, streckte er den Hals nach dem Brunnen, aber der Abdecker zerrte ihn fort und sagte: »Das hat keinen Zweck.«

Der Abdecker und Waska gingen zu einer kleinen Talmulde hinter dem Ziegelschuppen und machten halt, als ob an diesem ganz gewöhnlichen Ort etwas Besonderes wäre. Der Abdecker gab Waska das Halfter, zog den Rock aus, streifte die Ärmel seines Hemdes auf und zog ein Messer und einen Wetzstein aus dem Stiefelschaft. Der Wallach reckte den Kopf nach dem Halfterriemen und wollte aus Langerweile daran kauen, konnte ihn aber nicht erreichen. Er seufzte und schloß die Augen. Seine Unterlippe hing herab, man sah seine abgenutzten gelben Zähne, und er nickte über dem Geräusch des Messerwetzens ein. Nur das kranke Bein mit der Beule, das er seitwärts gestellt hatte, zuckte von Zeit zu Zeit. Plötzlich fühlte er, daß ihn jemand am Unterkiefer faßte und ihm den Kopf in die Höhe hob. Er öffnete die Augen. Vor ihm waren zwei Hunde. Der eine schnupperte nach dem Abdecker hin, der andere saß da und starrte den Wallach an, als ob er etwas von ihm erwartete. Der Wallach sah sie an und rieb seinen Backenknochen an der Hand, die ihn hielt. ›Sie wollen mich sicher kurieren‹, dachte er. ›Na, meinetwegen.‹

Und wirklich fühlte er, daß sie etwas an seiner Kehle machten. Er spürte einen Schmerz, zuckte zusammen, schlenkerte mit dem einen Bein, hielt sich aber aufrecht und wartete, was weiter geschehen werde. Was weiter kam, war, daß ihm etwas Flüssiges in großem Strom über Hals und Brust lief. Er seufzte so tief, daß seine Flanken bebten. Und es wurde ihm viel leichter. Die ganze schwere Last des Lebens war von ihm genommen. Er schloß die Augen und neigte den Kopf – niemand hielt ihn fest. Sein Hals bog sich nach unten, die Beine begannen zu zittern, der ganze Körper schwankte. Er war darüber eher erstaunt als erschrocken. Alles war ihm so neu. Er wunderte sich und machte eine krampfhafte Bewegung nach vorn, nach oben, aber vergebens. Seine Beine versagten den Dienst, er neigte sich zur Seite, und als er die Füße anders setzen wollte, fiel er nach vorn und auf die linke Seite. Der Abdecker wartete, bis die Zuckungen aufgehört hatten und jagte die Hunde weg, die näher gekommen waren. Dann packte er den Wallach an den Beinen, drehte ihn auf den Rücken, befahl Waska, das eine Bein festzuhalten, und begann das Fell abzuziehen.

»Es war ein gutes Pferd«, sagte Waska.

»Wenn es nur nicht so mager wäre, dann wäre das Fell ganz gut«, sagte der Abdecker.

Die Herde kam am Abend auf der Anhöhe vorüber, und die Pferde, die am linken Rand gingen, sahen unten etwas Rotes, an dem sich die Hunde eifrig zu schaffen machten; darüber flogen Raben und Geier. Der eine Hund hatte die Vorderbeine gegen den Kadaver gestemmt, schlenkerte den Kopf hin und her und riß das Stück, das er gepackt hatte, mit einem krachenden Geräusch ab. Die braune Stute blieb stehen, reckte den Hals vor und zog witternd die Luft ein. Nur mit Mühe konnte sie fortgetrieben werden.

In der Morgendämmerung saßen ein paar großköpfige junge Wölfe auf einer Lichtung in einer mit dichtem Gestrüpp bewachsenen Schlucht des alten Waldes und heulten vergnügt. Es waren fünf Wölfe: vier fast gleich große und ein kleiner, dessen Kopf größer war als der Rumpf. Eine magere, im Haaren begriffene Wölfin, die ihren vollen Bauch mit den hängenden Zitzen an der Erde hinschleppte, kam aus dem Gebüsch und setzte sich hin. Die jungen Wölfe standen im Halbkreis vor ihr. Sie ging zu dem kleinsten, ließ den Schwanz hängen und senkte den Kopf. Dann machte sie einige krampfhafte Bewegungen, öffnete den Rachen mit den spitzen Zähnen und spie mit großer Anstrengung ein Stück Pferdefleisch aus. Die größeren Wölfchen umringten sie, aber sie fuhr drohend auf sie los und gab alles dem kleinsten. Der Kleine knurrte wütend, zog das Stück Fleisch unter sich und begann zu fressen. Dann spie die Wölfin auch für die anderen Fleisch aus und legte sich vor ihnen auf die Erde, um auszuruhen.

Eine Woche später lagen bei dem Ziegelschuppen nur noch der große Schädel und zwei Schenkelknochen, alles andere war weggeschleppt worden. Im Sommer nahm ein Bauer, der Knochen sammelte, auch die Schenkelknochen und den Schädel mit und verkaufte sie.

Serpuchowskojs toter Leib, der in dieser Welt umhergewandert war und gegessen und getrunken hatte, wurde erst viel später der Erde übergeben. Weder seine Haut noch sein Fleisch noch seine Knochen waren zu irgend etwas nütze. Und wie sein in dieser Welt umherwandelnder toter Leib schon seit zwanzig Jahren allen eine große Last gewesen war, so war auch seine Beerdigung nur eine überflüssige Mühe für die Menschen. Schon längst hatte ihn niemand mehr gebraucht, schon längst war er allen zur Last geworden, aber die Toten, die die Toten begraben, fanden es trotzdem nötig, diesem sogleich in Verwesung übergehenden, aufgedunsenen Leib eine schöne Uniform und schöne Stiefel anzuziehen, ihn in einen schönen neuen Sarg mit neuen Quasten an den vier Ecken zu legen, dann diesen neuen Sarg in einen anderen bleiernen Sarg zu stellen, ihn nach Moskau zu bringen, dort vor langer Zeit bestattete menschliche Gebeine wieder auszugraben, an just dieser Stelle diesen faulenden, von Würmern wimmelnden Leib in der neuen Uniform und den blank geputzten Stiefeln zu verbergen und alles mit Erde zuzuschütten.

Wieviel Erde braucht der Mensch?

Die ältere Schwester aus der Stadt besuchte ihre jüngere Schwester auf dem Dorfe. Die ältere war mit einem Kaufmann in der Stadt verheiratet und die jüngere mit einem Bauern im Dorf. Die Schwestern tranken Tee und unterhielten sich. Die ältere Schwester begann zu prahlen und ihr Leben in der Stadt zu rühmen: wie geräumig und wie reinlich sie in der Stadt wohne, wie schön sie sich kleide und ihre Kinder putze, wie gut sie esse und trinke und wie sie Spazierfahrten und Vergnügungen mitmache und Theatervorstellungen besuche.

Die jüngere Schwester fühlte sich dadurch verletzt, und sie begann das Kaufmannsleben herabzusetzen und ihr Bauernleben zu rühmen.

»Ich würde um nichts in der Welt«, sagte sie, »mein Leben mit dem deinigen vertauschen. Es ist wahr, daß wir nicht besonders schön wohnen, dafür kennen wir auch keine Sorgen. Ihr lebt allerdings schöner und sauberer, dafür könnt ihr heute viel Geld verdienen, morgen aber alles verlieren. Es gibt auch ein Sprichwort: Der Verlust ist der ältere Bruder des Gewinns. Es kommt ja wirklich vor, daß jemand heute reich ist und morgen betteln geht. Unser Bauernleben ist viel sicherer: das Leben des Bauern ist karg, doch lang. Reich werden wir nie, aber dafür haben wir immer satt zu essen!«

Darauf entgegnete die ältere Schwester: »Das ist mir ein schönes Essen: aus einem Trog mit den Schweinen und Kälbern! Ihr lebt im Schmutz und ohne Manieren. Wie sehr sich dein Bauer auch abmüht, ihr werdet doch nicht anders als auf dem Misthaufen leben und auch auf dem Misthaufen sterben. Und euren Kindern wird es nicht anders gehen.«

»Was macht denn das«? erwiderte die jüngere. »Unser Leben ist nun einmal so. Dafür leben wir sicher, brauchen uns vor niemand zu bücken und fürchten niemand. Aber in der Stadt lebt ihr in ständiger Anfechtung: heute lebt ihr gut, und morgen kommt der Böse und verführt deinen Mann zum Kartenspiel oder zum Trunk oder gar zu einer Liebschaft. Und dann ist alles hin. Kommt das etwa nicht vor?«

Der Bauer Pachom lag auf dem Ofen und hörte dem Gespräch der beiden Frauen zu.

›Es ist ja alles wahr‹, sagte er sich. ›Unsereiner hat von Kind auf mit der Erde zu schaffen, und deshalb kommen ihm solche Narrheiten nie in den Sinn. Eins ist nur traurig: wir haben zu wenig Land! Wenn ich genug Land hätte, so fürchtete ich niemand, nicht einmal den Teufel!‹

Die Weiber tranken ihren Tee aus, schwatzten noch von Putz und Kleidern, räumten das Geschirr weg und legten sich schlafen.

Der Teufel hatte aber hinter dem Ofen gesessen und alles gehört. Er freute sich, daß die Bäuerin ihren Mann zum Prahlen verleitet hatte: er prahlte ja, wenn er genug Land hätte, so würde ihn auch der Teufel nicht holen können.

›Es ist gut‹, sagte sich der Teufel, ›wir wollen sehen: ich will dir viel Land geben und dich gerade damit fangen.‹

2

In der Nachbarschaft wohnte eine Gutsbesitzerin. Sie war nicht sehr reich und besaß etwa hundertundzwanzig Deßjatinen Land. Anfangs vertrug sie sich mit den Bauern sehr gut und tat ihnen nie etwas zuleide. Nun stellte sie aber einen verabschiedeten Soldaten als Verwalter an, und dieser begann die Bauern mit Geldstrafen zu plagen. Wie sehr sich auch Pachom in acht nahm, kam es doch jeden Tag vor, daß entweder sein Pferd in den fremden Hafer ging oder seine Kuh sich in den Garten verirrte oder die Kälber auf der fremden Wiese weideten; jedesmal gab es Geldstrafen.

Pachom zahlte die Strafen und ließ seinen Ärger an seinen Hausgenossen aus. Oft hatte sich Pachom im Laufe des Sommers wegen dieses Verwalters an den Seinen versündigt. Als das Vieh im Herbst in den Stall kam, war er froh: das Futter kostete zwar viel Geld, dafür aber hörte die ewige Angst auf.

Im Winter hieß es plötzlich, daß die Gutsbesitzerin ihr Land verkaufen wolle und daß der Besitzer der Herberge an der Landstraße mit ihr darüber unterhandele. Als die Bauern davon hörten, begannen sie zu jammern und sagten: »Wenn der Wirt das Gut bekommt, wird er uns noch viel ärger zusetzen als die Gutsherrin. Wir können ohne dieses Land nicht auskommen, denn unser Besitz liegt mitten drin.« Die Bauern gingen nun alle zur Gutsherrin und baten, sie möchte das Land nicht dem Wirt, sondern ihnen verkaufen; sie versprachen auch einen höheren Preis zu zahlen. Die Gutsherrin ging darauf ein. Die Bauern wollten das Land als Gemeindegut erwerben; sie versammelten sich einige Male, um die Sache zu besprechen, konnten sich aber nicht einig werden. Jedesmal kam es zu Streitigkeiten, denn der Böse hatte seine Hand im Spiel. Darauf beschlossen die Bauern, daß ein jeder auf eigene Rechnung je nach seinem Vermögen kaufen solle. Auch darauf ging die Gutsherrin ein. Pachom hörte, daß sein Nachbar der Gutsherrin zwanzig Deßjatinen abgekauft habe, wobei er die Hälfte des Kaufpreises in jährlichen Raten bezahlen dürfe. Pachom wurde neidisch. ›Sie kaufen das ganze Land auf und lassen mir nichts übrig‹, dachte er. Und er beriet sich mit seiner Frau.

»Alle Leute kaufen Land«, sagte er zu ihr, »deshalb müssen auch wir ungefähr zehn Deßjatinen kaufen. Sonst ist es ja wirklich kein Leben: der Verwalter hat uns mit seinen Geldstrafen beinahe zugrunde gerichtet.«

Und sie überlegten sich, wie sie es anstellen sollten. Sie hatten hundert Rubel erspart; nun verkauften sie ein Füllen und die Hälfte der Bienenstöcke, verdingten den Sohn als Arbeiter, borgten sich noch etwas beim Schwager und brachten auf diese Weise die Hälfte der Kaufsumme auf.

Als Pachom das Geld beisammen hatte, suchte er sich ein Stück Land nach seinem Geschmack aus – es waren fünfzehn Deßjatinen mit einem kleinen Wald – und begab sich zur Gutsherrin, um über den Kauf zu verhandeln. Sie wurden handelseinig, und er gab ihr eine Anzahlung auf die fünfzehn Deßjatinen. Dann fuhren sie in die Stadt und schlossen den Kaufvertrag ab; Pachom zahlte die Hälfte des Preises und verpflichtete sich, den Rest innerhalb zweier Jahre abzuzahlen.

Nun hatte Pachom ein ordentliches Stück Land. Er verschaffte sich Saat auf Borg und besäte das gekaufte Land. Schon die erste Ernte war so gut, daß er gleich im ersten Jahre sowohl der Gutsherrin wie auch dem Schwager die Schuld bezahlen konnte. So wurde Pachom Gutsbesitzer: der Boden, den er bebaute, auf dem er mähte, sein Holz fällte und sein Vieh weidete, gehörte nun ihm. Sooft Pachom auf sein eigenes Land hinausfuhr, um zu pflügen oder um die Saat und das Gras anzusehen, war er stolz und glücklich. Es schien ihm, daß auf seinem Grund und Boden ganz anderes Gras wachse und andere Blumen blühten als sonst überall. Wenn er früher an diesem Stück Land vorübergefahren war, schien ihm das Land ganz gewöhnlich; jetzt war es aber ein gesegnetes Land.

3

So lebte Pachom in Freuden. Er wäre wohl ganz zufrieden gewesen, wenn ihm die Bauern nicht ständig mit den vielen Flurschäden zugesetzt hätten. Er stellte sie freundlich zur Rede, aber es half alles nichts: bald ließen die Hirten die Kühe auf seinen Wiesen grasen, bald verirrten sich nachts die Pferde in sein Korn. Pachom trieb das fremde Vieh weg, verzieh den Bauern und beschwerte sich nicht; auf die Dauer wurde es ihm aber doch zu dumm, und er zeigte die Schuldigen bei der Dorfpolizei an. Er wußte zwar, daß die Bauern es nicht mit böser Absicht taten und daß es nur daher kam, weil sie so dicht beieinander wohnten; und doch mußte er sich sagen: ›Ich kann es ihnen doch nicht immer nachsehen! Sie ruinieren mir schließlich mein ganzes Land. Ich muß ihnen doch einmal eine Lehre geben!‹

Er zeigte einen Bauern an, dann einen andern, und beiden wurden Geldstrafen zudiktiert. Das ärgerte die Nachbarn, und von nun an kam es vor, daß sie ihn mit Absicht schädigten. Jemand kam nachts in sein Wäldchen und fällte zehn junge Linden, um aus ihrer Rinde Bast zu machen. Als Pachom am nächsten Tage an dieser Stelle vorbeifuhr, sah er etwas weiß schimmern. Als er näher kam, sah er die abgeschälten Stämme auf der Erde liegen, nur die Stümpfe ragten noch aus dem Boden. Wenn der Dieb wenigstens die äußersten Stämme vom Gehölz gefällt und die mittleren stehengelassen hätte! Aber nein: er hatte alle der Reihe nach abgehauen. Pachom wurde wütend.

›Wenn ich nur wüßte, wer es war! Dem möchte ich einen

ordentlichen Denkzettel geben!‹ Er überlegte lange hin und her und sagte sich schließlich: ›Es kann niemand anders als Semjon gewesen sein.‹

Er ging zu Semjon, durchsuchte seinen Hof, fand aber nichts; es kam nur zu einem Streit. Pachom war nun erst recht davon überzeugt, daß Semjon der Täter war. Er reichte eine Klage ein. Es kam zur Verhandlung, und die Richter mußten Semjon freisprechen, da jeglicher Beweis für seine Schuld fehlte. Darüber geriet Pachom noch mehr in Zorn, und er fing einen Streit mit dem Schulzen und den Richtern an. Er sagte zu ihnen:

»Ihr steckt unter einer Decke mit den Dieben. Wenn ihr anständig wäret, würdet ihr den Dieb nicht freisprechen!«

Nun war Pachom mit den Richtern und den Nachbarn verzankt. Die Bauern drohten ihm mit dem roten Hahn. So hatte Pachom zwar auf seinem Grund und Boden genügend Raum, aber in der Gemeinde wurde es ihm zu eng.

Um jene Zeit kam das Gerücht auf, daß viele Bauern weiter nach Osten auswanderten. Und Pachom sagte sich: »Ich selbst brauche ja nicht auszuwandern, denn ich habe auch hier genügend Land; wenn aber jemand von den Nachbarn auswandern wollte, würde es hier geräumiger werden. Ich würde das Land der Auswandernden aufkaufen und damit meinen Besitz abrunden; ich würde es dann viel bequemer haben, denn jetzt ist es wirklich zu eng!«

Als Pachom einmal zu Hause saß, klopfte ein durchreisender Bauer bei ihm an. Pachom gewährte ihm Nachtquartier, gab ihm zu essen und zu trinken und fragte ihn, woher er des Weges komme. Der Bauer sagte, daß er aus dem unteren Wolgagebiet komme, wo er auf Arbeit gewesen sei. Ein Wort gab das andere, und der Bauer erzählte von den Verhältnissen der Einwanderer in jener Gegend. Viele Leute aus seinem Dorf seien hingezogen; man habe sie ohne Schwierigkeiten in die

Gemeinde aufgenommen und einem jeden zehn Deßjatinen Land zugeteilt. Der Boden sei dort sehr fruchtbar: zwischen den Kornähren könne sich ein Pferd verbergen, und fünf Handvoll Ähren gäben eine Garbe ab. Ein Bauer, der gänzlich verarmt und mit leeren Händen hingekommen sei, besitze jetzt sechs Pferde und zwei Kühe.

Pachoms Herz entbrannte. Er sagte sich: ›Was soll ich mich hier in der Enge plagen, wenn ich anderswo viel besser leben kann? Ich will meinen hiesigen Besitz verkaufen und mich mit dem Erlös drüben einrichten. Denn hier in der Enge hat man nichts als Ärger. Nur muß ich zuerst selbst hin und mir die Sache näher anschauen.‹

Als die Sommerarbeiten zu Ende waren, machte sich Pachom auf den Weg. Er fuhr bis Samara die Wolga hinab und ging von dort etwa vierhundert Werst zu Fuß. Er kam in die Gegend. Alles stimmte. Die Bauern hatten dort viel Land. Einem jeden waren zehn Deßjatinen zugeteilt, und Fremde wurden ohne Schwierigkeiten in die Gemeinde aufgenommen. Wer aber auch noch Geld mitbrachte, durfte außer den angewiesenen zehn Deßjatinen noch so viel Land kaufen, wie er wollte; eine Deßjatine bester Erde kostete nur drei Rubel.

Als Pachom alles an Ort und Stelle erfahren hatte, kehrte er zum Herbst nach Hause zurück und begann seinen Besitz zu verkaufen. Er verkaufte sein Land mit Gewinn, verkaufte sein Gehöft, sein Vieh, trat aus der Gemeinde aus und zog im nächsten Frühjahr mit Weib und Kind in die neue Heimat.

4

Pachom kam mit seiner Familie ins neue Land und ließ sich in einem großen Dorf in die Gemeinde aufnehmen. Er bewirtete die Gemeindeältesten mit Schnaps, und sie verschafften ihm alle notwendigen Papiere. Sie nahmen Pachom in die Gemeinde auf und teilten ihm, da seine Familie aus fünf Köpfen bestand, fünfzig Deßjatinen Land auf verschiedenen Feldern zu; außerdem bekam er einen Anteil am Weideland. Pachom richtete sich ein und kaufte Vieh. Nun besaß er allein an zugeteiltem Land dreimal mehr als früher; es war guter, fruchtbarer Boden. Er konnte daher zehnmal so gut leben wie früher. Er besaß genügend Ackergrund und Weideland und konnte sich so viel Vieh halten, wie er wollte.

Anfangs, während er sich einrichtete, erschien ihm alles vortrefflich; nachdem er aber eine Zeitlang gewirtschaftet hatte, fand er es auch hier zu eng. Im ersten Jahr säte Pachom Weizen auf dem ihm zugeteilten Land, und der gedieh sehr gut. Nun bekam er Lust, noch mehr Weizen anzubauen, doch das zugeteilte Land reichte nicht mehr aus. Und außerdem war es kein Weizenboden. In jener Gegend sät man den Weizen auf neuen Steppenboden oder Brachfeld. Man sät ihn nur ein oder zwei Jahre und läßt dann die Erde brachliegen, bis sie wieder mit Steppengras bewachsen ist. Solches Land fand viele Liebhaber, aber für alle reichte es nicht. Das gab immer Grund zu Streitigkeiten; die reicheren Bauern bebauten ihr Land selbst, und die ärmeren verpachteten das ihrige an Kaufleute, um mit dem Pachtzins ihre Steuern zu bezahlen. Auch Pachom wollte mehr von diesem Land haben. Er ging im nächsten Jahr in die Stadt und pachtete von einem Kaufmann Land auf ein Jahr. Er besäte es, der Weizen gedieh gut, doch lag das Feld zu weit vom Dorf entfernt: er mußte ganze fünfzehn Werst weit fahren. Er sah, daß die reicheren Bauern in der Umgegend wie Gutsbesitzer auf Einzelhöfen lebten und von Jahr zu Jahr reicher wurden. ›Wenn ich mir noch etwas Land zu Erb und Eigen kaufen könnte‹, dachte er sich, ›würde ich mir auch so ein Gut bauen! Dann hätte ich alles beisammen.‹ Und Pachom sann nun darüber nach, wie er sich Erbland zulegen könnte.

So vergingen drei Jahre. Pachom nahm Land in Pacht und baute Weizen. Die Jahre waren gut, der Weizen gedieh vortrefflich, und Pachom konnte sich etwas Geld zurücklegen. Eigentlich hätte er so sehr gut leben können, aber es ärgerte ihn, daß er jedes Jahr neue Pachtverträge abschließen mußte. Jedesmal gab es große Scherereien: wenn irgendwo besonders guter Boden zu verpachten war, stürzten sich die Bauern von der ganzen Gegend darauf und schnappten ihm alles vor der Nase weg, so daß er nichts säen konnte. Im dritten Jahre pachtete er zusammen mit einem Kaufmann von den Bauern Weideland; sie hatten es schon aufgepflügt, als die Bauern plötzlich einen Prozeß anfingen, und so war alle Mühe verloren. ›Wenn ich eigenes Land hätte‹, dachte er, ›brauchte ich mich vor niemand zu bücken und hätte diesen Ärger nicht.‹

Nun begann Pachom Erkundigungen einzuziehen, wo er sich Land zu Erb und Eigen kaufen könnte. Er stieß auf einen Bauern, der erst vor kurzem fünfhundert Deßjatinen gekauft hatte, aber in Not geraten war und das Land billig verkaufen mußte. Pachom unterhandelte mit dem Bauern. Sie handelten lange hin und her und einigten sich schließlich auf die Summe von tausend Rubel, wobei die Hälfte des Betrags in Raten zu zahlen war. Das Geschäft war beinahe abgeschlossen, als bei Pachom eines Tages ein durchreisender Kaufmann einkehrte, um seinen Pferden Futter zu geben. Sie tranken Tee und kamen ins Gespräch. Der Kaufmann erzählte, daß er aus dem fernen Baschkirenland komme. Er hätte dort von den Baschkiren fünftausend Deßjatinen Land gekauft, das Ganze hätte nur tausend Rubel gekostet. Pachom begann ihn auszufragen. Der Kaufmann erzählte:

»Ich habe das Land so billig bekommen, weil ich zuvor die Gemeindeältesten beschenkt habe: ich habe ihnen Kaftane und Teppiche für hundert Rubel und eine Kiste Tee gegeben, und alle, die Schnaps trinken, habe ich mit Schnaps bewirtet. Deshalb habe ich die Deßjatine zu zwanzig Kopeken bekommen.«

Er zeigte ihm den Kaufvertrag und sagte noch: »Das Land liegt an einem Fluß und ist gutes Steppenland.«

Pachom fragte ihn weiter aus, und der Kaufmann sagte: »Es gibt dort so viel Land, daß man es auch in einem Jahre nicht umgehen kann. Alles gehört den Baschkiren. Die Leute sind stumpfsinnig wie die Hammel. Man kann das Land von ihnen beinahe umsonst haben.«

›Nun‹, denkt sich Pachom, ›warum soll ich für meine tausend Rubel fünfhundert Deßjatinen kaufen und mir dabei noch eine Schuld auf den Hals laden, wenn ich dort für das gleiche Geld viel mehr bekommen kann?‹

5

Pachom erkundigte sich, wie man zu den Baschkiren käme; kaum war der Kaufmann fort, als er sich für die Reise zu rüsten begann. Er vertraute die ganze Wirtschaft seiner Frau an und nahm einen seiner Knechte auf die Reise mit. Sie fuhren zuerst in die Stadt und kauften eine Kiste Tee, Geschenke und Schnaps – alles, wie der Kaufmann gesagt hatte. Sie fuhren und fuhren und legten an die fünfhundert Werst zurück. Am siebenten Tage kamen sie in das Zeltlager der Baschkiren. Alles war wirklich so, wie der Kaufmann erzählt hatte. Die Baschkiren wohnen in der Steppe am Fluß in Zelten aus Filz. Sie treiben keinen Ackerbau und essen kein Brot. In der Steppe weiden ihre Vieh- und Pferdeherden. Hinter den Zelten sind die Füllen angebunden, und zweimal am Tage treibt man die Stuten zu ihnen hin. Die Stuten werden gemolken, und aus der Milch wird Kumyß[1] bereitet. Die Weiber rühren den Kumyß und machen daraus Käse; die Männer tun nichts als Kumyß und Tee trinken, Hammelfleisch essen und Flöte blasen. Es sind lauter gesunde, lustige Leute, die den ganzen Sommer lang feiern. Das Volk ist ganz ungebildet, versteht kein Russisch, ist aber sehr freundlich.

Kaum hatten die Baschkiren Pachom erblickt, als sie alle aus ihren Zelten herauskamen und den Gast umringten. Unter ihnen fand sich auch ein Dolmetsch. Pachom ließ ihn den Leuten sagen, daß er des Landes wegen gekommen sei. Die Baschkiren freuten sich sehr darüber; sie nahmen ihn an der Hand, führten ihn in ein schönes Zelt, setzten ihn auf Teppiche und Daunenkissen, ließen sich dann alle um ihn herum im Kreise nieder und bewirteten ihn mit Kumyß und Tee. Sie schlachteten auch einen Hammel und gaben ihm Fleisch zu essen. Pachom holte aus seinem Wagen die mitgebrachten Geschenke und verteilte sie unter die Baschkiren. Jeder bekam ein Geschenk und etwas Tee. Da freuten sich die Baschkiren. Sie sprachen lange miteinander in ihrem Kauderwelsch und ließen dann den Dolmetsch sprechen.

»Sie lassen dir sagen«, übersetzte der Dolmetsch, »daß sie dich liebgewonnen haben und daß es bei uns Sitte ist, jedem Gast jeden Gefallen zu erweisen und ihm für seine Geschenke Gegengeschenke zu machen. Du hast uns beschenkt; sage uns nun, was dir von unserem Besitz am besten gefällt, damit wir es dir geben.«

»Am besten gefällt mir euer Land«, entgegnete Pachom. »Bei uns zu Hause ist es eng, und der Boden ist erschöpft; bei euch aber gibt es viel Land, und der Boden ist so gut, wie ich noch keinen gesehen habe.«

1 Aus Stutenmilch bereitetes heißes, schäumendes, schwach alkoholisches Getränk.

Der Dolmetsch übersetzte es. Die Baschkiren sprachen wieder lange miteinander. Pachom verstand kein Wort davon, sah aber, daß sie sehr lustig waren: sie schrien und lachten. Dann wurden sie wieder still, blickten alle auf Pachom, und der Dolmetsch übersetzte:

»Sie lassen dir sagen, daß sie bereit sind, dir für deine Freundlichkeit so viel Land zu geben, wie du magst. Zeige nur mit der Hand, welches Land dir am besten gefällt, und es ist dein.«

Sie sprachen noch eine Weile und schienen in Streit geraten zu sein. Pachom fragte, worüber sie stritten. Und der Dolmetsch übersetzte:

»Die einen sagen, daß man erst den Ältesten fragen müsse und ohne seine Erlaubnis nichts hergeben dürfe; die anderen meinen aber, man könne es auch ohne ihn entscheiden.«

6

Während die Baschkiren so stritten, kam plötzlich ein Mann in einer Fuchsfellmütze ins Zelt. Alle verstummten und erhoben sich. Und der Dolmetsch sagte:

»Es ist der Älteste selbst!«

Pachom holte gleich den schönsten Kaftan hervor und überreichte ihn dem Ältesten; auch fünf Pfund Tee gab er ihm. Der Älteste nahm die Geschenke an und setzte sich auf den Ehrenplatz. Die Baschkiren begannen ihm sofort etwas zu erzählen. Der Älteste hörte sie an, nickte, daß sie schweigen sollten, und sagte zu Pachom auf russisch: »Nun, ich habe nichts dagegen. Nimm dir Land, wo du willst; wir haben genug.«

Pachom dachte: ›Was heißt das, daß ich mir so viel nehmen darf, wie ich mag? Das muß man doch irgendwie schriftlich abmachen. Sonst können sie heute sagen, daß es mir gehört, und es mir morgen wieder abnehmen.‹

»Ich danke euch für die freundlichen Worte«, sagte er. »Ihr habt ja viel Land, und ich brauche nur wenig. Ich muß aber genau wissen, welches Stück mir gehört. Man muß es irgendwie abgrenzen und auf meinen Namen einschreiben. Gott ist ja Herr über Leben und Tod. Ihr seid gute Leute und gebt mir das Land; vielleicht kommen aber einmal eure Kinder und nehmen es mir wieder weg.«

»Du hast recht«, entgegnete der Älteste, »man kann es ja auch schriftlich abmachen.«

Pachom sagte weiter: »Ich habe gehört, daß euch neulich ein Kaufmann besucht hat. Ihr habt ihm gleichfalls etwas Land geschenkt und einen Vertrag darüber abgeschlossen; ich möchte es gern auch so machen.«

Der Älteste begriff alles.

»Das kann man wohl machen«, sagte er, »wir haben auch einen Schreiber; wir wollen in die Stadt fahren und alles besiegeln.«

»Und welchen Preis verlangt ihr dafür?« fragte Pachom.

»Wir haben nur einen Preis: tausend Rubel für den Tag.«

Pachom verstand es nicht.

»Was ist denn der Tag für ein Maß? Wieviel Deßjatinen sind es?«

»Wir verstehen so nicht zu rechnen«, erwiderte der Älteste. »Wir verkaufen so: Wieviel Land du an einem Tage umgehen kannst, soviel gehört dir. Und ein Tag kostet tausend Rubel.«

Pachom wunderte sich.

»In einem Tage«, sagte er, »kann man ja ein sehr großes Stück Land umgehen.«

Der Älteste lachte: »Ja, und alles das soll dir gehören! Wir machen aber noch eine Bedingung aus: Wenn du am gleichen

Tage nicht an die Stelle zurückkommst, von der du ausgegangen bist, ist dein Geld verfallen.«

»Wie wollt ihr euch den Weg merken, den ich gegangen bin?« sagte Pachom.

»Sehr einfach: Wir werden uns auf dem Fleck, den du wählst, aufstellen und warten, bis du ein Stück Land umgangen hast. Du nimmst eine Hacke mit und bringst, wo es nötig ist, Grenzmarken an: an den Ecken gräbst du den Rasen auf, und wir werden hinterdrein mit dem Pflug von Marke zu Marke Furchen ziehen. Du kannst einen beliebig großen Kreis machen, doch mußt du vor Sonnenuntergang an den gleichen Ort zurückkommen, von dem du ausgegangen bist. Alles, was du umgangen hast, ist dein!«

Pachom freute sich. Sie beschlossen, früh am Morgen hinauszugehen. Sie sprachen noch eine Zeitlang miteinander, tranken Kumyß, aßen Hammelfleisch und tranken Tee. So wurde es Nacht. Die Baschkiren bereiteten Pachom ein Lager aus weichen Daunenkissen und gingen in ihre Zelte. Man verabredete, am nächsten Morgen zeitig aufzubrechen, um den Ort noch vor Sonnenaufgang zu erreichen.

7

Pachom legte sich auf sein Lager, konnte aber keinen Schlaf finden. Er mußte immer an sein Land denken: ›Ich werde mir ein gehöriges Stück Land einheimsen. An einem Tage kann ich ja leicht fünfzig Werst machen. Die Tage sind jetzt so lang wie Jahre; und in einem Kreise von fünfzig Werst ist viel Land enthalten! Das schlechtere Land will ich verkaufen oder an Bauern verpachten, das bessere behalte ich für mich.

Ich schaffe mir zwei Gespann Ochsen an und halte mir

noch zwei Knechte; an die fünfzig Deßjatinen will ich bebauen und auf dem übrigen Land mein Vieh weiden lassen.‹

Erst kurz vor Tage schlummerte Pachom ein. Und er hatte einen Traum. Er lag, so träumte ihm, in diesem selben Zelt und hörte draußen jemand laut lachen. Er wollte sehen, wer es sei, stand auf, ging hinaus und sah den Ältesten der Baschkiren vor dem Zelt sitzen. Er hielt sich mit beiden Händen den Bauch und schüttelte sich vor Lachen. Pachom ging auf ihn zu und fragte: »Worüber lachst du denn?« Es war aber gar nicht der Älteste, sondern jener Kaufmann, der ihn kürzlich besucht und ihm vom Baschkirenland erzählt hatte. Er fragte den Kaufmann: »Bist du schon lange hier?« Nun war es gar nicht der Kaufmann, sondern jener Bauer aus dem Wolgagebiet, der noch in der alten Heimat zu ihm gekommen war. Und plötzlich sah Pachom, daß es auch gar nicht der Bauer war, sondern der Teufel selbst, mit Hörnern und Hufen. Der Teufel lachte, und vor ihm lag ein Mann, barfuß, nur mit Hemd und Hose bekleidet. Pachom sah genauer hin: Was mochte es für ein Mensch sein? Und er sah – der Mann war tot und war niemand anders als er selbst. Pachom erschrak und erwachte. Als er ganz wach war, sagte er sich: ›Was es doch nicht alles für Träume gibt!‹ Er blickte sich um und sah durch die offene Tür, daß es schon tagte. ›Ich muß die Leute wecken‹, dachte er, ›denn es ist Zeit, aufzubrechen.‹ Pachom stand auf, weckte seinen Knecht, der im Wagen schlief, befahl ihm einzuspannen und ging, die Baschkiren zu wecken.

»Es ist Zeit«, sagte er, »in die Steppe hinauszufahren, um mein Land abzumessen.«

Die Baschkiren standen auf und versammelten sich vor dem Zelt; auch der Älteste kam herbei. Sie begannen wieder Kumyß zu trinken und boten Pachom Tee an; er wollte aber keine Zeit verlieren.

»Wenn wir hinausfahren wollen, müssen wir es gleich tun«, sagte er, »denn es ist höchste Zeit!«

8

Die Baschkiren machten sich fertig, brachen auf und fuhren teils im Wagen, teils ritten sie nebenher. Pachom fuhr mit dem Knecht in seinem Wagen; sie nahmen auch Hacken mit. Als sie in die Steppe kamen, rötete sich eben der Osten. Sie fuhren einen Hügel, einen ›Schichan‹, wie es in der Baschkirensprache heißt, hinauf, stiegen von den Pferden und Wagen und kamen an einem Platz zusammen. Der Älteste ging auf Pachom zu, zeigte mit der Hand und sagte:

»Dieses ganze Land, so weit dein Blick reicht, gehört uns. Wähle dir nun ein Stück nach deinem Geschmack.«

Pachoms Augen brannten vor Verlangen; es war lauter gutes Steppenland, glatt wie eine Handfläche, schwarz wie Mohnkörner; in den Vertiefungen wuchsen Gräser verschiedener Art, die einem bis an die Brust reichten.

Der Älteste nahm seine Fuchsfellmütze ab und legte sie auf den Boden. »Das soll unser Merkzeichen sein«, sagte er. »Von hier sollst du ausgehen und hierher wieder zurückkommen. Was du umgehst, gehört dir.«

Pachom holte sein Geld aus der Tasche, legte es auf die Mütze, zog den Kaftan aus und behielt nur sein Unterkleid an. Er schnallte den Gürtel fester um den Leib, steckte sich ein Säckchen mit Brot in den Busen, band sich eine Kürbisflasche mit Wasser an den Gürtel, zog die Stiefelschäfte höher hinauf, reckte sich, nahm aus den Händen des Knechtes die Hacke und stand so marschbereit da. Er überlegte sich noch, welche Richtung er einschlagen sollte – denn das Land war überall von gleicher Güte. Er sagte sich schließlich: ›Es ist ja wirklich einerlei; ich gehe dem Sonnenaufgang zu.‹ Er stellte sich mit dem Gesicht nach Osten, reckte sich und wartete, daß ein Rand der Sonnenscheibe zum Vorschein käme. ›Ich will keine Zeit verlieren‹, sagte er sich; ›solange es noch kühl ist, geht es sich viel leichter.‹ Kaum schossen die ersten Sonnenstrahlen am Himmelsrand hervor, als Pachom die Hacke auf die Schulter nahm und in die Steppe ging.

Pachom ging nicht zu schnell und nicht zu langsam. Als er eine Werst weit gegangen war, grub er ein Loch und schichtete einige Rasenstücke übereinander auf, damit das Zeichen von weitem sichtbar sei. Dann ging er weiter. Seine Glieder waren durch die Bewegung gelenkiger geworden. Er war allmählich in Schwung gekommen und beschleunigte seine Schritte. Er ging noch eine Strecke weiter und grub dann das zweite Loch.

Pachom blickte sich um. Er konnte im Sonnenlicht gut den Hügel sehen, auch die Leute und selbst das Funkeln der eisenbeschlagenen Räder. Pachom schätzte die Strecke, die er zurückgelegt, auf fünf Werst. Es war ihm wärmer geworden; er zog daher auch das Unterkleid aus, warf es über die Schulter und ging weiter. Nun wurde es heiß. Er blickte auf die Sonne – es war gerade die Stunde, Brotzeit zu machen.

›Nun ist gerade ein Viertel des Arbeitstages verstrichen‹, dachte Pachom. ›Es ist noch zu früh, einzubiegen. Ich will mir nur die Stiefel ausziehen.‹ Er setzte sich, zog die Stiefel aus, befestigte sie am Gürtel und ging weiter. ›Ich will noch an die fünf Werst gehen und dann links einbiegen. Hier ist der Boden gar zu gut; es wäre schade, wenn ich schon hier einbiegen wollte. Je weiter ich gehe, um so besser scheint das Land zu sein.‹ Er ging noch eine Strecke geradeaus und blickte sich um: der Hügel war kaum noch zu sehen; die Leute darauf erschienen wie Ameisen, und die Wagenräder glänzten kaum merklich in der Sonne.

›In dieser Richtung‹, sagte sich Pachom, ›habe ich genug; jetzt heißt es einbiegen! Ich bin ganz in Schweiß gebadet. Ich will etwas Wasser trinken.‹ Er blieb stehen, grub ein etwas größeres Loch, schichtete die Rasenstücke übereinander, band die Kürbisflasche vom Gürtel, trank und bog dann scharf nach links ein. Er ging und ging, geriet in hohes Gras; es wurde aber immer heißer.

Pachom begann Müdigkeit zu spüren; er blickte auf die Sonne und sah, daß es gerade die Mittagstunde war. ›Jetzt darf ich wirklich etwas ausruhen!‹ Pachom blieb stehen und setzte sich. Er aß Brot, trank Wasser, legte sich aber nicht hin, denn er sagte sich: ›Wenn ich mich hinlege, kann ich unversehens einschlafen.‹ Er saß eine Weile und ging dann weiter. Anfangs fiel ihm das Gehen leicht, denn das Mittagbrot hatte ihn gestärkt. Es war ihm aber sehr heiß, auch wurde er nach und nach schläfrig. Er ging aber rüstig vorwärts und dachte: ›Die Mühe ist kurz, doch das Leben lang.‹

Nachdem er auch in dieser Richtung eine weite Strecke zurückgelegt hatte, wollte er wieder nach links einbiegen; da stieß er aber auf eine feuchte Talsenke; es war schade, sie aufzugeben. Er dachte sich: ›Hier muß Flachs gut gedeihen.‹ Und er ging noch weiter in der gleichen Richtung. Er nahm also auch noch die feuchte Stelle in seinen Kreis auf, grub wieder ein Loch und machte den zweiten Winkel. Pachom blickte zu dem Hügel zurück: es war dunstig geworden, die Luft schien in der Sonnenglut zu zittern, und durch den Dunst hindurch konnte man die Leute auf dem Hügel kaum sehen.

›Ich habe die ersten beiden Seiten zu lang gemacht‹, sagte sich Pachom, ›die dritte Seite muß kürzer werden.‹

Er ging nun schneller, um noch die dritte Seite des Vierecks abzuschreiten. Er sah auf die Sonne: sie neigte sich der Vesperzeit zu. Auf der dritten Seite hatte er aber erst kaum zwei Werst zurückgelegt, und bis zum Ausgangspunkt blieben noch immer fünfzehn Werst.

›Nein‹, sagte er sich, ›so geht es nicht: wenn es auch ein schiefes Stück wird – jetzt muß ich geradeaus aufs Ziel zugehen. Daß es nur nicht zuviel wird! Ich habe ja auch jetzt schon genug.‹ Pachom grub schnell ein Loch und ging geradewegs auf den Hügel zu.

9

Pachom geht also auf den Hügel zu, und das Gehen fällt ihm immer schwerer: er schwitzt, die bloßen Füße sind zerschunden und wollen ihm nicht mehr gehorchen. Er will gern ein wenig ausruhen, darf es aber nicht mehr, sonst kann er vor Sonnenuntergang nicht zurück sein. Die Sonne wartet nicht und sinkt immer tiefer.

›Habe ich nicht doch einen Fehler gemacht und mir zuviel Land genommen? Wenn ich nur nicht zu spät komme!‹

Er blickt bald auf den Hügel, bald auf die Sonne: bis zum Ziel ist es noch weit, die Sonne steht aber schon dicht über dem Steppenrand. Pachom geht mit großer Mühe und beschleunigt dennoch seine Schritte immer mehr. Er geht und geht, die Entfernung bleibt aber immer die gleiche; nun fängt er an zu laufen. Er wirft das Unterkleid, die Stiefel, die Kürbisflasche und die Mütze weg und behält nur die Hacke, um sich auf sie zu stützen.

›O weh‹, sagt er sich, ›ich war zu gierig, ich habe die ganze Sache verdorben und werde vor Sonnenuntergang nicht hinkommen.‹ Die Angst benimmt ihm den Atem. Er rennt, was er rennen kann; Hemd und Hose kleben ihm am Leibe, sein Mund ist wie ausgetrocknet, die Brust arbeitet wie ein Schmiedebalg, das Herz hämmert, und die Beine wollen ihn nicht tragen und knicken ein. ›Daß ich nur vor Anstrengung nicht noch sterbe!‹ denkt er voller Angst. Er fürchtet zu sterben, kann aber nicht mehr stehenbleiben.

›Ich bin schon so weit gelaufen‹, denkt er, ›und wenn ich jetzt stehenbleibe, werden mich die Leute einen Narren nennen!

Er läuft und läuft, erreicht beinahe den Hügel und hört, wie ihn die Baschkiren mit Kreischen und Schreien antreiben. Von diesem Geschrei brennt sein Herz noch mehr. Pachom läuft mit letzter Kraft, die Sonne erreicht aber schon den Steppenrand, sieht durch den Dunst ganz groß und blutrot aus. Jeden Augenblick kann sie untergehen. Er hat aber nicht mehr weit zu laufen. Pachom sieht die Leute auf dem Hügel stehen; sie winken ihm und treiben ihn an. Er sieht auch die Fuchsfellmütze auf der Erde, sieht sein Geld auf ihr liegen, sieht den Ältesten auf der Erde sitzen und sich mit beiden Händen den Bauch halten. Pachom muß an seinen Traum denken. Er sagt sich:

›Nun habe ich viel Land; ob es mir aber von Gott beschieden ist, darauf zu leben? Wehe! Ich habe mich zugrunde gerichtet, ich erreiche den Hügel nicht mehr ... ‹

Pachom blickt wieder auf die Sonne: sie berührt schon die Erde, und ein Stück an ihrem Rande ist bereits abgeschnitten. Pachom nimmt seine letzten Kräfte zusammen, beugt sich mit dem ganzen Körper vor, so daß seine Beine kaum mitkommen können. Wie Pachom den Hügel erreicht, wird es plötzlich dunkel. Er blickt zurück – die Sonne ist schon untergegangen. Pachom stöhnt auf: »Umsonst war meine ganze Mühe!« Er will stehenbleiben, hört aber die Baschkiren noch immer schreien. Es fällt ihm ein, daß es ihm nur unten so scheint, als sei die Sonne schon untergegangen; vom Hügel kann man sie noch sehen. Pachom holt Atem und läuft den Hügel hinauf. Oben ist es noch hell. Er erreicht den Gipfel und sieht die Mütze. Vor der Mütze sitzt der Älteste, schüttelt sich vor Lachen und hält sich mit den Händen den Bauch. Wieder muß Pachom an seinen Traum denken. Er stöhnt auf, die Beine knicken ihm ein, und er fällt hin, berührt aber mit den beiden Händen gerade noch die Mütze.

»Gut gemacht!« schreit der Älteste. »Viel Land hast du gewonnen.«

Pachoms Knecht kam gelaufen, wollte ihn aufheben, aber Pachom lag tot da, und aus seinem Munde rann Blut.

Die Baschkiren schnalzten mit den Zungen und sprachen ihr Bedauern aus.

Der Knecht nahm die Hacke, grub Pachom ein Grab, genauso lang wie das Stück Erde, das er mit seinem Körper, von den Füßen bis zum Kopf, bedeckte – sechs Ellen –, und scharrte ihn ein.

Wofür?

Erzählung aus der Zeit der Polenaufstände

Im Frühling 1830 empfing Pan Jaczewski auf seinem Erbgut Rozanka den Besuch des jungen Josef Migurski, des einzigen Sohnes seines verstorbenen Freundes. Jaczewski war ein Mann von fünfundsechzig Jahren mit breiter Stirn, breiten Schultern und breiter Brust, einem langen weißen Schnurrbart im ziegelroten Gesicht, ein Patriot aus der Zeit der zweiten Teilung Polens. Als Jüngling hatte er mit dem Vater Migurski unter den Fahnen Kosciuszkos gefochten, und mit allen Kräften seiner patriotischen Seele haßte er die ›apokalyptische Hure‹ Katharina II. und ihren schändlichen Liebhaber, den Verräter Poniatowski; er glaubte so fest an die Wiederherstellung der Rzecz Pospolita, wie er abends glaubte, daß am nächsten Morgen die Sonne wieder aufgehen werde. 1812 kommandierte er ein Regiment in der Armee Napoleons, den er anbetete. Der Sturz Napoleons betrübte ihn, doch er verzweifelte nicht an der Wiederherstellung eines zwar verstümmelten, aber selbständigen Königreichs Polen. Die Eröffnung des polnischen Reichstags in Warschau durch Alexander I. gab ihm neue Hoffnung, doch die Heilige Allianz, die Reaktion in ganz Europa, die Willkürherrschaft des Großfürsten Konstantin schien die Verwirklichung des Herzenswunsches hinauszuschieben ... Im Jahre 1825 siedelte Jaczewski aufs Land über und lebte nun Sommer und Winter in Rozanka, beschäftigte sich mit seiner Wirtschaft, ging auf die Jagd und las Zeitungen und Briefe, die es ihm möglich machten, nach wie vor die politischen Ereignisse in seinem Vaterland aufmerksam zu verfolgen. Er war in zweiter Ehe mit einem armen, hübschen Edelfräulein verheiratet, und diese Ehe war nicht glücklich. Er liebte und achtete seine zweite Frau nicht, sie war ihm zur Last, er behandelte sie roh und schlecht, als wollte er sie für den Irrtum seiner zweiten Ehe büßen lassen. Kinder hatte ihm seine zweite Frau nicht geboren. Aus erster Ehe aber hatte er zwei Töchter: die älteste, Wanda, war eine stolze Schöne, die den Wert ihrer Schönheit sehr wohl kannte und sich auf dem Lande langweilte; die jüngere, Albina, war der Liebling des Vaters, ein lebhaftes, knochiges Mädchen mit krausem, blondem Haar und großen, blitzenden grauen Augen, die gleich denen ihres Vaters sehr weit auseinanderstanden.

Albina war fünfzehn Jahre alt, als Josef Migurski nach Rozanka kam. Migurski war auch schon früher, als Student, bei Jaczewskis in Wilna gewesen, wo sie meist den Winter zubrachten, und hatte Wanda den Hof gemacht; jetzt kam er zum ersten Mal als ganz erwachsener, freier Mensch zu ihnen auf das Landgut. Der Besuch des jungen Migurski war allen Bewohnern von Rozanka sehr lieb. Dem Alten war Józio Migurski lieb, weil er ihn an dessen Vater, seinen Freund, erinnerte, wie er in jungen Jahren gewesen war, und weil er mit so viel Feuer und so rosigen Hoffnungen von der revolutionären Bewegung nicht nur in Polen, sondern auch im Ausland, von wo er eben erst heimgekehrt war, zu erzählen wußte.

Der Pani Jaczewska aber war Migurski willkommen, weil der alte Jaczewski sich in Gegenwart Fremder zusammennahm und sie nicht so wie gewöhnlich für alles schalt und tadelte. Wanda war über seinen Besuch erfreut, weil sie überzeugt war, daß Migurski nur ihretwegen gekommen war und ihr einen Heiratsantrag machen wollte; sie war bereit, ja zu sagen, wollte aber, wie sie zu sich selbst sagte, lui tenir la dragée haute. Albina freute sich, weil alle sich freuten. Wanda war keineswegs allein der Meinung, daß Migurski um sie anhalten wollte. So dachten alle im Hause, vom alten Jaczewski angefangen bis zur Kinderfrau Ludwika, obgleich niemand es aussprach.

Und es war auch in der Tat so. Migurski war in dieser Absicht gekommen, aber nach einem Aufenthalt von einer Woche reiste er verstimmt und verlegen wieder ab, ohne einen Antrag gemacht zu haben. Alle waren erstaunt über diese plötzliche Abreise, und niemand außer Albina wußte um deren Grund. Nur Albina wußte, daß sie die Ursache dieses seltsamen Entschlusses war.

Während seines ganzen Aufenthalts in Rozanka hatte sie bemerkt, daß Migurski nur in ihrer Gegenwart besonders erregt und heiter war. Er behandelte sie wie ein Kind, scherzte mit ihr, neckte sie, aber mit ihrem weiblichen Instinkt fühlte sie, daß sein Verhalten zu ihr nicht das Verhalten eines Erwachsenen zu einem Kind war, sondern das eines Mannes zu einem Weibe. Sie erkannte das an dem liebevollen Blick und dem freundlichen Lächeln, mit dem er sie begrüßte, wenn sie ins Zimmer trat, und sie begleitete, wenn sie hinausging. Sie gab sich keine klare Rechenschaft darüber, was das war, aber sein Verhalten freute sie, und sie bemühte sich unwillkürlich, das zu tun, was ihm gefiel. Ihm aber gefiel alles, was sie tat. Und darum tat sie alles in seiner Gegenwart in besonders erregter Stimmung. Es gefiel ihm, wenn sie mit dem prächtigen Windhund um die Wette lief, der an ihr emporsprang und ihr rotglühendes, strahlendes Gesicht leckte; es gefiel ihm, wie sie aus dem geringsten Anlaß in ein helles Lachen ausbrach, das auf alle ansteckend wirkte; es gefiel ihm, wie sie, mit den Augen immer weiter fröhlich lachend, bei der langweiligen Predigt des Pfarrers eine ernste Miene machte; es gefiel ihm, wie sie bald die alte Kinderfrau, bald den betrunkenen Nachbarn, bald Migurski selbst ebenso treffend wie komisch nachzuahmen wußte und dabei ganz plötzlich von der einen Darstellung zur andern übersprang. Vor allem aber gefiel ihm ihre begeisterte Lebensfreude. Es war, als hätte sie eben erst die ganze Herrlichkeit des Lebens kennengelernt und wollte sie nun ganz ausschöpfen. Ihm gefiel diese Lebenslust, diese Lebenslust aber wurde gerade dadurch erregt und genährt, daß sie wußte, wie sie ihn entzückte. Und daher wußte Albina allein, warum Migurski, der gekommen war, um Wandas Hand anzuhalten, abreiste, ohne sich erklärt zu haben. Sie hätte sich zwar nicht entschließen können, das jemand zu sagen, sie gestand es sich selbst auch nicht ein, aber in ihrem Herzen wußte sie es, daß er ihre Schwester liebgewinnen wollte und sich in sie, in Albina, verliebt hatte. Albina wunderte sich sehr darüber, denn sie hielt sich für ganz unbedeutend im Vergleich zu der klugen, gebildeten, schönen Wanda, aber sie konnte es sich nicht verhehlen, daß es so war, und sie konnte nicht anders als sich darüber freuen, denn sie selbst hatte Migurski von ganzem Herzen liebgewonnen, hatte ihn so liebgewonnen, wie man nur zum ersten Mal und nur einmal in seinem Leben liebt.

2

Im Spätsommer berichteten die Zeitungen über die Revolution in Paris. Bald darauf gingen Nachrichten über bevorstehende Unruhen in Warschau ein. Jaczewski erwartete in Furcht und Hoffnung mit jeder Post die Nachricht von der Ermordung Konstantins und dem Ausbruch der Revolution. Im November kam endlich nach Rozanka die Nachricht von dem Überfall auf das Belvedere und der Flucht des

Großfürsten Konstantin Pawlowitsch; dann wurde berichtet, daß der Reichstag die Dynastie der Romanows des polnischen Königsthrons verlustig erklärt habe, daß Chlopicki zum Diktator ausgerufen und das polnische Volk wieder frei sei. Der Aufruhr war noch nicht bis Rozanka gekommen, aber alle Bewohner des Gutes verfolgten seine Weiterentwicklung, erwarteten den Ausbruch auch hier und trafen Vorbereitungen. Der alte Jaczewski korrespondierte mit einem alten Bekannten, einem der Häupter der Revolution, empfing allerlei geheimnisvolle jüdische Unterhändler, mit denen er nicht über wirtschaftliche, sondern über politische Dinge verhandelte, und machte sich bereit, sich dem Aufruhr anzuschließen, wenn die Zeit gekommen sein werde. Pani Jaczewska sorgte nicht nur wie immer, sondern viel mehr als sonst für die materielle Bequemlichkeit ihres Gatten und brachte ihn dadurch wie immer in eine gereizte Stimmung. Wanda hatte ihre Brillanten einer Freundin in Warschau geschickt, damit diese sie verkaufe und den Erlös dem Revolutionskomitee zur Verfügung stelle. Albina interessierte sich nur für das, was Migurski tat. Vom Vater hatte sie erfahren, daß er sich der Freischar Dwernickis angeschlossen habe, und sie suchte nun alles zu erfahren, was sich auf diese Schar bezog. Migurski hatte zweimal geschrieben: im ersten Brief meldete er seinen Eintritt in die Armee, der zweite Brief enthielt eine begeisterte Schilderung des polnischen Siegs bei Stoczek, wo sechs russische Geschütze erbeutet und zahlreiche Gefangene gemacht worden waren.

›Zwyciestwo Polakow i kleska Moskali! Wiwat!‹ so schloß der Brief. Albina war begeistert. Sie vertiefte sich in die Karte, berechnete, wann und wo die Moskowiter endgültig geschlagen werden mußten, und wurde bleich und zitterte, wenn der Vater die von der Post gebrachten Pakete langsam öffnete. Einmal überraschte die Stiefmutter, als sie in Albinas Zimmer trat, das Mädchen in Hosen und Konföderatka vor dem Spiegel. Albina wollte in Männerkleidern aus dem Elternhaus entfliehen, um sich dem polnischen Heer anzuschließen. Die Stiefmutter erzählte das dem Vater. Der Vater rief die Tochter zu sich und gab ihr, ohne sie seine Teilnahme, ja sein Entzücken merken zu lassen, einen strengen Verweis. Er verlangte von ihr, daß sie die dummen Gedanken an eine Teilnahme am Krieg sich aus dem Kopfe schlage. »Die Frauen haben anderes zu tun: ihre Aufgabe ist, jene zu lieben und zu erfreuen, die sich für das Vaterland opfern«, sagte er. Jetzt bedürfe er ihrer, da sie seine Freude und sein Trost sei, und einmal werde eine Zeit kommen, wo ihr Gatte ihrer ebenso bedürfen werde. Er wußte, wie man auf sie wirken mußte. Er deutete auch an, daß er einsam und unglücklich sei. Sie preßte ihr Gesicht an seine Brust, um ihre Tränen zu verbergen, die dennoch den Ärmel seines Schlafrocks benetzten, und versprach ihm, nichts ohne seine Zustimmung zu unternehmen.

3

Nur wer das erduldet hat, was die Polen nach der Teilung Polens und der Unterwerfung des einen Landesteils unter die verhaßten Deutschen, des andern unter die noch verhaßteren Moskowiter erdulden mußten, kann die Begeisterung begreifen, die die Polen in den Jahren 1830 und 1831 erfaßte, als nach den früheren mißlungenen Befreiungsversuchen die neue Hoffnung auf Befreiung erfüllbar schien. Aber die Zuversicht währte nicht lange. Die Kräfte waren zu ungleich verteilt, und die Revolution wurde abermals unterdrückt. Wieder wurden Zehntausende von stumpfsinnig gehorchenden Russen nach Polen getrieben und mußten unter dem Kommando eines Dibitsch oder Paskewitsch und des obersten Kriegsherrn Nikolaus I., ohne zu wissen, warum sie das taten, die Erde mit ihrem Blut und dem ihrer polnischen Brüder tränken, bis sie die Polen niedergerungen und von neuem in die Gewalt der schwachen, jämmerlichen Leute gegeben hatten, die weder die Freiheit noch die Unterdrückung der Polen wünschten, sondern nur das eine: die Befriedigung ihrer Habgier und ihres kindischen Ehrgeizes.

Warschau war genommen, die Freischaren zersprengt. Hunderte, Tausende wurden erschossen, totgeprügelt, in die Verbannung geschickt. Unter den Verbannten befand sich auch der junge Migurski. Sein Besitz wurde konfisziert, er selbst als gemeiner Soldat in ein Linienbataillon in Uralsk eingestellt.

Die Jaczewskis verbrachten den Winter 1832 in Wilna aus Rücksicht auf die Gesundheit des Alten, der seit 1831 an einem Herzübel litt. Hier erhielt er einen Brief von Migurski aus der Festung. Er schrieb, so Schweres er auch habe ertragen müssen und noch ertragen werde, er sei doch glücklich, daß er für das Vaterland habe leiden dürfen, und er verzweifle nicht an der heiligen Sache, der er einen Teil seines Lebens geopfert habe und auch den Rest zu opfern bereit sei; wenn sich morgen eine neue Möglichkeit böte, würde er ebenso handeln. Als der Alte den Brief vorlas, brach er bei diesem Satz in Tränen aus und konnte lange nicht weiterlesen. In dem zweiten Teil des Briefes, den Wanda vorlas, schrieb Migurski, welcher Art seine Wünsche und Träume bei seinem letzten Besuch, der für alle Ewigkeit der strahlendste Lichtpunkt seines ganzen Lebens bleiben werde, auch gewesen sein mochten, er könne und wolle jetzt nicht darüber reden.

Wanda und Albina faßten diese Worte jede in ihrer Weise auf, sagten aber keinem, wie sie sie aufgefaßt hatten. Am Schluß des Briefes grüßte Migurski alle und wandte sich in demselben scherzhaften Ton, den er bei seinem Aufenthalt in Rozanka Albina gegenüber angeschlagen hatte, wieder an sie und fragte, ob sie immer noch mit den Hunden um die Wette laufe und noch so täuschend die Leute nachahmen könne. Er wünschte dem Alten Gesundheit, der Mutter Erfolg in ihrer Wirtschaft, Wanda einen würdigen Ehegatten und Albina, daß sie sich ihre Lebensfreude bewahre.

4

Das Leiden des alten Jaczewski verschlimmerte sich immer mehr, und 1832 reiste die ganze Familie ins Ausland. Wanda lernte in Baden einen reichen polnischen Emigranten kennen und heiratete ihn. Der Zustand des Alten verschlimmerte sich noch mehr, und zu Anfang des Jahres 1833 starb er in den Armen Albinas. Seine Frau hatte ihn nicht pflegen dürfen, und bis zu seinem Tode hatte er ihr nicht vergeben können, daß er sie geheiratet hatte. Pani Jaczewska kehrte mit Albina auf das Gut zurück. Alle Gedanken Albinas waren bei Migurski. In ihren Augen war er der größte Held und Märtyrer, dem sie ihr ganzes Leben weihen wollte. Noch vor der Abreise ins Ausland war sie in Briefwechsel mit ihm getreten, erst im Auftrag ihres Vaters, dann aus eigenem Antrieb. Nach dem Tod des Vaters wieder in Rußland, setzte sie den Briefwechsel fort, und als sie achtzehn Jahre alt war, erklärte sie ihrer Stiefmutter, sie habe beschlossen, nach Uralsk zu Migurski zu gehen und ihn zu heiraten. Die Stiefmutter warf Migurski vor, er wolle, egoistisch wie er sei, seine schwierige Lage dadurch erleichtern, daß er ein reiches Mädchen an sich gelockt habe und sie zwinge, sein Unglück zu teilen. Albina wurde böse und erklärte ihrer Stiefmutter, nur sie allein sei fähig, derartige gemeine Gedanken einem Mann zuzuschreiben, der alles für sein Volk geopfert habe; Migurski habe im Gegenteil die Hilfe zurückgewiesen, die sie ihm angeboten habe, und sie sei unwiderruflich entschlossen, zu ihm zu reisen und ihn zu heiraten, wenn er ihr nur dieses Glück schenken wolle. Albina war volljährig, sie besaß auch eigenes Vermögen: die dreihunderttausend Zloty, die der verstorbene Onkel seinen zwei Nichten vermacht hatte. So konnte nichts sie zurückhalten.

Im November 1833 nahm Albina von den Ihrigen Abschied. Sie entließen sie unter Tränen, als ginge sie in den Tod, in das ferne, fremde Grenzland des barbarischen Moskowiterreichs. Mit der alten, treuen Kinderfrau Ludwika, die bei ihr bleiben sollte, stieg sie in den für die weite Reise zurechtgemachten Wagen ihres Vaters und machte sich auf den Weg.

5

Migurski wohnte nicht in der Kaserne, sondern in einer eigenen Wohnung. Zar Nikolaus verlangte zwar, daß die degradierten Polen nicht nur alle Lasten des rauhen Soldatenlebens trügen, sondern auch alle die Demütigungen erlitten, denen in jener Zeit der gemeine Soldat ausgesetzt war; aber die Mehrzahl jener einfachen Leute, die seine Befehle auszuführen hatten, verstanden die schwere Lage der Degradierten und wagten es trotz der damit verbundenen Gefahr, die Befehle des Zaren, wo es irgend möglich war, nicht zu befolgen. Der Kommandeur des Bataillons, in das Migurski eingestellt war, ein alter Mann, der sich vom gemeinen Soldaten emporgearbeitet hatte und kaum lesen und schreiben konnte, begriff, wie es dem einstmals reichen, gebildeten jungen Mann, der nun alles verloren hatte, zumute sein mußte, er hatte Mitleid und Achtung für ihn und ließ ihm, wo es nur irgend möglich war, Vergünstigungen zukommen. Und Migurski empfand dankbar die Gutherzigkeit des Oberstleutnants mit dem weißen Backenbart im gedunsenen Soldatengesicht; und um sich ihm erkenntlich zu zeigen, hatte er sich bereit erklärt, die Söhne des Alten, die für die Kadettenanstalt vorbereitet wurden, in Französisch und Mathematik zu unterrichten.

Migurski lebte nun bereits sieben Monate in Uralsk, und dieses Leben war nicht nur eintönig, traurig und langweilig, sondern geradezu qualvoll. Außer dem Bataillonskommandeur, von dem er sich möglichst fernzuhalten suchte, hatte er nur einen einzigen Bekannten: einen verbannten Polen, einen wenig gebildeten, verschmitzten, unangenehmen Menschen, der hier eine Fischhandlung besaß. Am schwersten aber fiel es Migurski, sich an die ärmlichen Lebensverhältnisse zu gewöhnen. Nach der Beschlagnahme seines Vermögens stand er ganz mittellos da und lebte von dem Verkauf der Goldsachen, die ihm geblieben waren.

Seine einzige und größte Freude in der Verbannung war der Briefwechsel mit Albina, deren holdes, poetisches Bild seit seinem Besuch in Rozanka in seinem Herzen geblieben war und nun in der Verbannung immer schöner und schöner wurde. In einem ihrer ersten Briefe hatte sie ihn unter anderm gefragt, was jene Worte in seinem ersten Brief bedeutet hätten: ›welcher Art seine Wünsche und Träume bei jenem Besuch auch gewesen sein mochten‹. Er antwortete ihr, jetzt könne er es ja gestehen, daß er davon geträumt habe, sie einst seine Frau nennen zu dürfen. Sie antwortete ihm, daß sie ihn liebe. Darauf schrieb er, das hätte sie lieber nicht aussprechen sollen, denn es sei entsetzlich zu denken, daß etwas hätte sein können und jetzt unmöglich geworden sei. Sie erwiderte, es sei nicht nur möglich, sondern es werde auch ganz bestimmt so kommen. Darauf schrieb er wieder, er könne ihr Opfer nicht annehmen, in seiner gegenwärtigen Lage sei nicht daran zu denken. Bald nach Absendung dieses Briefes erhielt er eine Anweisung auf zweitausend Zloty. An dem Poststempel und der Handschrift erkannte er, daß das Geld von Albina kam, und er erinnerte sich, daß er ihr in einem seiner ersten Briefe in scherzhaftem Ton geschildert hatte, was für eine Freude es ihm mache, jetzt durch Stundengeben alles, was er brauche, zu verdienen: Geld für Tabak, Tee, sogar für Bücher. Er legte das Geld in einen neuen Umschlag und schickte es zurück mit einem Begleitbrief, in dem er sie bat, ihr heiliges Verhältnis nicht durch Geld zu entweihen. Er habe alles, was er brauche, und sei vollkommen glücklich, weil er eine so treue Freundin habe wie sie. Danach geriet der Briefwechsel ins Stocken.

An einem Novembernachmittag saß Migurski in der Wohnung des Oberstleutnants und unterrichtete die Knaben, als das Glöckchen des Postschlittens ertönte. Man hörte die Kufen über den gefrorenen Schnee knirschen und vor dem Hause haltmachen. Die Kinder sprangen auf, um zu sehen, wer gekommen sei. Migurski blieb im Zimmer, sah nach der Tür und wartete auf die Rückkehr der Kinder, aber da trat die Frau Oberstleutnant selber ins Zimmer.

»Es sind zwei Damen zu Ihnen gekommen, Pan, sie fragen nach Ihnen«, sagte sie. »Sie kommen wohl aus Ihrer Heimat. Sie sehen jedenfalls wie Polinnen aus.«

Wenn man Migurski gefragt hätte, ob er es für möglich halte, daß Albina zu ihm komme, hätte er gesagt, das sei undenkbar; in seinem innersten Herzen aber hatte er immer auf sie gewartet. Das Blut strömte ihm zum Herzen, und atemlos stürzte er ins Vorzimmer. Im Vorzimmer stand eine dicke pockennarbige Frau und wickelte ihr Kopftuch ab. Eine andere Frau wollte gerade in die Wohnstube eintreten. Als sie Schritte hinter sich hörte, drehte sie sich um. Unter der Kapuze blitzten die lebensfrohen, weit auseinanderstehenden, strahlenden Augen Albinas zwischen bereiften Wimpern. Er war starr und wußte nicht, wie er sie begrüßen, was er sagen sollte. »Józio«! rief sie und nannte ihn so, wie ihr Vater ihn genannt hatte und wie sie selbst ihn in Gedanken nannte, und dann schlang sie ihre Arme um seinen Hals, drückte ihr kaltes, errötendes Gesicht an das seine und lachte und weinte zugleich.

Als sie erfuhr, wer Albina war und weswegen sie gekommen war, nahm die gute Frau Oberstleutnant sie bis zur Hochzeit bei sich auf.

6

Der gutmütige Oberstleutnant erwirkte Migurski die Genehmigung der vorgesetzten Behörde. Aus Orenburg wurde ein katholischer Priester geholt, der das Paar traute. Die Frau des Bataillonskommandeurs vertrat die Brautmutter, einer von Migurskis Schülern trug das Heiligenbild, und Brzozowski, der verbannte Pole, war Brautführer.

So seltsam das auch scheinen mag – Albina liebte ihren Mann leidenschaftlich, kannte ihn aber gar nicht. Sie lernte ihn jetzt erst kennen. Es versteht sich von selbst, daß sie an dem lebendigen Menschen von Fleisch und Blut sehr viel Alltägliches und Unpoetisches entdeckte, was dem Bild, das sie in ihrer Phantasie gehegt und getragen hatte, fehlte. Dafür aber – ja gerade weil er ein Mensch von Fleisch und Blut war – fand sie an ihm auch viel Schlichtes und Gutes, das dem abstrakten Bild ebenfalls gefehlt hatte. Sie hatte von Freunden und Bekannten seine Tapferkeit im Kriege rühmen hören, sie wußte von dem Mut, mit dem er den Verlust von Vermögen und Freiheit getragen hatte, und so hatte sie sich ihn als Helden gedacht, der ein erhabenes Heldenleben führte; in Wirklichkeit aber erwies er sich mit all seiner außerordentlichen körperlichen Kraft und Tapferkeit als sanftes, mildes Lämmlein, als ganz schlichter Mensch, der gutmütig zu scherzen liebte; immer noch spielte um seinen vom blonden Bärtchen umrandeten sinnlichen Mund das kindliche Lächeln, das sie schon in Rozanka bezaubert hatte, und nie ging seine Pfeife aus, worunter sie später in der Zeit der Schwangerschaft besonders zu leiden hatte.

Auch Migurski lernte Albina erst jetzt kennen und in ihr zugleich zum ersten Mal das Weib. Die Frauen, die er vor seiner Heirat gekannt hatte, konnten ihn das Weib nicht kennen lehren. Und soweit er in Albina das Weib überhaupt kennenlernte, war er verwundert und hätte vielleicht tief enttäuscht sein können, wenn er nicht für Albina als Einzelwesen, als Albina, ein besonders zärtliches und dankbares Gefühl empfunden hätte. Für Albina als Weib hatte er eine freundliche, etwas ironische Herablassung, für Albina als Albina jedoch empfand er nicht nur zärtliche Liebe, sondern Begeisterung, er fühlte sich für ewig in ihrer Schuld angesichts des Opfers, das sie ihm gebracht und das ihm ein so großes, unverdientes Glück beschert hatte.

Die Migurskis waren glücklich in ihrer Liebe. Da sie alle Liebe, deren sie fähig waren, einander schenkten, hatten sie inmitten dieser fremden Leute ein Gefühl wie zwei im Schneesturm Verirrte, die sich aneinander wärmen, um nicht zu erfrieren. Noch heiterer gestaltete sich ihr Leben durch die Anwesenheit der Kinderfrau Ludwika, die mit sklavisch-selbstloser Ergebenheit an ihrer Paniusa hing, immer gutmütig brummte und sich in alle Männer verliebte. Ihr Glück wurde noch erhöht durch die Kinder. Nach einem Jahr wurde ein Knabe geboren, anderthalb Jahre darauf ein Mädchen. Der Knabe war das Ebenbild der Mutter: dieselben

Augen, dasselbe lebhafte Wesen und dieselbe Grazie. Das Mädchen war ein gesundes, hübsches Tierchen.

Getrübt wurde das Glück der Ehegatten durch die Trennung von der Heimat, vor allem aber durch die abhängige Stellung Migurskis, in der er den größten Demütigungen ausgesetzt war. Besonders litt Albina darunter. Ihr Józio, ihr Held, der Idealmensch, mußte vor jedem Offizier strammstehen, mußte Gewehrgriffe üben, Schildwache stehen und blindlings gehorchen.

Auch aus Polen kamen sehr traurige Nachrichten. Fast alle nahen Verwandten und Freunde waren entweder verbannt oder hatten alles verloren und waren ins Ausland geflohen. Und die Migurskis selbst konnten nicht hoffen, daß ihre Lage sich jemals ändern würde. Alle Gesuche um Begnadigung oder wenigstens Besserung der Lage, um Beförderung zum Offizier blieben erfolglos. Zar Nikolaus hielt Truppenmusterungen und Paraden ab, ließ seine Soldaten marschieren und exerzieren, gab Maskenbälle, scherzte mit den Masken, fuhr ohne Grund und Zweck in ganz Rußland umher, aus Tschugujew nach Noworossijsk und aus Petersburg nach Moskau, hetzte die Pferde zu Tode und erfüllte das Volk mit Angst und Schrecken; wagte aber irgendein Kühner ihn um Erleichterungen für die verbannten Dekabristen und Polen zu bitten, die um der von ihm doch so hoch gepriesenen Vaterlandsliebe willen leiden mußten, dann warf er die Brust heraus, richtete seinen bleiernen Blick auf irgendeinen beliebigen Gegenstand und sagte: »Sie sollen weiterdienen. Es ist noch zu früh«, als wüßte er, wann es nicht mehr zu früh, sondern an der Zeit sein werde. Und seine ganze Umgebung, Generale, Kammerherren und deren Frauen, die dank ihm ihr Auskommen hatten, alle waren gerührt ob dem außerordentlichen Scharfblick und der Weisheit dieses großen Mannes.

Im allgemeinen jedoch überwog in dem Leben der Migurskis das Glück.

So vergingen fünf Jahre. Da traf sie plötzlich ein unerwartetes, furchtbares Leid. Zuerst erkrankte das Mädchen, zwei Tage danach der Knabe. Drei Tage lag er im Fieber, ohne ärztliche Hilfe – es war kein Arzt zu finden gewesen –, und am vierten Tag starb er. Zwei Tage später starb auch das Mädchen.

Albina ertränkte sich nur darum nicht im Ural, weil sie sich die Verfassung ihres Mannes bei der Nachricht von ihrem Selbstmord nicht ohne Entsetzen vorstellen konnte. Aber es war ihr eine Qual weiterzuleben. Sonst immer tätig und besorgt, überließ sie jetzt Ludwika die ganze Wirtschaft und saß stundenlang müßig da, die Blicke auf die Dinge gerichtet, die gerade vor ihr standen. Mitunter sprang sie hastig auf, lief in ihr Zimmerchen und weinte dort leise, ohne auf die Trostworte ihres Mannes und Ludwikas zu hören. Sie schüttelte nur den Kopf und bat, man möge sie allein lassen.

Im Sommer ging sie zu den Gräbern ihrer Kinder und saß dort lange und zermarterte ihr Herz mit Gedanken darüber, wie es einst gewesen war und wie es hätte werden können. Besonders quälte sie der Gedanke, daß die Kinder hätten am Leben bleiben können, wenn sie in einer Stadt gewohnt hätten, wo ihnen sofort ärztliche Hilfe zur Verfügung gestanden hätte. ›Wofür? Wofür?‹ dachte sie. ›Józio und ich – beide wollen wir von keinem Menschen etwas; er beansprucht nichts, als so leben zu dürfen, wie er es von klein auf gewöhnt ist und wie seine Großväter und Urgroßväter gelebt haben; und ich möchte nur bei ihm sein, ihn lieben und meine Kleinen lieben und aufziehen … Und nun wird er plötzlich gemartert, verbannt, und ich werde des Teuersten beraubt, was ich auf der Welt habe. Warum? Wofür?‹ So fragte sie die Menschen und Gott und konnte sich nicht vorstellen, daß es eine Antwort auf diese Frage gebe. Ohne diese Antwort aber gab es kein Leben, und so stockte ihr ganzes Leben. Das traurige Leben in der Verbannung, das sie früher mit ihrem weiblichen feinen Gefühl und Geschmack zu verschönen gewußt hatte, wurde ihr nun unerträglich, und nicht nur ihr, sondern auch Migurski, der mit ihr und um sie litt und nicht wußte, wie er ihr helfen sollte.

7

In dieser für die Ehegatten besonders schweren Zeit erschien in Uralsk ein Pole namens Rosolowski, der mit in den großartigen Aufruhr- und Fluchtplan des nach Sibirien verbannten Priesters Sirocinski verwickelt war.

Rosolowski, der ebenso wie Migurski, wie tausend andere nach Sibirien verbannt worden war, weil er das sein wollte, was er durch seine Geburt war – Pole, war in diese Affäre verwickelt gewesen, durch Rutenhiebe bestraft worden und kam als gemeiner Soldat in dasselbe Bataillon, in dem Migurski diente. Rosolowski, der früher Mathematiklehrer gewesen war, war ein langer, magerer Mensch mit krummem Rücken, eingefallenen Wangen und gerunzelter Stirn.

Gleich am ersten Abend nach seiner Ankunft begann Rosolowski, als er bei Migurskis am Teetisch saß, mit seiner langsamen, ruhigen Baßstimme von der Affäre zu erzählen, die so schlimme Folgen für ihn gehabt hatte. Sirocinski hatte nämlich einen ganz Sibirien umfassenden Geheimbund gegründet, um mit Hilfe der Polen, die in die Kosaken- und Linienregimenter eingestellt waren, einen Aufstand der Soldaten und Sträflinge zu entfachen, die Ansiedler mit aufzuhetzen, in Omsk sich der Artillerie zu bemächtigen und alle zu befreien.

»War denn das möglich?« fragte Migurski.

»Sehr möglich; es war schon alles fertig«, sagte Rosolowski mit finster gerunzelter Stirn und schilderte langsam und ruhig den ganzen Befreiungsplan und alle Maßnahmen, die man ergriffen hatte, um sich den Erfolg zu sichern oder im Fall eines Mißerfolges die Verschwörer zu retten. Der Plan wäre geglückt, wenn sich nicht zwei Verräter gefunden hätten. Sirocinski war nach Rosolowskis Schilderung ein genialer Mensch von gewaltiger Seelenstärke. Er war auch als Held und Märtyrer gestorben. Und Rosolowski erzählte mit seiner gleichmäßigen, ruhigen Baßstimme von den Einzelheiten der Exekution, der er, auf Befehl der Obrigkeit, mit allen in dieser Sache Angeklagten beiwohnen mußte.

»Zwei Bataillone Soldaten standen in zwei Reihen da und bildeten eine lange Gasse. Jeder Soldat hatte einen biegsamen Stock in der Hand. Die Dicke der Stöcke war Allerhöchst festgesetzt: ihrer drei mußten bequem in einen Gewehrlauf hineingehen. Als erster kam Doktor Szakalski an die Reihe. Zwei Soldaten führten ihn, und die Leute mit den Stöcken schlugen ihn auf den nackten Rücken, wenn er an ihnen vorbeikam. Ich sah das erst, als er sich der Stelle näherte, an der ich stand. Zuerst hatte ich nur die Trommelwirbel gehört, als aber dann auch das Pfeifen der Stöcke und das Aufschlagen der Hiebe hörbar wurde, wußte ich, daß er herankam. Und ich sah, wie die Soldaten ihn vorwärts stießen und wie er zitternd einherschritt und den Kopf bald nach der einen, bald nach der anderen Seite drehte. Und als man ihn bei uns vorüberführte, hörte ich, wie der russische Arzt zu den Soldaten sagte: ›Tut ihm nicht so weh, habt Erbarmen.‹ Sie schlugen aber immer weiter, und als er zum zweiten Mal an mir vorüberkam, da ging er schon nicht mehr, sondern wurde geschleppt. Sein Rücken bot einen entsetzlichen Anblick. Ich schloß die Augen. Er fiel hin, man trug ihn fort.

Dann kam der zweite an die Reihe, der dritte, der vierte. Alle fielen, alle wurden fortgetragen, die einen tot, die andern kaum noch lebend, und immer mußten wir dastehen und zuschauen. Das dauerte sechs Stunden, vom frühen Morgen bis zwei Uhr mittags. Als letzter kam Sirocinski selbst an die Reihe. Ich hatte ihn lange nicht gesehen und hätte ihn kaum erkannt: so gealtert war er. Das rasierte Gesicht war voller Falten und hatte eine blaßgrünliche Färbung. Der entblößte Körper war mager, gelb, die Rippen traten über dem eingezogenen Magen scharf hervor. Er ging wie alle anderen, zuckte bei jedem Schlag zusammen und warf den Kopf zurück; aber er stöhnte nicht, sondern betete laut: ›Miserere mei Deus secundum magnam misericordiam tuam.‹ Ich habe es selbst gehört«, sagte Rosolowski mit heiserer Stimme, schloß den Mund und zog die Luft wie schnarchend durch die Nase.

Ludwika saß am Fenster, hielt ihr Taschentuch vor die Augen und schluchzte.

»Was haben Sie davon, das so auszumalen! Wilde Tiere sind sie, weiter nichts!« rief Migurski, warf seine Pfeife auf den Tisch, sprang auf und ging mit schnellen Schritten ins dunkle Schlafzimmer. Albina saß wie versteinert da und starrte in einen dunklen Winkel.

8

Als Migurski am nächsten Tag vom Exerzierplatz heimkam, war er erstaunt und erfreut über das Aussehen seiner Frau, die wie in alten Zeiten mit leichtem Schritt und strahlendem Gesicht ihm entgegenlief und ihn ins Schlafzimmer führte.

»Nun, Józio, hör einmal.«

»Ich höre. Was gibt es?«

»Ich habe die ganze Nacht über Rosolowskis Vorschläge

gegrübelt. Und ich habe meinen Entschluß gefaßt. Ich kann nicht weiter so leben, ich kann hier nicht bleiben.«

»Ja, was sollen wir denn tun?«

»Fliehen.«

»Fliehen? Wie?«

»Ich habe alles überlegt. Höre mich an.« Und sie entwikkelte ihm den Plan, den sie sich heute nacht ersonnen hatte. Der Plan war folgender. Er, Migurski, sollte abends aus dem Hause gehen und am Ufer des Ural seinen Mantel hinlegen nebst einem Brief, in dem er erklärte, daß er sich das Leben nehme. Man würde nun denken, daß er sich ertränkt habe. Erst würde man die Leiche suchen, dann der vorgesetzten Behörde Bericht erstatten. Er aber müsse sich unterdes versteckt halten. Sie wolle ihn so gut verstecken, daß niemand ihn finden werde. So könnte man gut einen Monat leben. Wenn alles sich beruhigt habe, würden sie fliehen.

Dieser Plan schien Migurski im ersten Augenblick unausführbar, aber gegen Abend, als sie ihm so leidenschaftlich und überzeugt zuredete, wurde er nachgiebig. Außerdem war er geneigt ihr zuzustimmen, weil im Falle eines Mißlingens der Flucht die Strafe, eine Strafe gleich jener, von der Rosolowski geredet hatte, nur auf ihn, Migurski, fallen würde, ein Erfolg aber sie frei machen würde; und er sah, wie schwer ihr nach dem Tode der Kinder das Leben hier fiel.

Rosolowski und Ludwika waren in ihre Pläne eingeweiht, und nach langen Beratungen, Abänderungen und Verbesserungen wurde der Fluchtplan endgültig festgelegt. Anfangs hatte man es so machen wollen, daß Migurski, nachdem er für ertrunken erklärt worden war, allein fliehen sollte, zu Fuß. Albina sollte im Wagen abreisen und an einem vorher verabredeten Ort mit ihm zusammenkommen. Das war der erste Plan. Aber als Rosolowski ihnen von all den mißglückten Fluchtversuchen der letzten fünf Jahre in Sibirien erzählt hatte – in dieser ganzen Zeit war nur ein einziger Glücklicher entkommen –, schlug Albina einen neuen Plan vor: Józio sollte, im Wagen versteckt, mit ihr und Ludwika bis Saratow fahren. In Saratow sollte er verkleidet die Wolga abwärts gehen und an einer verabredeten Stelle ins Boot steigen, das sie in Saratow mieten sollte und in dem er mit Albina die Wolga abwärts und durch das Kaspische Meer nach Persien fahren sollte. Dieser Plan wurde von allen gebilligt, auch von Rosolowski; schwierig war es nur, einen Raum im Wagen zu schaffen, in dem der Flüchtling versteckt werden könnte, ohne daß die Aufsichtsbeamten Verdacht schöpften. Als aber Albina nach einem Besuch am Grab ihrer Kinder zu Rosolowski gesagt hatte, wie schmerzlich es ihr sei, die Überreste ihrer Kinder im fremden Land zurückzulassen, meinte er nach kurzem Nachdenken:

»Bitten Sie um Erlaubnis, die Särge der Kinder mitzunehmen; man wird es Ihnen gestatten.«

»Nein, nein, das will ich nicht, das kann ich nicht«, rief Albina.

»Bitten Sie darum. Es hängt alles davon ab. Wir nehmen die Särge nicht mit, fertigen aber eine große Kiste für sie an und verstecken Josef in dieser Kiste.«

Im ersten Augenblick wies Albina diesen Vorschlag zurück: so unangenehm war es ihr, einen Betrug mit der Erinnerung an ihre Kinder zu verknüpfen; aber als Migurski diesen Plan mit heiterer Miene billigte, sagte sie ja.

Der endgültige Plan war also folgender: Migurski unternimmt alles, um die Vorgesetzten zu überzeugen, daß er sich ertränkt habe. Wenn er für tot erklärt ist, reicht Albina ein Gesuch um Genehmigung ein, in ihre Heimat zurückzukehren und die Leichen der Kinder mitzunehmen. Wenn sie die Genehmigung erhalten hat, werden zum Schein die Gräber aufgegraben und die Särge herausgenommen. In Wirklichkeit aber bleiben die Särge, wo sie sind, an ihrer Statt aber wird in der dazu bestimmten Kiste Migurski versteckt. Die Kiste wird auf den Wagen gestellt, und so fährt man nach Saratow. In Saratow besteigen die Flüchtlinge ein Boot. Im Boot verläßt Josef die Kiste, und sie fahren ins Kaspische Meer hinaus und dann weiter nach Persien oder der Türkei – in die Freiheit!

9

Vor allem kauften Migurskis sich einen Reisewagen unter dem Vorwand, daß sie Ludwika in die Heimat schicken wollten. Dann ging man daran, in dem Wagen eine Kiste anzubringen, in der ein Mann, wenn auch in gekrümmter Stellung, liegen konnte, ohne der Gefahr des Erstickens unterworfen zu sein, und aus der man schnell und unbemerkt herauskriechen und wieder hineinkriechen konnte. Alle drei, Albina, Rosolowski und Migurski selbst, entwarfen und prüften die Kiste. Sehr wichtig war die Hilfe Rosolowskis, der ein guter Tischler war. Die Kiste wurde so gebaut, daß sie hinten fest an den Wagenkasten anschloß und die an den Wagenkasten stoßende Wand weggeschoben werden konnte, so daß der Insasse, wenn die Wand entfernt war, halb in der Kiste und halb auf dem Boden des Wagens lag. Außerdem waren in die Kiste Luftlöcher gebohrt, und von oben und von den Seiten sollte sie mit Bastmatten zugedeckt und mit Stricken zusammengebunden werden. Hinein und heraus konnte man nur durch den Wagen, der einen hohen Sitz hatte.

Als der Wagen und die Kiste fertig waren, begab sich Albina noch vor dem Verschwinden ihres Mannes, um die Vorgesetzten vorzubereiten, zum Obersten und meldete, ihr

Mann leide an Melancholieanfällen und habe kürzlich einen Selbstmordversuch gemacht; sie sei in großer Sorge um ihn und bitte, ihm einen kurzen Urlaub zu gewähren. Ihre schauspielerische Begabung kam ihr jetzt zustatten. Die Unruhe und Angst um den Gatten, die sie vortäuschte, wirkte so natürlich, daß der Oberst ganz gerührt war und ihr versprach, alles zu tun, was in seiner Macht stehe. Darauf verfaßte Migurski den Brief, der im Ärmelaufschlag seines Mantels am Ufer des Ural gefunden werden sollte. Am festgesetzten Tag ging er abends an den Fluß, wartete den Eintritt der Dunkelheit ab, legte seine Kleider und den Mantel mit dem Brief ans Ufer und schlich sich heimlich wieder nach Hause. Auf dem Dachboden, der verschlossen werden konnte, stand ein Unterschlupf für ihn bereit. In der Nacht mußte Ludwika auf Albinas Befehl zum Oberst gehen und ihm melden, daß Migurski vor zwanzig Stunden sein Haus verlassen habe und nicht zurückgekommen sei. Am Morgen wurde ihr der Brief ihres Mannes gebracht, und mit verzweifelter Miene, von Tränen überströmend, legte sie den Brief dem Oberst vor.

Eine Woche danach reichte Albina ein Gesuch um Genehmigung zur Rückkehr nach Polen ein. Ihre Schmerzensausbrüche rührten alle, die sie sahen. Alle bedauerten die unglückliche Mutter und Gattin. Als ihr die Abreise gestattet war, reichte sie ein neues Gesuch ein – um Genehmigung, die Leichen der Kinder auszugraben und mitzunehmen.

Man wunderte sich wohl über diese Sentimentalität, aber die Genehmigung wurde erteilt.

Am Tage darauf begab sich Albina mit Rosolowski und Ludwika in einem Mietwagen, auf dem die Kiste für die Kindersärge lag, abends auf den Friedhof zu dem Grab der Kinder. Albina kniete am Grab nieder, betete, stand bald auf, trocknete ihre Tränen und sagte zu Rosolowski: »Tun Sie, was getan werden muß; ich kann es nicht.« Damit trat sie zur Seite.

Rosolowski und Ludwika schoben den Grabstein zurück und wühlten mit der Schaufel die obere Erdschicht auf, um den Eindruck zu erwecken, daß das Grab aufgegraben sei. Als alles getan war, riefen sie Albina und kehrten mit der Kiste, die mit Erde gefüllt war, nach Hause zurück.

Der Tag der Abreise war gekommen. Rosolowski freute sich über den Erfolg des fast gelungenen Unternehmens. Ludwika hatte für die Reise Kuchen und Pastetchen gebakken und sagte – unter ständiger Hinzufügung ihrer Lieblingsredensart ›Jak mame kocham‹ –, das Herz wolle ihr zerspringen vor Angst und Freude. Migurski freute sich über seine Befreiung vom Dachboden, wo er über einen Monat gesessen hatte, am meisten aber über die Lebensfreude und Heiterkeit Albinas. Sie schien allen Kummer und alle Gefahren vergessen zu haben und strahlte immer vor Entzücken, wenn sie zu ihm auf den Boden gelaufen kam.

Um drei Uhr morgens kam der Kosak, der die Reisenden begleiten sollte, und brachte einen Kutscher mit drei Pferden mit. Albina und Ludwika mit dem Hündchen setzten sich auf die Polster des Wagens, die mit einem Teppich zugedeckt waren. Der Kosak und der Kutscher setzten sich auf den Bock. Migurski lag in Bauernkleidung im Wagenkasten.

Bald lag die Stadt hinter ihnen, und das gute Dreigespann lief über die glatte, hartgefahrene Straße inmitten der endlosen, unbebauten, mit vorjährigem Riedgras bewachsenen Steppe.

10

Hoffnung und Begeisterung machten Albinas Herz in der Brust stocken. Um jemand an ihren Gefühlen teilnehmen zu lassen, nickte sie hin und wieder mit kaum merklichem Lächeln Ludwika zu und zeigte dabei erst auf den breiten Rücken des Kosaken, dann auf den Boden des Wagens. Ludwika blickte mit bedeutsamer Miene starr vor sich hin und schürzte nur ganz leicht die Lippen. Es war ein sonniger Tag. Ringsherum breitete sich die unendliche, öde Steppe aus, und das silberne Riedgras glitzerte in den schrägen Strahlen der Morgensonne. Nur hier und da zeigten sich bald auf der einen, bald auf der anderen Seite der harten Landstraße, gegen die die unbeschlagenen, schnellen Hufe der baschkirischen Pferde dröhnend aufschlugen wie gegen Asphalt, kleine, von Zieselmäusen aufgetürmte Erdhügel; dahinter saß das Tierchen wie ein Wachtposten, stieß ein gelles Pfeifen als Warnungszeichen aus und verschwand in seinem Bau. Sehr selten begegneten ihnen Menschen und Fahrzeuge: ein von Kosaken begleiteter Weizentransport oder ein berittener Baschkir, mit dem der Kosak fröhlich ein paar tatarische Worte wechselte. Auf allen Stationen gab es frische, gut gefütterte Pferde, und die Fünfziger, die Albina als Trinkgeld verteilte, hatten zur Folge, daß die Kutscher den ganzen Weg im schnellsten Trab zurücklegten – ›nach Feldjägerart‹, sagten sie.

Gleich auf der ersten Station, als der alte Kutscher die Pferde weggeführt und der neue seine Pferde noch nicht gebracht hatte, der Kosak aber in den Hof gegangen war, beugte Albina sich vor und fragte ihren Mann, wie er sich fühle und ob er nichts brauche.

»Ausgezeichnet. Es ist so schön still hier. Ich brauche gar nichts und kann gut noch zwei Tage hier liegen.«

Gegen Abend kamen sie in das große Dorf Dergatschi. Damit ihr Mann seine Beine etwas vertreten und frische Luft schnappen könnte, rastete Albina nicht auf der Poststation, sondern in einer Herberge; sie gab dem Kosaken sofort Geld und schickte ihn nach Milch und Eiern. Der Wagen stand unter einem Schutzdach im Hof, draußen war es dunkel, Albina befahl Ludwika, nach dem Kosaken zu sehen, ließ ihren Mann heraus, gab ihm zu essen, und noch ehe der Kosak zurück war, befand sich Migurski schon wieder in seinem Versteck. Man holte frische Pferde und fuhr weiter. Albina geriet in eine immer gehobenere Stimmung und konnte ihr Entzücken und ihre Heiterkeit nicht verbergen. Sie hatte niemand, mit dem sie reden konnte, als Ludwika, den Kosaken und Tresor, und Albina amüsierte sich über alle drei. Ludwika setzte trotz ihrer Häßlichkeit bei jedem Mann, dem sie begegnete, voraus, daß er Liebesabsichten hege; das dachte sie nun auch von dem kräftigen, gutmütigen Uralkosaken mit den auffallend hellen, gütigen blauen Augen, der sie begleitete und der mit seinem schlichten Wesen und seiner Gewandtheit beiden Frauen sehr gefiel. So amüsierte Albina sich jetzt nicht nur über Tresor, dem sie immer drohen mußte, wenn er unter dem Wagensitz schnupperte, sondern auch über Ludwikas komische Koketterie gegenüber dem Kosaken, der gar nicht ahnte, was für Gefühle man bei ihm vermutete, und zu allem, was man ihm sagte, gutmütig lächelte. Erregt durch die Gefahr, durch die wachsende Hoffnung auf einen glücklichen Ausgang des Unternehmens, durch die frische Steppenluft, wurde Albina von einem Gefühl kindlicher Begeisterung und Heiterkeit ergriffen, wie sie es lange nicht empfunden hatte. Migurski hörte ihr lustiges Geplapper und vergaß darüber seine qualvolle Lage – er litt sehr unter Hitze und Durst – und freute sich an ihrer Freude.

Am Abend des zweiten Tages wurde etwas im Nebel sichtbar. Das war die Stadt Saratow und die Wolga. Der Kosak erkannte mit den scharfen Augen des Steppenbewohners die Wolga und den Mast und zeigte sie Ludwika. Ludwika sagte, sie sehe es auch. Albina aber konnte nichts erkennen und sagte nur mit Absicht sehr laut, damit ihr Mann es höre:

»Saratow, die Wolga!«

Sie tat, als redete sie mit Tresor, und erzählte so ihrem Mann alles, was sie unterwegs sah.

11

Albina fuhr nicht nach Saratow hinüber, sondern machte am linken Wolgaufer in der Vorstadt Pokrowskaja, Saratow gerade gegenüber, halt. Hier hoffte sie im Laufe der Nacht mit ihrem Mann reden zu können, ja, ihn sogar aus der Kiste zu befreien. Allein der Kosak wich in der ganzen kurzen Frühlingsnacht nicht vom Wagen, er saß neben ihm auf einem unter dem Schutzdach stehenden leeren Karren. Ludwika saß auf Albinas Befehl im Reisewagen, und fest überzeugt, daß der Kosak ihr zuliebe nicht von der Stelle wich, zwinkerte sie ihm zu, lachte und hielt ihr Tuch vor das pockennarbige Gesicht. Albina fand das aber gar nicht mehr heiter und regte sich immer mehr auf, da sie nicht verstand, warum der Kosak sich nicht von dem Reisewagen entfernen wollte.

In der kurzen Nacht, wo die Morgenröte mit der Abendröte zusammenfließt, ging Albina mehrmals aus dem Zimmer des Gasthofs über die stinkende Galerie zur hinteren Veranda. Der Kosak schlief immer noch nicht, sondern saß auf dem Karren neben dem Reisewagen und baumelte mit den Beinen. Erst kurz vor Sonnenaufgang, als die Hähne schon erwacht waren und ihr Krähen von Hof zu Hof erscholl, konnte Albina, die wieder hinausgegangen war, ein paar Worte mit ihrem Gatten wechseln. Der Kosak schnarchte, im Karren lang ausgestreckt. Albina ging leise zum Wagen und klopfte an die Kiste.

»Józio!« Keine Antwort. »Józio, Józio!« sagte sie erschrocken etwas lauter.

»Was gibts? Was willst du?« fragte Migurski mit schläfriger Stimme aus der Kiste.

»Warum antwortest du nicht?«

»Ich schlief«, sagte er, und sie merkte an dem Ton der Stimme, daß er lächelte. »Soll ich herauskriechen?« fragte er.

»Nein, der Kosak ist hier«, sagte sie und warf dabei einen Blick auf den Kosaken, der im Karren schlief.

Und wunderbar! Der Kosak schnarchte, aber seine Augen, die gutmütigen blauen Augen, waren weit geöffnet. Er sah sie an und schloß die Augen erst, als ihre Blicke sich kreuzten.

›Kam mir das nur so vor, oder schlief er wirklich nicht?‹ fragte sich Albina. ›Es war wohl nur eine Täuschung‹, dachte sie und wandte sich wieder zur Kiste.

»Hab noch etwas Geduld«, sagte sie. »Willst du essen?«

»Nein. Ich möchte nur rauchen.«

Albina sah wieder auf den Kosaken. Er schlief.

›Ja, es war nur eine Täuschung‹, dachte sie.

»Ich gehe jetzt zum Gouverneur.«

»Glück auf den Weg ...«

Albina nahm ihr gutes Kleid aus dem Kasten und ging ins Haus, um sich anzuziehen.

Nachdem sie ihr bestes Witwenkleid angelegt hatte, ließ sich Albina über die Wolga setzen. Am Kai nahm sie eine Droschke und fuhr zum Gouverneur. Der Gouverneur empfing sie. Die hübsche, freundlich lächelnde polnische

Witwe, die ausgezeichnet französisch sprach, gefiel dem alten Herrn, der gern noch für jung gelten wollte, sehr gut. Er genehmigte alles und bat sie, morgen noch einmal zu ihm zu kommen, um ein Schreiben an den Stadthauptmann von Zarizyn in Empfang zu nehmen. Erfreut über den Erfolg ihrer Bemühungen und die Wirkung ihrer Reize, die sie aus dem Verhalten des Gouverneurs erkannte, kehrte Albina glücklich und hoffnungsvoll in der Droschke zum Hafen zurück. Der Weg ging bergab, die ungepflasterte Straße entlang, die Sonne stand schon über dem Wald, und ihre schrägen Strahlen spielten auf der gekräuselten Wasserfläche des weit über die Ufer getretenen Flusses. Rechts und links am Abhang sah man Apfelbäume, in duftenden Blüten wie in Wolken versinkend. Ein Wald von Masten erhob sich am Ufer, und die Segel hoben sich weiß von dem in der Sonne glitzernden, vom Winde gekräuselten Wasser ab. Im Hafen kam Albina mit ihrem Kutscher ins Gespräch und fragte ihn, ob sie wohl ein Boot bis Astrachan mieten könne. Sofort waren Dutzende von lärmenden, lustigen Bootsleuten da, die ihre Dienste und ihre Fahrzeuge anboten. Sie wurde mit einem Schiffer handelseinig, der ihr mehr als alle anderen gefallen hatte, und folgte ihm, um sein Boot anzusehen, das zwischen vielen andern eingeklemmt im Hafen lag. Das Boot hatte einen kleinen abnehmbaren Mast mit Segel, so daß man mit dem Wind fahren konnte. Für den Fall der Windstille waren Ruder da und zwei kräftige lustige Ruderknechte, die jetzt im Kahn saßen und sich in der Sonne wärmten. Der heitere, gutmütige Schiffer riet ihr, den Wagen nicht im Stich zu lassen, sondern die Räder abzunehmen und ihn auf das Boot zu stellen. »Er hat gerade Platz, und so sitzen Sie viel bequemer. Wenn Gott uns gutes Wetter gibt, sind wir in fünf Tagen in Astrachan.«

Albina einigte sich mit dem Schiffer und befahl ihm, nach

der Pokrowskaja-Vorstadt in die Herberge von Loginow zu kommen, um sich den Wagen anzusehen und eine Anzahlung zu bekommen. Alles ging viel besser, als sie erwartet hatte. In glückseliger Stimmung ließ Albina sich über die Wolga setzen, bezahlte den Kutscher und begab sich nach der Herberge.

12

Der Kosak Danilo Lifanow stammte aus der Streletzkij-Siedlung am Obstschij-Syrt. Er war vierunddreißig Jahre alt und hatte nur noch einen Monat zu dienen. Daheim hatte er einen neunzigjährigen Großvater, der noch den Pugatschow-Aufstand erlebt hatte, zwei Brüder, die Schwiegertochter des ältesten Bruders, der wegen seiner Anhänglichkeit an den alten Glauben nach Sibirien verschickt worden war, seine Frau, zwei Töchter und zwei Söhne. Sein Vater war im Krieg gegen die Franzosen gefallen. Er war der Älteste in der Familie. Sie hatten in ihrem Hof sechzehn Pferde, zwei Joch Stiere und fünfzehn Acker eigenes Land, das gepflügt und mit Weizen besät war. Er, Danilo, hatte in Orenburg und in Kasan gedient, und nun war seine Zeit bald um. Er hielt fest am alten Glauben: rauchte nicht, trank nicht, aß nicht aus denselben Gefäßen mit den Ketzern und blieb seinem Eid treu. Alles, was er tat, tat er langsam und gründlich, und auch seinem gegenwärtigen Auftrag widmete er seine ganze Aufmerksamkeit und vergaß ihn nicht einen Augenblick, bis er seine Aufgabe so erfüllt haben würde, wie er sie verstand. Ihm war befohlen worden, die zwei Polinnen mit den Särgen nach Saratow zu begleiten, dafür zu sorgen, daß ihnen unterwegs nichts Böses geschehe, daß sie selbst sich ruhig verhielten und keine Dummheiten machten, und sie, wie sichs gehört, in Saratow abzuliefern. Und so hatte er sie denn auch mit ihrem Hündchen und ihren Särgen in bester Ordnung bis Saratow gebracht. Die Weiber waren still, sanft und freundlich, wenn auch Polinnen, und taten nichts Böses. Hier aber, in der Vorstadt Pokrowskaja, bemerkte er abends, als er am Wagen vorbeiging, daß der Hund in den Wagen gesprungen war, winselte und mit dem Schwanz wedelte. Unter dem Wagensitz hervor aber glaubte er eine menschliche Stimme zu vernehmen. Eine von den Polinnen, die Alte, erschrak, als sie den Hund auf dem Wagen sah, riß ihn herunter und trug ihn fort.

›Hier ist was nicht in Ordnung!‹ dachte der Kosak und paßte auf. Als die junge Polin nachts zum Wagen kam, stellte er sich schlafend, und da hörte er deutlich eine Männerstimme in der Kiste. Frühmorgens ging er zur Polizei und meldete, daß die beiden Polinnen Böses im Schilde führten; denn statt der Toten hätten sie einen lebendigen Mann in ihrer Kiste.

Als Albina in ihrer begeistert frohen Stimmung, fest überzeugt, daß nun alles erledigt sei und sie in wenigen Tagen frei sein würden, sich der Herberge näherte, sah sie mit Verwunderung einen eleganten Zweispänner und zwei Kosaken vor dem Tor halten. Rundherum drängten sich allerlei Leute und guckten in den Hof hinein.

Sie war so voll Hoffnung und Energie, daß ihr nicht einmal der Gedanke kam, dieser Zweispänner und die Volksmenge könnten irgendwelche Beziehungen zu ihr haben. Sie trat in den Hof, und als sie nach dem Schuppen blickte, unter dem ihr Reisewagen stand, sah sie sofort, daß die Leute sich gerade um ihren Wagen drängten; zu gleicher Zeit hörte sie ihren Tresor verzweifelt bellen. Das Entsetzlichste, was geschehen konnte, war geschehen. Vor dem Wagen stand ein stattlicher Mann mit schwarzem Backenbart in Lackstiefeln und neuer Uniform mit Achselstücken und goldenen Knöpfen, die in der Sonne blitzten, und sagte irgend etwas mit lauter, heiserer, befehlshaberischer Stimme. Vor ihm, zwischen zwei Soldaten, in Bauernkleidern, das zerzauste Haar voll Heu, stand ihr Józio; er schien gar nicht zu begreifen, was um ihn vorging, und hob und senkte nur seine mächtigen Schultern. Tresor, der nicht ahnte, daß er an dem ganzen Unglück schuld war, bellte wütend, mit gesträubtem Fell, den Polizeimeister an. Als Migurski Albina erblickte, zuckte er zusammen und wollte auf sie zugehen, aber die Soldaten hielten ihn fest.

»Es ist nichts, Albina, es ist nichts!« sagte Migurski mit seinem sanften Lächeln.

»Ah! da ist ja auch die gnädige Frau!« sagte der Polizeimeister. »Treten Sie nur näher. Die Särge Ihrer Kinderchen?« sagte er und zeigte augenzwinkernd auf Migurski.

Albina antwortete nicht; die Hände auf die Brust gepreßt, stand sie mit offenem Munde da und sah ihren Gatten entsetzt an.

Wie das in der Todesstunde oder überhaupt in entscheidenden Augenblicken des Lebens der Fall ist, war in einer Sekunde eine Unmenge von Gefühlen und Gedanken durch ihren Sinn gegangen. Zugleich aber verstand sie immer noch nicht, was geschehen war, und konnte an ihr Unglück nicht glauben. Ihr erstes Gefühl war ein altes, wohlbekanntes: das Gefühl des gekränkten Stolzes beim Anblick des Helden, der in die Gewalt dieser rohen, wilden Menschen geraten war und gedemütigt vor ihnen stand. ›Wie wagen sie es, ihn festzuhalten, ihn, den besten aller Menschen?‹ Das andere Gefühl, das sie gleichzeitig mit diesem erfaßt hatte, war das Bewußtsein des geschehenen Unglücks. Dieses Bewußtsein aber rief in ihr die Erinnerung wach an das größte Unglück ihres Lebens, den Tod ihrer Kinder. Und sofort tauchte die Frage auf: ›Warum? Warum waren ihr die Kinder genommen worden?‹ Die Frage nach den Kindern aber weckte eine zweite Frage: ›Warum mußte dieser beste aller Menschen, ihr Gatte, jetzt zugrunde gehen, wofür mußte er leiden?‹ Und gleich kam ihr der weitere Gedanke, welche schmachvolle Strafe ihn erwarte und daß sie, sie allein daran schuld sei.

»Wer ist das? Ist das Ihr Mann?« wiederholte der Polizeimeister.

»Wofür? Wofür?« schrie sie, und in ein hysterisches Lachen ausbrechend, fiel sie auf die Kiste, die jetzt vom Wagen heruntergenommen war und auf dem Boden stand. Zitternd vor Schluchzen, mit tränenüberströmtem Gesicht, trat Ludwika zu ihr.

»Panienka, liebste Panienka! Jak Boga kocham, es wird nichts geschehen, es wird nichts geschehen!« sagte sie, mit der Hand sinnlos an Albinas Körper entlangstreichend.

Migurski wurden Handschellen angelegt, und dann führte man ihn hinaus. Als Albina das sah, lief sie ihm nach.

»Vergib mir, vergib!« sagte sie, »ich bin schuld, ich allein!«

»Das wird die Untersuchung zeigen, wer schuld ist. Sie kommen auch noch dran!« sagte der Polizeimeister und schob sie zurück.

Migurski wurde zur Fähre gebracht; Albina ging, ohne zu wissen, was sie tat, hinter ihm her und hörte nicht auf das Zureden Ludwikas.

Der Kosak Danilo Lifanow stand die ganze Zeit neben dem Wagen und blickte finster bald auf den Polizeimeister, bald auf Albina, bald auf seine eigenen Füße.

Als Migurski weggeführt worden war, schmiegte sich Tresor, der allein geblieben war, schweifwedelnd an den Kosaken. Er hatte sich auf der langen Reise an den Mann gewöhnt. Der Kosak trat plötzlich von dem Wagen zurück, riß sich die Mütze vom Kopf, warf sie aus aller Kraft gegen die Erde, stieß Tresor mit einem kräftigen Fußtritt zur Seite und ging in die Schenke. Hier ließ er sich Schnaps geben und trank den ganzen Tag und die ganze Nacht, vertrank alles, was er auf dem Leibe hatte, und war erst in der nächsten Nacht, als er im Straßengraben erwachte, so weit, daß er nicht mehr an die quälende Frage dachte: ob er recht getan habe, die Polin mit ihrem in der Kiste versteckten Mann anzuzeigen.

Über Migurski wurde Gericht gehalten; der Urteilsspruch lautete auf tausend Spießruten. Seine Verwandten und Wanda, die Beziehungen in Petersburg hatte, erwirkten eine Milderung der Strafe, und so wurde er für ewige Zeiten als Ansiedler nach Sibirien verbannt. Albina begleitete ihn.

Zar Nikolaus aber freute sich, daß er die Hydra der Revolution nicht nur in Polen, sondern in ganz Europa erwürgt hatte, und war stolz, daß er den Traditionen der russischen Selbstherrschaft treu geblieben war und zum Heil des russischen Volkes Polen in russischer Gewalt behalten hatte. Und die Herren in goldgestickten Röcken mit Ordenssternen auf der Brust priesen ihn dafür so hoch, daß er ehrlich glaubte, er sei ein großer Mann und sein Leben sei ein großer Segen für die ganze Menschheit, vor allem aber für die Russen, die zu betören und sittlich zu verderben er aus allen Kräften bemüht war, ohne sich dessen bewußt zu sein.

Zu dieser Ausgabe

insel taschenbuch 2790: Die Texte des vorliegenden Bandes werden zitiert nach der Ausgabe: Lew N. Tolstoj, Sämtliche Erzählungen in fünf Bänden. Herausgegeben von Gisela Drohla. Insel Verlag Frankfurt am Main 1961 (1990 als insel taschenbuch 1252). Eine textgleiche Auswahl erschien 1999 als Jubiläumsausgabe in einmaliger gebundener Ausstattung (it 1572).

Der Schneesturm, konzipiert 1854, geschrieben 1856. Erstdruck 1856. Deutsch von Alexander Eliasberg; *Der Überfall*, geschrieben 1852. Erstdruck 1853. Deutsch von Hermann Röhl; *Die Kerze*, geschrieben 1885. Deutsch von Arthur Luther; *Herr und Knecht*, geschrieben 1894 bis 1895. Erstdruck 1895. Deutsch von Hermann Röhl; *Leinwandmesser*, konzipiert 1856, Abschluß der ersten Redaktion 1864. Erstdruck 1886. Deutsch von Gisela Drohla; *Wieviel Erde braucht der Mensch?*, konzipiert 1881. Erstdruck 1886. Deutsch von Alexander Eliasberg; *Wofür?*, geschrieben 1906. Erstdruck 1906. Deutsch von Arthur Luther.

Umschlagabbildung: Valentin Serow, Bildnis Adelaide Jaowlewna Simonowitsch, 1889, Russisches Museum, St. Petersburg

Einzelausgaben
- Arme Leute. Roman. Übersetzt von Hermann Röhl. it 2146. 160 Seiten
- Der Großinquisitor. Übertragen und mit einem Nachwort von Rudolf Kassner. IB 149. 44 Seiten
- Helle Nächte. Ein empfindsamer Roman. (Aus den Erinnerungen eines Träumers.) Übersetzt von Hermann Röhl. Großdruck. it 2328. 132 Seiten
- Der Jüngling. Übersetzt von Hermann Röhl. it 1890. 801 Seiten
- Die Sanfte. Eine phantastische Erzählung. Übersetzt von Wolfgang Kasack. it 1138. 88 Seiten
- Der Spieler. Aus den Aufzeichnungen eines jungen Mannes. Übersetzt von Hermann Röhl. it 968. 198 Seiten

Dostojewski in Deutschland. Herausgegeben von Karla Hielscher. Mit zahlreichen Illustrationen. it 2576. 290 Seiten

Dostojewski in der Schweiz. Ein Reader. Herausgegeben von Ilma Rakusa unter Mitwirkung von Felix Philipp Ingold. Mit zahlreichen Fotografien. 348 Seiten. Leinen

Dostojewski und das Judentum. Von Felix Philipp Ingold. 292 Seiten. Leinen

Dostojewski. Leben und Werk. Von Wolfgang Kasack. Mit Abbildungen. it 2267. 160 Seiten

Nadeshda Durowa. Die Offizierin. Das ungewöhnliche Leben einer Kavalleristin. Übersetzt von Rainer Schwarz. it 2170. 358 Seiten

Nikolai Wassiljewitsch Gogol
- Aufzeichnungen eines Wahnsinnigen. Erzählungen. it 1513. 183 Seiten

NF 45/2/10.00

- Der Mantel. Und andere Erzählungen. Übersetzt von Ruth Fritze-Hanschmann. Mit Illustrationen von András Karakas. Mit einem Nachwort von Eugen Häusler. it 241. 359 Seiten
- Die Nacht vor Weihnachten. Mit Illustrationen von Monika Wurmdobler. it 584. 93 Seiten
- Die toten Seelen. Erzählung. Übersetzt von Hermann Röhl. it 987. 527 Seiten

Iwan Gontscharow. Oblomow. Mit Illustrationen von Theodor Eberle. it 472. 522 Seiten

Maxim Gorki. Der Landstreicher und andere Erzählungen. Übersetzt von Arthur Luther. Mit einer Einführung von Stefan Zweig und Illustrationen von András Karakas. it 2219. 310 Seiten

Alexander Kuprin. Die schöne Olessja. Eine Liebesgeschichte aus dem alten Rußland. Übersetzt von Hermann Asemissen. Mit einem Nachwort von Wolfgang Kasack. it 2590. 140 Seiten

Romola Nijinsky. Nijinsky. Der Gott des Tanzes. Mit einem Vorwort von Paul Claudel. Übersetzt von Hans Bütow. Mit zahlreichen Fotografien. it 566. 399 Seiten

Waslaw Nijinsky. Tagebücher. Die Tagebuchaufzeichnungen in der Originalfassung. Übersetzt von Alfred Frank. it 2249. 282 Seiten

Alexander Puschkin
- Erotische Gedichte. Ausgewählt und übersetzt von Michael Engelhard. it 2526. 160 Seiten
- Jewgeni Onegin. Roman in Versen. Ausgewählt und übersetzt von Rolf-Dietrich Keil. it 2524. 270 Seiten

NF 45/3/10.00

Lew N. Tolstoj

- Die großen Romane. Geschenkausgabe in sieben Bänden. Anna Karenina. Krieg und Frieden. Auferstehung. 3948 Seiten. Pappband mit Dekorüberzug im Schuber

Einzelausgaben

- Anna Karenina. Herausgegeben von Gisela Drohla. Mit Illustrationen von Theodor Eberle. it 308. 1205 Seiten
- Auferstehung. Roman. Übersetzt von Adolf Hess. Mit Illustrationen von Theodor Eberle. it 791. 629 Seiten
- Die großen Erzählungen. Mit einem Nachwort von Thomas Mann. Übersetzt von Arthur Luther und Rudolf Kassner. it 18. 323 Seiten
- Hadschi Murat. Eine Ezählung aus dem Land der Tschetschenen. Übersetzt von Arthur Luther. Mit einem Nachwort von Wolfgang Kasack. it 2709. 192 Seiten
- Kindheit. Revidiert und herausgegeben von Gisela Drohla. Übersetzt von Hermann Röhl. Großdruck. it 2327. 187 Seiten
- Kindheit. Knabenalter. Jünglingsalter. Herausgegeben von Gisela Drohla. Übersetzt von Hermann Röhl. it 203. 436 Seiten
- Die Kosaken und andere Erzählungen. Herausgegeben von Gisela Drohla. it 1518. 478 Seiten
- Die Kreutzersonate. Erzählung. Übersetzt von Arthur Luther. Mit Illustrationen von Hugo Steiner-Prag. it 763. 176 Seiten
- Krieg und Frieden. Ein Roman in vier Bänden. Übersetzt von Hermann Röhl. Mit Illustrationen von Theodor Eberle. it 590. 2114 Seiten
- Die schönsten Erzählungen. Übersetzt von Gisela Drohla, Alexander Eliasberg, Arthur Luther und Hermann Röhl. it 2572. 288 Seiten
- Der Tod des Iwan Iljitsch. Übersetzt von Gisela Drohla. Mit Illustrationen von Theodor Eberle. it 864. 113 Seiten

NF 45/4/10.00

- Wieviel Erde braucht der Mensch? Erzählungen und Legenden. Übersetzt von Alexander Eliasberg und Arthur Luther. it 1198. 151 Seiten

Lew N. Tolstoj/Gustave Flaubert/Theodor Fontane. Drei Frauenleben: Anna Karenina. Madame Bovary. Effi Briest. Drei Romane. Vier Bände in Kassette. it 1874. 2050 Seiten

Anton Tschechow
- Die Dame mit dem Hündchen. Und andere Erzählungen. Mit Zeichnungen von András Karakas. Ausgewählt und mit einem Nachwort versehen von Werner Berthel. Übersetzt von Reinhold Trautmann. it 174. 388 Seiten
- Der Kirschgarten. Übersetzt und bearbeitet von Thomas Brasch. it 1341. 94 Seiten

Iwan Turgenjew
- Ein Adelsnest. Übersetzt von Herbert Wotte. it 1809. 234 Seiten
- Erste Liebe. Und andere Novellen. Übersetzt von Ena von Baer und Ekkehard Jäkel. Mit einem Nachwort von Friedrich Schwarz. it 257. 343 Seiten
- Erste Liebe. Novellen. Übersetzt von Ena von Baer. Großdruck. it 2324. 140 Seiten
- Frühlingsfluten. Novelle. it 2604. 188 Seiten
- Väter und Söhne. it 64. 299 Seiten

Russische Märchen. Nacherzählt von Elisabeth Borchers. Mit Illustrationen von Ivan Bilibin. it 1608. 126 Seiten

NF 45/5/10.00

Märchen und illustrierte Bücher im insel taschenbuch Eine Auswahl

Indianermärchen. Nach amerikanischen und deutschen Quellen herausgegeben und erläutert von Hugo Kunike. it 764. 144 Seiten

Irische Elfenmärchen. In der Übertragung der Brüder Grimm. it 988. 276 Seiten

Märchen der Romantik. Herausgegeben von Maria Dessauer. Mit zeitgenössischen Illustrationen. Zwei Bände. it 285. 789 Seiten

Russische Märchen. Nacherzählt von Elisabeth Borchers. Mit Illustrationen von Ivan Bilibin. it 1608. 126 Seiten

Die Erzählungen aus den Tausendundein Nächten. Vollständige deutsche Ausgabe. Übertragen von Enno Littmann. Einleitung von Hugo von Hofmannsthal. Mit farbigen Miniaturen in Schmuckkassette. 12 Bände. it 224. 4924 Seiten

Erzählungen aus Tausendundein Tag. Vermehrt um andere morgenländische Geschichten. Herausgegeben von Paul Ernst. Übersetzt von Paul Greve. Zwei Bände. it 1001. 1505 Seiten

Hans Christian Andersen. Märchen. Übersetzt von Eva-Maria Blühm. Mit Illustrationen von Vilhelm Pedersen und Lorenz Frølich. Drei Bände. it 133. 1129 Seiten

NF 22/1/4.00

Hans Christian Andersen. Die Schneekönigin. Übersetzt von Eva-Maria Blühm. Mit farbigen Illustrationen von Birgit Ackermann. it 2578. 112 Seiten

Hans Christian Andersen. Die schönsten Märchen. Übersetzt von Mathilde Mann. Ausgewählt von Ulrich Sonnenberg. it 2561. 272 Seiten

Clemens Brentano. Rheinmärchen. In der von Guido Görres herausgegebenen Fassung von 1846. Mit Illustrationen von Edward Steinle. it 804. 388 Seiten

Gottfried August Bürger. Münchhausen. Neu illustriert von Uta Bettzieche. it 2115. 200 Seiten

Lewis Caroll. Alices Abenteuer. Alice im Wunderland. Alice hinter den Spiegeln. Übersetzt von Christian Enzensberger. Mit Illustrationen von John Tenniel. it 2161. 284 Seiten. Zwei Bände in Kassette

Daniel Defoe. Robinson Crusoe. Übersetzt von Hannelore Novak. Mit Illustrationen von Ludwig Richter. it 41. 404 Seiten

Charles Dickens

- David Copperfield. Mit Illustrationen von Phiz. it 468. 1245 Seiten

- Eine Geschichte aus zwei Städten. Mit Illustrationen von Phiz und einem Nachwort von Harald Keller. it 1033. 506 Seiten

- Harte Zeiten. Übersetzt von Paul Heichen. Mit Illustrationen von F. Walker und Maurice Greiffenhagen. it 955. 434 Seiten

NF 22/2/4.00

- Nikolaus Nickleby. Mit Illustrationen von Phiz. it 1304. 1022 Seiten

- Oliver Twist. Übersetzt von Reinhard Kilbel. Mit Illustrationen von George Cruikshank. it 242. 607 Seiten

- Die Pickwickier. Mit Illustrationen von Robert Seymour, Robert William Buss und Phiz. it 896. 1006 Seiten

- Weihnachtserzählungen. Mit Illustrationen von Leech, Stanfield, Stone u.a. it 358. 504 Seiten

Almut Gernhardt/Robert Gernhardt. Ein gutes Schwein bleibt nicht allein. 7 Geschichten von Robert Gernhardt und 66 Bilder von Almut Gernhardt. it 2012. 72 Seiten

Almut Gernhardt/Robert Gernhardt. Was für ein Tag. Eine Geschichte von Robert Gernhardt mit Bildern von Almut Gernhardt. it 544. 40 Seiten

Jacob Grimm/Wilhelm Grimm. Grimms Märchen und Sagen. Mit Illustrationen von Otto Ubbelohde. Fünf Bände in Kassette. it 2151. 1688 Seiten

Deutsche Sagen. Herausgegeben von den Brüdern Grimm. Mit Illustrationen von Otto Ubbelohde. Zwei Bände im Schuber. it 481. 704 Seiten

Kinder- und Hausmärchen, gesammelt durch die Brüder Grimm. In drei Bänden. Mit Zeichnungen von Otto Ubbelohde und einem Vorwort von Ingeborg Weber-Kellermann. it 829. 991 Seiten

NF 22/3/4.00

Hermann Hesse. Kindheit des Zauberers. Ein autobiographisches Märchen. Handgeschrieben und illustriert von Peter Weiss. it 67. 124 Seiten

Hermann Hesse. Vogel. Ein Märchen. Mit Illustrationen von Gunter Böhmer. it 2399. 60 Seiten

Hermann Hesse. Die Märchen. it 2349. 428 Seiten

Bohumil Hrabal. Die Katze Autitschko. Erzählung. Übersetzt von Karl-Heinz Jähn. Mit Illustrationen von Hans-Jörg Brehm. it 2656. 144 Seiten

NF 22/4/4.00